十二国記

華胥の幽夢

옮긴이 추지나

—

대학에서 일본지역학을 전공했다. 출판 편집자로 일하다 지금은 일본 문학 전문 번역가로 활동하고 있다. 옮긴 작품으로는 오노 후유미의 십이국기 시리즈를 비롯해, 『잔예』, 『귀담백경』, 『시귀』, 『흑사의 섬』, 미야베 미유키의 『지하도의 비』, 오카모토 기도의 『한시치 체포록』, 나쓰키 시즈코의 『W의 비극』 등이 있다.

—

이 도서의 국립중앙도서관 출판예정도서목록(CIP)은
서지정보유통지원시스템 홈페이지(http://seoji.nl.go.kr)와
국가자료종합목록 구축시스템(http://kolis-net.nl.go.kr)에서 이용하실 수 있습니다.
(CIP제어번호 : CIP2016019631)

십이국기 7

화서의 꿈

小野不由美

오노 후유미 지음, 추지나 옮김

엘릭시르

華胥の幽夢

차례

十二國記 7

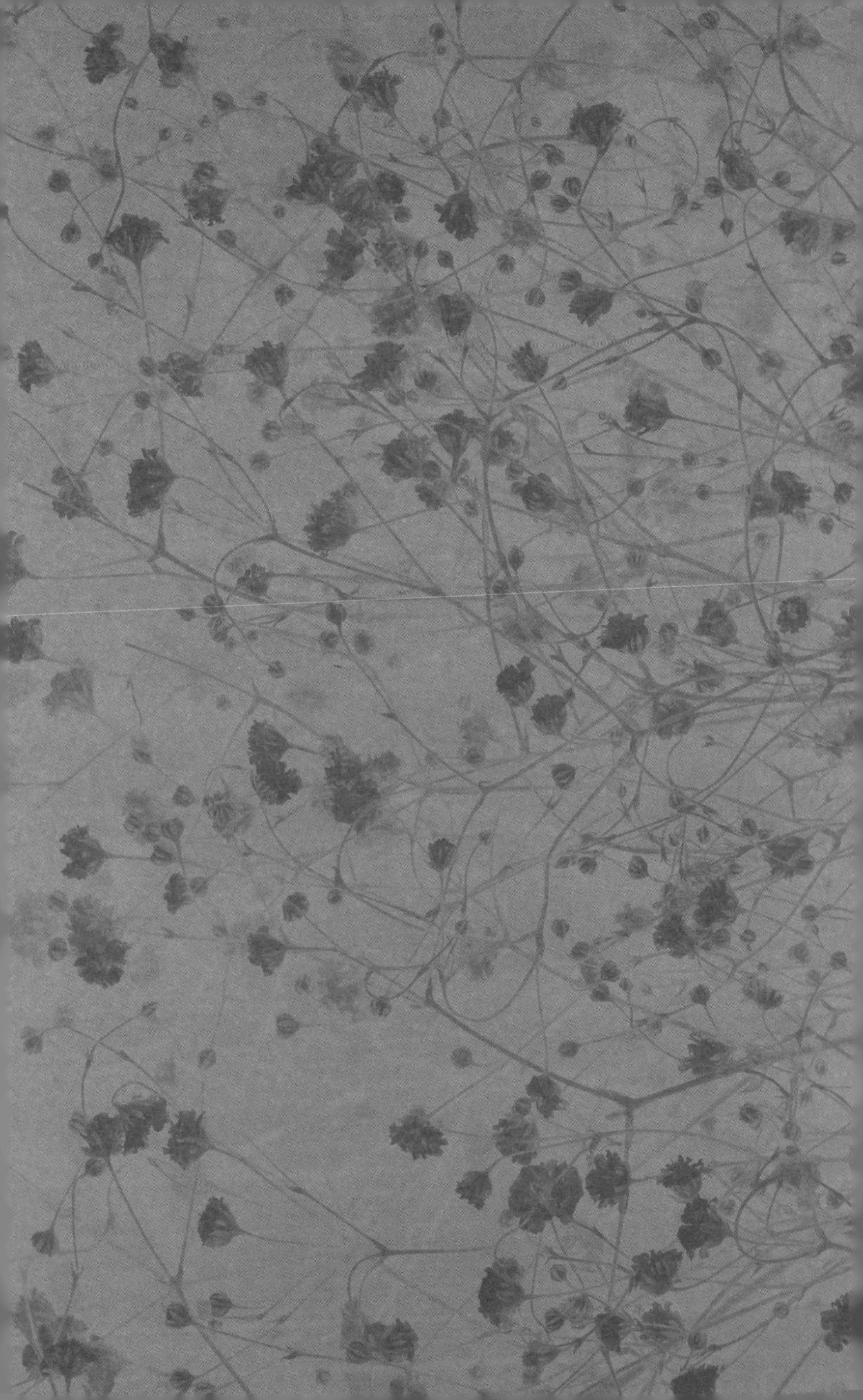

십이국 전도

十二國全圖

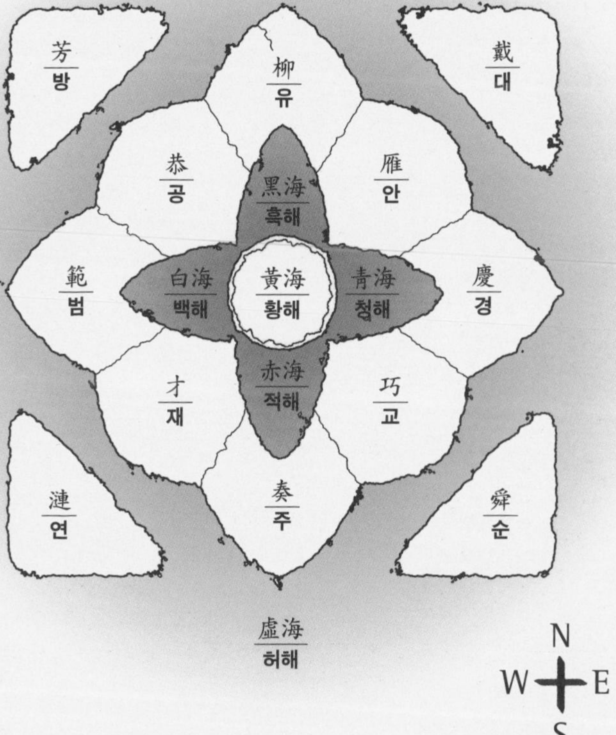

芳
방
柳
유
戴
대
恭
공
雁
안
黑海
흑해
範
범
白海
백해
黃海
황해
青海
청해
慶
경
才
재
赤海
적해
巧
교
漣
연
奏
주
舜
순
虛海
허해
N
W
E
S

十二國記、華胥の幽夢、小野不由美

동영

冬榮

건물을 나오자 궁성의 모습이 확 바뀌어 있었다.

다이키泰麒(대국의 기린)는 회랑에 내디디던 걸음을 멈추고 눈을 깜빡이며 몇 번이고 주변을 둘러보았다. 건물은 달라지지 않았다. 거대한 궁궐이 늘어선 모습이나 너른 정원 또한 그대로다. 하얀 벽에 남빛 기와지붕, 오가는 하급 관리의 모습, 평소와 다름없는 광경이다. 다만, 지금 그 모든 것이 내부에서 희미한 빛을 발하는 듯이 보였다.

전부 부드러운 빛을 띠고 있다. 드물게 화창하게 맑은 겨울 하늘은 비단 장막이라도 덮은 것처럼, 푸른 하늘은 흐려지고 태양은 희읍스름한 빛을 드러냈다. 다이키의 발치에 드리운 그림자도 열은 먹색이다. 그런데 주위 경치는 점심에 보았을 때보다 밝다.

안개와는 다르다. 하지만 무언가, 안개 같은 것이 주변을 감싸고 있다. 눈에 보이지 않을 정도로 가늘고 희미한 빛을 띠고 있다. 다이키에게는 그렇게 보였다.

"어찌 그러십니까."

다이키를 뒤따라 궁전을 나온 세이라이正賴가 물었다.

다이키는 세이라이를 돌아보았다. 이게 어떻게 된 일이냐고 묻듯 넓은 정원을 말없이 가리켰다.

"어이쿠, 진귀한 일이군요. 백양白陽이에요."

세이라이는 웃으며 하늘을 올려다보았다. 그는 다이키의 부상傅相으로 대국戴國 도읍이 위치한 서주瑞州의 영윤令尹을 겸하고 있다. 다이키처럼 아직 어린 재보宰輔에게는 양육을 위한 부상을 붙이는 경우가 많다. 부상은 줄곧 곁에 머물며 사생활 제반부터 정무에 걸친 모든 면을 돌보는 동시에 교육을 맡는다.

"백양?"

"이런 날씨를 그리 이릅니다. 아래 세상도 맑겠군요."

세이라이는 여전히 어리둥절한 표정의 다이키에게 설명했다.

"운해雲海 아래 구름이 걷힌 겁니다. 하계의 눈에 빛이 반사되어 이렇게 되지요."

"흐음……."

다이키는 희고 어렴풋한 빛에 감싸인 세상을 다시 둘러보았다. 마치 얇은 종이 너머로 비치는 햇살 같다. 다른 세상이 되어버린 머나먼 고향, 유독 화창한 아침에 눈을 뜨면 딱 이런 느낌이었다. 그리운 추억을 떠올렸다.

"구름이 완전히 개지 않으면 이런 풍경을 보지 못합니다. 그리고 아주 화창한 날씨여야 하지요. 일 년에 몇 번 없는 일이에요. 운이 좋군요."

"지금이라면 아래 경치가 보일까?"

"확인하러 가보시겠습니까?"

다이키는 크게 고개를 끄덕였다. 왕궁은 바다 한가운데에 섬처럼 떠 있다. 둘러싼 운해를 통해 하계의 경치가 내려다 보이지만, 겨울에 접어들고서는 볼 수가 없었다. 구름이 운해 아래를 뒤덮어 시야를 가려버렸기 때문이다.

세이라이가 웃으며 손을 뻗자 다이키는 그 따스한 손을 잡고 올려다보았다.

"서두르지 않으면 또 구름이 끼지 않을까."

세이라이는 알겠다는 듯이 미소 지었다.

"그럼 지름길로 갈까요?"

다이키는 흔쾌히 고개를 끄덕였다. 다이키는 부상이 말하는 '지름길'을 좋아했다. 하관밖에 쓰지 않을 듯한 샛길과 뒷길을 지나고, 때로는 닫힌 궁전이나 부제府第(관청)의 정원을 몰래 빠져나간다. 왕궁에 이런 곳이 있었나 싶을 정도로 신기한 구경이 흥미진진했고 상대가 놀라지 않도록 하관이 올 때마다 그늘에 몸을 숨기는 것도 재미났다.

이날도 세이라이의 손에 이끌려 부제 한쪽 구석을 지나, 뒤쪽으로 살금살금 빠져나가 '지름길'을 이용했다. 높은 성채의 노대 밑을 지나 안뜰로 나오자, 마침 근처 건물에서 몇 사람이 기수를 끌고 나왔다.

"태보台輔."

누군가 놀라서 걸음을 멈추고 소리쳤다. 다이키와 세이라이는 허둥지둥 숨으며 얼굴을 마주보았다.

"들켜버렸네."

"얌전히 나가서 야단을 맞는 수밖에 없겠군요."

다이키는 세이라이와 서로 웃으며 정원수 뒤쪽에서 나왔다. 바로 옆 돌이 깔린 길 위에 갑옷을 입은 여러 명이 두 사람을 기다리듯 서 있었다. 금군禁軍 장군 간초巖趙와 아센阿選이 보인다. 둘 다 기수를 거느리고 있다. 그중 유일한 여자인 서주사瑞州師 장군 리사이李齋 역시 갑옷 차림으로 기수 히엔飛燕을 동반하고 있다. 대사도大司徒인 센카쿠宣角가 함께이니 군 문제로 모인 것은 아니다. 그들 뒤에는 다이키의 주인이 미소를 짓고 있었다.

한층 이채로운 회백색 머리카락과 홍옥의 눈동자.

"태보는 신출귀몰하시는군요."

리사이가 무릎을 꿇고 인사를 올리며 활짝 웃었다.

"신기한 날씨라서 운해를 보러 왔어요. 하계 경치가 보일 것 같아서요. 히엔을 만져도 되나요?"

"당연하지요."

리사이는 거리낌없이 대답했다.

"하오나 태보, 죄송하지만 운해에 가셔도 이런 날씨에는 아무것도 보이지 않을 줄로 사료되옵니다."

다이키가 히엔의 털을 쓰다듬으면서 고개를 갸웃거렸다.

"구름이 없는데요?"

"예. 그러니 빛이 지상에 반사되어 아무것도 보이지 않습니다."

의아해하는 목소리에 다이키는 세이라이를 올려다보았다. 세이라이는 장난기 섞인 웃음을 꾹 누르며 딴청을 피우고 있다. 갑자기 간초가 커다란 몸을 흔들며 웃었다. 바위 같은 거구에 걸맞은 낭랑한 목소리다.

"세이라이 녀석에게 속으셨군요."

위로하듯이 히엔이 운다. 다이키는 히엔의 목덜미 부근을 쓰다듬으면서 한숨을 쉬었다.

"세이라이는 정말 너무해요. 일전에는 제가 영윤이 무엇이냐고 묻자 보모를 이르는 말이라고 했어요. 교소驍宗 님께 그리 말씀드렸더니 웃으셨어요."

"세이라이는 그 뒤에 틀림없이 주상께 혼이 났을 테니 무승부군요."

웃으며 한 아센의 말에 다이키도 웃었다. 세이라이 또한 쿡쿡 웃는다. 아센은 원래 금군 장군이고, 얼마 전에 등극한 교소 역시 금군 장군이었으니 동료로서 친한 사이다. 리사이도 교소와 친분이 있고, 간초와 세이라이는 이전부터 교소의 부하였다. 가까운 이들만의 평온한 공기가 사람들을 에워쌌다.

세이라이가 웃음을 지은 채 다이키를 재촉했다.

"또 주상께 야단맞기 전에 물러날까요. 유감스럽게도 하계의 경치는 보이지 않지만, 진귀한 모습을 볼 수 있답니다. 운해가 하얗게 빛나서 무척 아름답지요."

"그러는 김에 금문禁門을 내려가 아래를 살피러 가면 안 돼?"

마침 내전 안쪽까지 왔다. 조금 전 리사이 일행이 나온 건물을 지나면 금문이다. 세이라이는 눈썹을 치떴다.

"아래는 몹시 춥습니다. 태보는 어리시니 금세 뼛속까지 얼어붙을 거예요."

"잠깐만 다녀올게요."

다이키가 애원하자 교소가 한 걸음 다가왔다. 이곳 대국의 왕, 다이키의 주인.

"내가 데려가지."

다이키는 기뻤지만 동시에 미안한 감정도 들었다. 이제 막 등극한 왕은 바쁘다. 다이키를 상대해주는 데 쪼갤 시간은 없을 것이다.

"하지만, 저기, 볼일이 있으신 것은 아닌지……."

"이들도 기수를 마구간에 돌려보낼 시간이 필요하겠지. 마침 네게 용건도 있었고."

주인의 미소에 이끌려 다이키도 얼굴이 풀어졌다. 세상에 둘도 없는 주인이니, 곁에 있을 수 있다면 무조건 기쁘다. 다이키는 세이라이를 돌아보았다. 세이라이는 이곳에서 기다리겠다며 눈을 가늘게 뜨고 웃었다.

"이제 막 돌아오셨는데 죄송합니다."

괘념하지 말라며 돌아보고 웃는 교소의 등뒤, 조금 전 막 열렸던 문 앞에는 커다란 창문이 나 있었다. 창밖에는 운해가 펼쳐져 있다. 이국에서 태어난 다이키에게는 하늘 위에 이렇게 바다가 있다는 사실이 무척 신기했다.

바다에서 조용한 파도 소리가 들렸다. 평소에는 음울한 회색을 띠고 있는데 오늘은 하얗다. 진주색 해수면은 물밑에서 빛을 비춘 것처럼 희미하게 빛났다.

환호성을 지르며 창가로 달려간 다이키의 어깨에 묵직한 외투가 덮였다.

"입거라. 바깥은 정말로 추워."

"하지만 이러면 교소 님이 춥지 않습니까?"

"뭘, 나라면 걱정할 것 없다."

송구하기도 했지만, 교소가 마음 써준 것이 기뻐서 다이키는 고개를 끄덕였다. 앞서 계단을 향하는 교소의 뒤를 쫓다 외투의 긴 옷자락을 밟아 넘어질 뻔했다. 교소는 그 모습을 보고 외투를 꼭 여미며 다이키를 안아 올렸다.

"여전히 가볍군."

"제가 기린이기 때문 아닐까요."

다이키의 본모습은 자신도 믿기지 않지만 인간이 아니다. 기린이라는 짐승이라서 기묘한 강철색 머리카락도 사실은 머리카락이 아니라 갈기고, 하늘을 나는 짐승이 대부분 그러하듯이 본디 몸무게가 가볍다.

"그러한가."

교소는 그렇게만 답하고 다이키를 안은 채 널찍한 공간 한쪽에 있는 하얀 돌계단을 내려갔다. 결코 짧지 않은 계단을 내려가는 동안에 그보다 몇십 배의 거리를 내려왔다. 왕궁 곳곳에 이런 신비한 현상이 존재해서, 처음에는 무척이나 신기해하던 다이키도 조금씩 익숙해졌다. 하늘을 나는 짐승이 있고, 하늘 위에 바다가 있고, 사람들이 특이한 빛깔의 머리카락과 눈동자를 하고 있다. 이곳은 그런 세계다.

널찍하고 완만한 계단을 내려가자 널따란 공간이 나왔다. 정면에는 거대한 문이 있다. 양쪽에 대기하던 문졸이 교소와 다이키의 모습을 확인하고 문을 연다. 문이 열린 순간 찌를 듯한 바람과 예리한 빛이 밀려들었다.

금문은 능운산 중턱, 운해 근처 높은 곳에 파놓은 거대한 동굴 안쪽에 세워져 있다. 문 앞은 암반으로 삼면이 둘러싸인 거대한 광장이고, 유일하게 뚫려 있는 한쪽 끝은 천 길 낭떠러지로 길이 끊겨 있었다. 교소의 팔에서 미끄러져 내려와 따스한 손을 꼭 잡고 들여다보니 아래쪽에 눈 덮인 도읍 홍기鴻基가 펼쳐졌다. 가파르게 높아졌다 낮아지는 주변 산들은 눈에 덮여 은백색으로 빛난다. 푸른 하늘과 대비가 뚜렷했다.

"예쁘다……."

입을 열자마자 목구멍으로 차가운 바깥 공기가 흘러들었다. 그 자극에 저도 모르게 콜록거릴 뻔했다. 금문을 나와 가장자리로 가는 동안에 벌써 피부가 아렸다. 냉기에 눈이 시리다. 눈부심과 추위로 아플 정도였다.

"정말로 춥네요."

입가도 굳어서 생각처럼 움직이지 않는다. 교소가 고개를 끄덕였다.

"대국은 북쪽 끝에 있는 땅이다. 겨울이 오면 일찌감치 눈이 내리고 마을은 눈 속에 갇히지. 이렇게 맑은 날은 며칠 없다. 천상의 궁궐에 있으면 크게 느끼지 못하겠지만 백성은 모두 이 추위 속에서 생활하고 있다."

"큰일이겠네요……."

"집을 잃으면 얼마 못 가 얼어죽고 말지. 산야山野는 눈으로 뒤덮이고 땅이 얼어서 풀뿌리조차 캘 수가 없어. 가을에 비축한 식량이 떨어지면 굶는 길밖에 없건만 가을의 수확은 날씨에 달렸지. 겨울 대비가 백성의 생사를 결정한다. 대국은 그런 나라다."

다이키는 하얗게 얼어붙어 무기질처럼 빛나는 도시를 말없이 바라보았다.

"이렇게 바라보는 국토는 티 없이 아름답지만 동시에 무자비하고 무섭지. 그것을 결코 잊지 마라."

"예."

다이키가 고개를 끄덕였다. 어쩐지 숙연해졌다.

얼마 안 되어 다이키는 등을 미는 손이 재촉하는 대로 금문 안으로 돌아갔지만 침울한 기분은 추위가 가셔도 변함없었다. 잠깐 사이에 손발은 얼음장이 되어 손가락이 아플 지경이지만, 마음속에 내려앉은 차가운 덩어리는 그 탓만은 아니었다.

"추웠지?"

교소는 묻고서 쾌활하게 덧붙였다.

"어때, 따뜻한 곳에 가보고 싶지는 않나?"

"따뜻한 곳요?"

고개를 갸우뚱거리는 다이키에게 "따뜻하고 눈이 없고 꽃이 핀 곳이지" 하고 대답한다.

"하지만 지금은 겨울인데요?"

다이키가 묻자 교소는 몸을 살짝 굽혀서 다이키의 어깨에 손을 얹고 미소 지었다.

"고리篙里에게 부탁하고 싶은 일이 있다."

다이키는 더욱 어리둥절했다. '따뜻한 곳'과 '부탁' 사이에 어떤 관계가 있는지 통 모르겠다.

"연국漣國에 가주었으면 한다."

"연…… 연국요? 저어기 남쪽에 있는?"

교소가 고개를 끄덕였다.

"고리는 이전에 봉산蓬山에서 염 태보廉台輔의 신세를 졌지. 답례도 드리고, 덕분에 대국이 안정되었다는 소식도 알리고도 싶구나. 그런데 나에게는 그럴 여유가 없어."

"그래서 제가 가는 건가요?"

"원칙대로라면 등극하고 바로 답례 사절을 보내야 했으나 듣자 하니 연국에 내란이 있었고, 난은 평정했다지만 한동안 정신없으실 듯하여 삼갔었다. 아무래도 이제 사태가 진정된 듯하더구나. 그래서 나 대신에 사절로 염왕廉王을 뵙고 와주었으면 하는 것이다."

"저 혼자서……요?"

다이키는 우물거렸다.

"물론 사람을 붙여주겠다. 막중한 임무지만 가주겠지?"

다이키는 교소와 헤어져 세이라이가 기다리는 안뜰로 터벅터벅 돌아갔다. 다이키를 발견하고 다가온 세이라이는 이내 이상하다는 듯이 고개를 갸웃했다.

"무슨 일이 있으셨습니까?"

"내가 연국에 가게 되었어."

다이키의 말에 세이라이는 알았다는 듯이 고개를 끄덕였다.

"아아, 그 이야기가 나왔습니까."

"알고 있었어?"

"태보에게는 너무 큰 임무겠냐고 주상께서 하문하셨습니다.

태보라면 문제없다고 보증을 해두었지요."

세이라이가 다이키의 얼굴을 들여다보았다.

"혹여 연국에 가기가 싫으십니까?"

"아니야."

다이키는 거세게 고개를 저었다. 정말로 싫지 않았고, 싫어한다는 오해도 받고 싶지 않았다.

"불안하신 겁니까?"

다이키는 고개를 숙인 채 가로저었다.

"그런 건 아니지만……."

"큰 임무이니까요. 그런데 교소 님은 함께하지 못하시지요."

세이라이는 원래 교소 군의 군리軍吏(막료)였다. 그래서 이따금 '주상'을 빼먹는다.

"연국은 머니까 다녀오려면 시간이 아주 많이 걸리겠지?"

"그렇겠지요. 기수를 써도 가는 길만 보름은 걸립니다. 서둘러 다녀와도 새해 제례 전에는 오지 못하실 겁니다."

"내가 없어도 돼?"

"원칙적으로는 주상과 태보가 함께 맞이하셔야 합니다. 주상도 그러니 이 시기에 사절을 보낼 생각을 하셨겠지요. 마침 지금은 제례가 줄줄이 있는 탓에 중대한 용건이 적은 시기이니까요. 생각해보세요. 이런 시기가 아니면 상대방에게도 폐가 되지 않겠습니까."

"그렇구나……."

"교소 님과 떨어지시는 것이 적적하십니까?"

다이키는 세이라이를 올려다보았다. 세이라이는 이해했다는 듯이 고개를 끄덕였다.

"요새 교소 님께서 바쁘셨으니."

실제로 교소는 요즘 몹시 분주했다. 동지의 교사郊祀 전부터 정말로 바빠 보였고, 교사가 끝난 뒤에도 변함없었다. 세이라이를 부상으로 붙인 뒤부터 오후 공무를 다이키와 함께하는 일도 없어졌다. 식사도 반드시 함께는 아니었고, 조의 전후에 잠시 말을 주고받는 것이 고작일 때도 많았다.

"느긋하게 이야기할 여유도 없지요. 그런데다 긴 여행길에 오르려니 불안해지신 게로군요?"

"응……."

얼마나 바쁜지는 잘 안다. 그래도 불안해진다. 무언가 비위에 거슬릴 만한 짓을 했는지 무심결에 고민하는 까닭은 고향집에서 늘 그랬기 때문이다.

다이키는 기대에 부응하지 못하는 아이였다. 주위에서 기대하는 것은 아는데 무엇을 원하는지 몰랐다. 마음을 써서 한 행동이 곧잘 가족을 실망시켰다. 다이키는 자신 탓에 무언가가 잘 풀리지 않는다는 직감을 품고 있었고 그 사실은 지금도 변함없었다.

"내가 있으면 거추장스러운 걸까? 그래서 연국으로 보내는 걸까."

"설마요."

세이라이가 활짝 웃었다.

"그래서 그렇게 풀이 죽어 계셨습니까. 그런 일이 있을 리가 없지 않습니까. 태보는 천하에 둘도 없는 분이신걸요."

"내가 기린이니까?"

"그럼요."

"하지만……."

다이키는 말문을 열었지만 뒤를 잇지 못했다. 세이라이는 의아해하며 뒷말을 기다렸지만, 다이키는 고개를 가로젓고 입을 다물었다. 세이라이는 상냥하게 쓴웃음을 지었다.

"많이 불안하셨군요. 그렇다면 더욱 힘내서 대임을 완수해야 한다고 봅니다. 그러면 아마도 좋은 일이 있을 겁니다."

"좋은 일?"

"예."

세이라이는 웃으며 대답하고 장난스럽게 손을 들었다.

"더이상은 비밀입니다."

"뭐어?"

다이키는 저도 모르게 세이라이의 소매를 잡았다.

"저기, 세이라이."

"안 됩니다, 안 돼요. 조르는 데 천재인 태보의 말씀을 들어드리고 싶은 마음이야 가득하지만, 말했다가는 교소 님께 야단맞고 맙니다."

그때부터 대국과 연국의 국부國府는 숨가쁘게 연통을 주고받아 일정과 인원을 결정했다.

다이키를 정사正使로, 부상傅相인 세이라이와 다이키를 호위하는 대복大僕 단스이潭翠가 따른다. 그리고 부사副使로 서주사 좌군장군 소겐霜元과 금군 우군 장군 아센까지 네 사람. 네 사람이 저마다 하관下官을 한 사람씩 거느려 다 해서 고작 아홉 명. 칙사 깃발은 따로 들지 않고, 평복 차림으로 연국을 향해 떠난다. 정식 사절이지만 어디까지나 태왕泰王 개인이 염왕 개인에게 보내는 형식이다.

연국은 세계 남서쪽에 위치하여, 대국과 마찬가지로 대륙과는 허해虛海로 가로막혀 있다. 대국에서 가장 먼 나라다. 실제로 대국과 연국은 어떠한 관계도 맺지 않았다. 여태껏 단 한 번도 국교를 맺은 적이 없었고, 앞으로도 교류할 필요는 없다. 다만 다이키는 일찍이 개인적으로 렌린廉麟(연국의 기린)의 신세를 진 적이 있다. 고향인 이국으로 떠내려간 다이키를 도로 이 세계로 데려온 이가 렌린이다.

"염 태보는 어떤 분일 것 같아?"

홍기를 떠나자마자 다이키는 세이라이에게 물었다. 연국까지는 기수를 이용하지만, 다이키는 아직 기수를 타지 못한다. 그래서 소를 닮은 기수 두 마리의 등에 얹은 바구니 같은 가마 안에 얌전히 들어가 있었다. 동반한 세이라이는 "어이쿠" 하고 이상한 소리를 냈다.

"태보께서 아시는 것 아니었습니까?"

"아냐, 나도 뵌 적은 없어. 으음, 얼굴을 보기는 했는데 내가 이쪽으로 되돌아온 직후라 엄청 놀라서 제대로 보지 못했어."

다이키는 부끄러워하며 고백했다.

"사실은 울었거든. 왜 그랬는지 나도 잘 모르겠지만. 우는 사이에 잠들어서 눈을 떴더니 염 태보는 벌써 연국으로 돌아가신 뒤였어."

"그러셨습니까……. 저도 염 태보는 알지 못합니다. 아마도 대국에서 염왕과 염 태보가 어떤 분인지 아는 사람은 아무도 없겠지요."

"왕도 기린도 열두 사람밖에 없으니 사이좋게 지내면 좋을 텐데."

다이키의 말에 세이라이는 환히 웃는다.

"그러게 말입니다……. 하지만 생각처럼 간단하지 않은 이유는 언젠가 태보께서도 아시게 될 겁니다."

그 말을 들은 다이키는 어리둥절했지만 이내 납득할 수 있었다.

자주 오가기에는 너무 멀다.

다리가 빠른 기수로도 대국을 나오는 데만 꼬박 하루가 걸렸다. 거기서부터 또 하루 밤낮을 들여 바다를 건너고, 유국柳國의 항구 도시를 시작으로 허해 연안을 따라 공국恭國으로 향했다. 해안가를 따라 범국範國을 남하해 다시 바다를 건너, 하늘길로 보름이 지나자 드디어 연국 해안가가 보였다.

"아주 잘 알겠어……."

연국의 도읍, 중령重嶺에 내려앉으면서 다이키가 중얼거리자 세이라이가 고개를 갸웃했다.

"사이좋게 지내지 못하는 이유……. 이렇게 멀면 놀러갔다가 돌아오는 것만으로 다른 일을 할 여유가 없겠지."

"그렇겠지요."

세이라이가 웃었다.

"무척 오랜 여정이었네요. 피곤하지 않으십니까?"

다이키 일행은 중령을 둘러싼 공터에서 기수를 내렸다. 가까이 보이는 중령이라는 도시는 새해를 코앞에 두고 화려한 장식으로 치장하고 있었다.

"아니. 오늘은 한나절밖에 날지 않았잖아."

"그러십니까."

세이라이는 실망한 것처럼 한숨을 쉬었다.

"태보께서 참을성이 강하셔서 이 늙은이의 일거리를 줄여주시니 적적합니다."

다이키는 깜짝 놀라 세이라이를 올려다보았다.

"세이라이, 적적해?"

"그렇고말고요. 선머슴의 목덜미를 붙들고 잔소리를 퍼붓는 것이 제가 할 일인걸요. 가끔은 어처구니없는 장난을 쳐서, 존귀한 엉덩이를 때리게 해주시지 않으면 이 늙은이는 낙이 없습니다."

세이라이가 익살을 떨듯이 얼굴을 찌푸려서 다이키는 키득키득 웃었다.

"명심할게."

"잘 부탁드립니다."

세이라이와 웃고 있을 때, 바로 옆에 있는 거대한 정문인 오문午門에서 한발 먼저 중령으로 향한 하관 두 사람이 왔다. 하관네 명 중 두 사람이 교대로 한발 먼저 여관을 떠나 당일 체류지에 먼저 도착해 숙소를 마련한다.

"아아, 마중이 나왔군요. 오늘 묵을 여관이 좋은 곳이면 좋겠습니다."

중령은 믿기지 않을 만큼 따뜻했다. 유국, 공국, 범국, 나라 하나하나를 지날 때마다 따뜻해지는 것을 똑똑히 알 수 있었다. 대국에서는 겨울이면 꼭 필요한 양모 안감에 새털을 집어넣은 외투도 범국 남부에 접어들면서 결국 벗고 말았다.

그런 식이었으니 여관에 들어가 백규궁白圭宮을 나선 날 이후로 오랜만에 조복朝服으로 갈아입은 세이라이는 그것만으로 이미 넌더리가 난 얼굴이었다.

"더워 보여."

침실을 나온 세이라이에게 다이키가 말을 걸자 "하아" 하고 세이라이는 한심한 표정을 지었다.

"연국은 따뜻하다고 들었지만, 이 정도일 줄은 몰랐습니다. 대국의 봄이나 가을 기후로군요."

"그러네."

"어찌되었든 대국의 이 시기 조복이 이러니 하는 수 없습니다. 저는 국부를 방문하여 도착 인사를 하고 오겠습니다."

"나는 가지 않아도 돼?"

"미리 알리는 것이 우선이니까요. 태보께서 행차하실 때에는 예복을 입으셔야 하니 지금은 시원한 바람이라도 쐬세요. 아마 저녁에는 돌아올 겝니다."

"그리고 나는 세이라이가 돌아올 때까지 장난을 잔뜩 쳐둬야 하는구나."

다이키의 말에 세이라이는 큰 소리로 웃었다.

"그렇습니다. 단스이를 아주 난처하게 만드시는 겁니다."

세이라이는 거실 구석에 그림자처럼 대기하고 있는 대복을 흘끔 보았다. 단스이는 평소처럼 말없이 세이라이의 익살에 참견하지 않았지만, 쓴웃음을 슬쩍 지었다.

"단스이에게는 비밀이지만 저는 늘 한 번쯤 단스이의 낯빛이 달라지는 모습이 보고 싶었어요."

"단스이가 불같이 화낼 만한 장난을 쳐야겠구나."

"힘내주세요. 그러면 이 영감이 돌아오자마자 나무에 매달아 드릴 테니까요."

마찬가지로 조복으로 갈아입은 하관 두 사람을 데리고 나간 세이라이와 교대하듯이 여장을 푼 소겐과 아센이 다이키의 방을 찾아왔다.

"피곤하지는 않으십니까."

소겐이 물었다. 소겐은 원래 교소 군의 사수師帥(사관)로, 새 조정에서는 서주사의 핵심인 좌군 장군에 올랐다. 금군 좌군을 맡은 간초만큼 거한은 아니지만 키가 큰 대장부인 그는 침착한 언행에서 은근한 품격이 느껴졌다. 다이키는 소겐을 볼 때마다 고향에서 읽은 이야기에 나오는 '기사'라는 말을 떠올렸다.

"괜찮아. 그보다 저기 봐."

다이키가 창가에서 바깥 정원을 가리키자 두 장군은 스스럼없이 창가로 다가와 다이키가 가리킨 방향을 보았다.

"정원에 꽃이 있어."

교소는 "꽃이 핀 곳"이라고 했는데 이 계절에 당연한 듯 꽃을 볼 수 있는 나라가 정말로 있을 줄은 생각지 못했다. 눈으로 뒤덮인 곳도 없다. 이렇게 창가에 있어도 춥지 않았다. 대국의 창가에서는 외풍이나 냉기에 몸을 떨어야 했다.

소겐은 바깥을 보고 실눈을 떴다.

"무슨 꽃일까요. 이제 일제히 피기 시작하는 모양이군요. 이런 계절에 눈이 없는 나라가 있을 줄은 생각도 못 했습니다."

"나도."

다이키는 창가에 턱을 괴었다.

"대국이 온통 새하야니까 이쪽은 다 그런가 보다 했었어."

"이쪽요?"

"응. 봉래蓬萊의 집에는 이따금 눈이 내렸거든. 평소에는 눈이 없었고. 그렇다고 이렇게 따뜻하지도 않았지만. 하지만 대국은 눈이 많잖아? 그러니까 이쪽은 어느 나라고 모두 그런가 했지. 나는 이쪽 겨울은 처음이니까. 하지만 그렇게 추운 나라는 대국뿐이구나."

"그러셨군요."

소겐은 고지식하게 대답했다.

"새삼 세상은 넓군요."

"바깥 농지도 아직 수확하지 않았고……."

"남쪽 나라에서는 겨울에도 농지를 쉬게 두지 않는답니다."

그렇게 말한 사람은 아센이었다.

"잡곡을 심는다고 들은 적이 있습니다."

"와아."

다이키가 눈을 깜빡였다.

"겨울에도 식물이 자라는구나. 그러면 한겨울에도 밭에 나가서 채소를 따 올 수도 있을까."

"그런 모양입니다."

"대국도 그러면 좋을 텐데……."

다이키가 한숨을 쉬자 두 장군도 깊이 공감하며 동의했다.

"아이들은 바깥에서 뛰어놀까. 어쩌면 아직 가축도 풀어놨을지 모르겠네."

따뜻한 이 나라 사람들은 어떻게 살아갈까. 그 모습을 조금이라도 살피고 싶어 창밖으로 열심히 내다보는 다이키에게 아센이 말을 걸었다.

"잠시 바깥을 걸으시겠습니까? 피곤하지 않으시다면 함께하겠습니다."

"진짜? 괜찮아?"

다이키가 돌아보고 펄쩍 뛰어오르자 아센은 웃으며 고개를 끄덕였다.

선왕 밑에서 교소와 마찬가지로 금군 장군이었던 아센은 교소와 함께 쌍벽을 이루던 인물이라고 들었다. 인망도 두텁고 무용도 동격, 그 탓인지 풍모도 어딘지 모르게 교소와 닮았다. 다만, 교소는 때로 무섭다. 그런 교소에게서 뿜어져 나오는 숨이 멎을 만한 패기가 아센에게는 없다. 그래서 다이키는 아센이 무섭지 않았다.

다이키는 기대를 담아 소겐을 바라보았다. 소겐은 옳고 그름을 따지듯 생각에 잠겼지만,

"중령을 보시는 것은 나쁘지 않겠지. 태보의 견문이 넓은 것은 오히려 좋은 일이라고 본다만."

아센이 이렇게 거들어주자 승낙했다.

"우리와 단스이가 있다면 큰일이야 없겠지요."

중령은 홍기와 마찬가지로 능운산 기슭에 펼쳐져 있었다. 한겨울인데도 오가는 사람이 많고 도시에는 개방적인 분위기가 흘렀다. 다이키는 이런 분위기가 신기했다.

홍기와는 너무나 다르다. 홍기의 집들은 얼어붙은 눈에 덮여 있고, 백성은 두꺼운 벽 안쪽의 온기에 기대 살아간다. 산야는 온통 눈으로 덮여 있고, 가축을 문밖에 풀어놓지도 못하거니와 어떤 결실도 기대할 수 없다. 길을 오가는 사람이라고는 꼭 필요한 볼일이 있는 자들뿐이고, 두꺼운 외투를 입고 깃을 세우고 천이나 모피로 머리를 덮고 몸을 움츠린 채 길을 서두른다. 모든 것이 강력한 힘으로 안쪽으로, 안쪽으로 밀어넣는 것 같은 나라가 바로 대국이다.

연국은 반대다. 다이키의 눈에는 한겨울인데도 온갖 것이 열려 있는 것처럼 보였다. 널문을 활짝 연 창문으로는 건물 안쪽을 살필 수가 있고 점포 역시 열려 있어 많은 사람이 드나든다. 길가에서 서서 이야기를 나누는 사람들, 뛰어다니는 아이들, 공터에는 가축이 무리 지어 지면을 가득 덮은 마른 풀을 먹고 있다.

"굉장하구나……."

다이키가 한숨 쉬며 중얼거리자 "그렇군요"라며 아센의 씁쓸한 미소가 돌아왔다.

"대국의 겨울이 이 절반만큼이라도 덜 혹독하다면 백성의 삶도 무척 달라졌으련만."

정말로 그렇다. 나라는 결코 풍족해 보이지 않았지만(공국이나 범국이 훨씬 풍요로웠다) 거리나 사람들에게서 왠지 모를 여유 같은 것이 감돌았다. 얼마 전까지 연국에서 일어났다던 내란의 긴장감은 어디에도 남아 있지 않았다. 대국은 이렇지 않다. 왕조가 바뀌고 얼마 지나지 않았다지만, 홍기 같은 도시조차 얼어죽는 사람이 나온다. 물자가 떨어져 굶어 죽는 사람이 나오는 고을이 있고, 그 때문에 위험한 줄 알면서도 고을을 버리고 깊은 눈을 헤치며 줄지어 인근 도시로 향하는 사람들도 있다.

애초에 대지의 수확은 가까스로 백성이 살아갈 정도이고, 옥이나 금은이 살림의 보탬이 되었다. 그런 여유조차 선왕이 모조리 독점해 대국의 백성은 오래도록 빠듯한 생활을 해야만 했다. 새로운 왕이 등극한 지금도 여전히 크게 개선되지는 않았다.

"하늘의 신이 대국을 따듯하게 해주면 좋을 텐데."

다이키의 말에 소겐이 미소 지었다.

"대신에 천제는 대국에 새로운 왕을 내려주셨습니다."

"맞아."

다이키는 목소리를 낮추고 시선을 떨어뜨렸다.

"좋은 왕만 계시면 나라와 백성이 서로 협력해 고난을 뛰어넘을 수 있습니다. 이보다 더 큰 은혜는 없지요."

"응……."

"왜 그러십니까?"

"아니야."

다이키는 고개만 가로젓고 대답하지 않았다. 의아해하는 소겐의 눈길을 피했다. 그 시선 끝에는 녹지가 펼쳐져 있고, 괭이와 가래를 든 사람들이 느긋하게 일하고 있었다.

대국도 저러면 좋을 텐데.

아센과 여관으로 돌아와, 돌아온 세이라이를 맞이하고 이튿날에 대비해 침실로 물러간 뒤에도 다이키는 그 생각만 했다.

공국이나 범국처럼 풍요롭다면. 아니면 연국처럼 기후의 혜택이 있다면.

교소가 금문에 데려다준 이후로 다이키의 마음속에는 풀리지 않는 차가운 멍울이 맺혔다. 그런 추위 속에 사는 사람들이 있다. 관리에게 들은 바로는 백성의 살림살이는 좋지 않았다. 얼어 죽고, 굶어 죽은 사람이 나왔다는 이야기를 들으면 더욱더 오싹했다.

'많은 사람이 곤궁에 처했어…….'

비정한 하얀 풍경 속에서.

그런데 자신은 아무것도 할 수 없다.

다이키는 기린이다. 하늘이 만들어 백성에게 내렸다고 한다. 하늘의 뜻과 통하고, 하늘의 목소리를 잘 듣는다. 천제의 아이라고 부르며 하늘의 대리인이라고 하지만 다이키에게는 백성을 구할 어떠한 힘도 없었다. 기후를 바꿀 수 없음은 물론이고 어떤 기적도 베풀지 못한다.

기린은 왕을 고른다, 그저 그뿐이다. 그리고 다이키는 교소를 고르고 왕으로 만들었다. 그것으로 기적을 다 써버린 예감이 들었다.

'이제 아무 힘도 남아 있지 않아…….'

다이키가 해야 할 일은 이제 아무것도 없었다. 아니, 재보로서 공무, 주후로서 공무, 역할이 없는 것은 아니다. 그러나 다이키는 아직 그런 일을 해낼 만큼 크지 않다. 실제로 모든 실무를 도맡아 하는 사람은 세이라이고 교소이지 다이키는 하라는 대로 고개만 끄덕일 뿐이었다. 오히려 다이키에게 설명하고 이해시켜야 하는 만큼 세이라이는 쓸데없는 수고까지 짊어지고 있다.

왕을 고르고 난 기린은 무엇을 위해 존재하는가.

자신이 큰 기대를 짊어지고 있다는 사실은 알고 있다. 세이라이나 아센, 소겐, 그런 어른들의 행동을 보면 알 수 있다. 어엿한 어른이 한낱 어린아이인 다이키에게 공손하게 대한다. 세이라이의 말대로 '둘도 없는' 존재에 대한 예의가 틀림없다.

하지만 다이키의 '둘도 없는' 가치는 어디에 있는 것일까. 한때는 있었는지도 모르고, 장래에 만에 하나 교소가 선왕처럼 도를 잃어 새로운 왕이 필요해졌을 때에는 또 '있을'지도 모른다. 그러나 지금의 다이키는 고작 열한 살을 앞둔 아이일 따름이다. 아무것도 하지 못하고 무엇도 알지 못한다. 자신은 주위 사람들의 짐일 뿐이다.

다이키가 품은 불안의 뿌리는 그곳에 있다.

기대받고 있다는 것은 알고 있다. 그런데 무엇을 하면 될지 모르겠다. 할 수 있는 일은 무엇 하나 없고, 그저 지켜보기만 하는 자신은 쓸모없는 존재고, 있으면 방해만 된다는 생각을 떨칠 수 없었다. 세이라이도 교소도 그렇게 생각하지는 않을까, 그렇게 생각하는 것이 당연하지는 않을까.

이튿날 다이키는 예장을 갖추고 중령 북쪽에 우뚝 치솟은 고문皐門(국부로 들어가는 문)을 지났다. 연국의 왕, 염왕의 거처를 우료궁雨潦宮이라 한다.

일행은 마중나온 연국 대행인大行人(타국의 사절을 접대하는 관리)들의 안내로 오문五門을 하나씩 지났다. 문을 지날 때마다 중령산 내부를 지나는 계단 형태의 굴을 빠져나가고, 운해를 관통하는 거대한 산의 삼부 능선, 오부 능선, 칠부 능선으로 올라간다. 마지막 굴을 올라 다섯 번째 노문路門을 넘자 이미 운해 위였다. 섬처럼 치솟은 산꼭대기에 펼쳐진 연조燕朝와 궁궐의 기본 구조는 우료궁과 백규궁이 다르지 않다.

운해 위는 하계보다 더욱 따뜻했다. 중령산 정상은 홍기산보다 기복이 적고 완만하고 넓었다. 그곳에 펼쳐진 왕궁의 건물은 백규궁보다 크고 널찍널찍 배치되어 있으며, 겨울임에도 건물 사이를 풍요로운 녹음이 채우고 있다. 우료궁의 풍경에 다이키는 그리움이 복받쳤다.

우거진 나무 사이에 놓인 궁궐, 건물은 모두 문과 창문이 많고 회랑이나 정자는 벽이 없는 것이 많았다. 건물이 나무와 한데 어우러진 모습은 다이키가 한때를 보낸 봉산의 경치와 비슷하다.

다이키 일행은 노문을 지나 곧장 외전으로 안내받았다. 넓고 썰렁한 공기가 가득한 정전 중앙에는 장엄한 옥좌가 놓여 있었지만 그 자리에는 사람이 보이지 않았다.

텅 빈 옥좌를 보고 다이키는 놀라고 세이라이 일행 또한 당황했으나, 그들을 그곳까지 인도한 연국 관리가 가장 놀란 기색이었다. 어쩔 줄 몰라 하는 얼굴로 서로 마주보고 갈팡질팡하며 광대한 정전 내부를 둘러본다. 휑뎅그렁한 정전 옆쪽에서 한 관리가 뛰어들어왔다. 그가 대행인에게 귀엣말을 했다. 대행인은 놀란 표정을 짓더니 관리와 입씨름을 한 끝에 난처한 기색을 내비치며 다이키 앞에 평복했다.

"무례하기 그지없으니 면목이 없습니다. 부디 마음 상하지 마십시오. 더욱 죄송한 말씀을 하게 되어 송구스럽습니다만, 그것이…… 안쪽으로 가주시겠습니까."

"안쪽으로 말입니까?"

세이라이는 묻고서 아센, 소겐과 얼굴을 마주보았다. 보통 타국의 빈객을 맞이하는 장객전掌客殿은 외전 서쪽에 있고, 이보다 안쪽이라면 내전이다. 어지간히 친밀한 사이라면 모를까 설령 타국의 왕이라 할지라도 그보다 안쪽으로 가벼이 발걸음하는 법은 없다.

"예에. 주상께서 계신 곳으로 안내하라 하십니다."

그리 대답한 대행인도 난처하기 짝이 없는지 이마에 땀이 맺혔다.

서둘러 가마가 준비되었다. 다이키 일행은 더욱 숙연히 나아가 궁성 안 격벽을 지나 내전으로 가야 했다. 내전을 안쪽으로,

안쪽으로 나아가자 조금 전에 본 것보다 더 높고 견고한 격벽이 이중으로 보였다.

"있지, 세이라이."

다이키는 가마 옆에 앉은 부상에게 슬쩍 귓속말로 속삭였다.

"예?"

"아까 보인 건물은 인중전仁重殿이 아닌가 싶은데."

"예."

세이라이는 당혹스러워하며 고개를 끄덕였다.

"솔직히 저도 아까부터 그리 생각했습니다."

"인중전이 있다면 여기는 노침路寢이지?"

"예에……. 그리되겠지요."

"노침 안쪽 문을 지나면 후궁으로 들어가는 것 아닐까."

"그럴…… 겁니다만…… 설마요."

세이라이는 그리 대답했으나 얼굴이 굳었다. 이마에 땀이 살짝 맺힌 것은 아무래도 기온 탓만은 아닌 듯했다.

운해 위에 펼쳐진 궁궐 가장 깊은 곳, 연조는 몇 겹의 격벽과 문으로 몇몇 구획으로 나뉘어 있다. 가장 안쪽이 왕후의 거처인 북궁北宮, 그 바로 앞이 소침小寢, 이를 총칭하여 후궁이라 한다. 후궁 동쪽에는 왕가 친족의 거처인 장명궁長明宮, 가영궁嘉永宮 등으로 이어지는 동궁東宮이, 서쪽에는 봉황과 백치 등 다섯 종

류의 영조靈鳥가 사는 궁으로 구성된 오동궁梧桐宮, 왕이 예배하는 태묘太廟나 자식과 결실을 기원하는 노목路木이 있는 복수전福壽殿 등으로 구성된 서궁西宮이 있고, 후궁, 동궁, 서궁을 통틀어 연침이라 한다. 연침의 중심은 후궁인지라 후궁이라고 묶어서 부르기도 하지만, 대국 백규궁 후궁은 현재 서궁을 제외하고 닫혀 있다. 설령 열려 있더라도 서궁 외의 후궁은 재보조차 쉬이 드나들 수 없다. 아무리 다이키라도 그쯤은 알고 있었다.

그런 후궁으로 향한다고 생각할 수밖에 없는 문 앞에서 대행인 일행은 걸음을 멈추었다. 그러더니 가마를 내리고 일제히 머리를 조아렸다.

"저어…… 무척 실례되는 줄은 압니다만, 부디 이대로 안으로 들어가주십시오. 저희는 이 앞으로는 더 갈 수가 없습니다."

"아, 하오나……."

대행인은 당혹감을 감추지 못하는 세이라이의 말을 끊고 말했다.

"모셔 오라 하셨습니다. 안쪽 문전門殿에 맞이하는 문졸이 있을 겁니다. 부디 이대로 걸음해주십시오."

"저희만 들어가는 건가요?"

정말로 면목이 없습니다, 하며 대행인은 깊이 고개를 숙였다. 불그레한 이마에는 폭포처럼 땀이 흘렀다. 진심으로 난감해하는 대행인을 보고 다이키는 세이라이를 재촉했다.

"오라고 초대하셨으니까……. 응?"

"그러……하옵니다만."

세이라이는 문 안팎을 번갈아 보았다. 아센이 조용히 입을 열었다.

"그렇다면 하관은 여기에서 기다리게 하는 편이 좋겠지요. 이대로 데려간다면 실례가 될 테니까요."

"아닙니다."

대행인이 외쳤다.

"모두 뫼시라 하셨습니다."

그는 그렇게 말하고 또다시 땀범벅인 머리를 돌바닥에 문질렀다.

"난처하신 것은 정말 잘 압니다만, 부디 안으로 드십시오."

후궁은 한산하고 인기척이 없었다. 하관 한 사람 만나지 못한 채 쭉 뻗은 포장된 길을 따라 안쪽 문전에 이르렀으나 주위에 관리 모습은 눈에 들어오지 않았다. 문의 수비를 맡은 문졸조차 보이지 않는다. 시야에 들어오는 곳 어디에도 맞이하는 이는 뵈지 않았다.

"아무도 없네……."

다이키는 활짝 열려 있는 문 너머를 들여다보았다. 녹음이 짙은 앞뜰 너머에 줄지은 소침 건물이 보였지만, 사람 모습은커녕 기척조차 없다.

"어쩌지?"

다이키는 주위 어른들을 돌아보았으나 그들이 더 얼이 빠져 있었다.

"세이라이?"

"어쩌냐고…… 말씀하셔도……."

"나는 후궁에는 들어온 적이 없는데 세이라이는 있어?"

"아……. 들어가기만 한 적이라면 몇 번 있습니다. 백규궁 후궁을 닫을 때 입회했지만, 후궁은 텅 비었었고…… 타국의 후궁도 아니었고……."

낯빛을 보아 하니 소겐과 아센도 마찬가지인 듯했다. 하관들은 너무나 엄청난 일에 얼굴이 백지장이 되었다.

다이키는 문 안쪽으로 살금 들어섰다. 주위를 둘러보고 아무도 없다는 사실을 확인하고 하는 수 없이 앞뜰을 지나 다음 건물까지 가본다.

"태보."

계단을 올라 건물 안과 그보다 더 안쪽에 있는 정원을 바라보고 가볍게 외쳤다.

"실례지만 계세요?"

"태, 태보……."

다이키가 돌아보았다.

"아무도 없으니까 물어보지 않으면 방법이 없잖아?"

"하오나."

"저기요, 아무도 안 계세요? 실례합니다."

세이라이는 뜻밖에 대담한 구석이 있는 기린에게 눈을 동그랗게 뜨고 놀랐으나, 이는 그리 대단한 일이 아니었다. 다이키는 고향에서 남의 집을 방문할 때의 예절에 따랐을 뿐이다.

"계세요?"

다이키는 큰 목소리로 외쳐보았지만 어디에서도 대답은 없었다.

"아무도 없나 봐. 어쩌지?"

"어쩌냐고 물으셔도……."

"잠깐 실례하지, 뭐. 누가 정원을 따라서 찾아볼래?"

"감히 그럴 수는 없습니다."

"이대로 돌아갈 수는 없잖아."

"그것은 그렇습니다만……."

"방안으로만 들어가지 않으면 괜찮지 않을까. 내가 가볼게."

"그건……."

세이라이는 중얼거리고서 갑자기 주먹을 쥐었다.

"저도 함께 가겠습니다. 다른 분들은 이곳에서 기다려주십시오."

"하지만……."

"뭘요, 적어도 일국의 태보께 엄중한 처벌을 내리지는 않겠지요. 저도 각오를 다졌습니다."

"저도" 하며 나서는 단스이를 세이라이가 저지했다.

"이렇게 문을 활짝 열어놓았을 정도이니 별일이야 없겠지요. 태보께는 사령도 있고요. 저와 태보가 가보겠습니다."

다이키는 세이라이와 손을 잡고 안쪽으로 나아갔다. 정원 두 곳을 지나 도착한 사전祀殿에도 역시 개미 새끼 하나 없다. 아예 비워둔 것은 아닌지, 구석구석 깨끗했고 선조의 혼령을 기린 제물상에는 새로운 향과 꽃을 올려놓았다.

달리 이유는 없었지만 다이키와 세이라이는 서쪽으로 걸어가 북궁으로 향했다. 회랑을 가로질러 다른 정원으로 가 이곳저곳을 들여다보고 북궁 정원이 나오자 걸음을 멈췄다.

다이키는 눈을 동그랗게 뜨고 그 광경을 지켜보았다. 곧이어 세이라이를 쳐다봤다.

"밭이 있어."

"있군요……."

"백규궁에는 밭이 없지. 혹시 후궁에는 원래 있는 거야?"

"보통 없을 겁니다."

"내란이 있었다고 했지? 성에서 채소를 재배할 만큼 곤란한 걸까."

"그…… 글쎄요."

다이키는 세이라이와 손을 잡은 채 훌륭한 정원수 바로 옆까지 일궈놓은 채소밭을 밭두렁을 따라 걸어보았다. 건물 모퉁이를 돌자 명백히 전원 풍경이 펼쳐졌다. 반듯하게 정비된 밭두렁을 따라 더 들어가자 키 작은 나무가 질서정연하게 늘어선 구역이 나왔다. 과수원 풍경과 참으로 비슷했다.

"세이라이."

다이키는 세이라이에게 가리켰다. 드디어 사람을 발견했다. 무슨 나무일까. 붉은 열매가 달린 나무 아래에서 농부 한 사람이 가지에 가위질을 하고 있다.

"저기요."

다이키가 소리를 질렀다. 세이라이의 손을 놓고 밝은 숲속으로 총총 달려갔다.

"저기 실례합니다."

다이키가 말을 걸자 농사꾼 차림을 한 사람이 돌아보았다. 다이키를 보고 뒤에 서 있는 세이라이 쪽에 눈길을 주고 생긋 웃는다. 청년은 소매로 얼굴을 닦고 잘라낸 나뭇가지를 가까운 풀더미에 놓더니 고개를 숙였다.

"마음대로 들어와서 죄송합니다. 저희는 사람을 찾고 있어요. 저기 문전에 아무도 안 계셔서요."

"응?"

그는 고개를 갸웃거렸다.

"아무도 없었습니까? 그럼 아마 다들 낮잠이라도 자고 있겠죠."

"일을 방해해서 죄송하지만, 말씀을 전해주실 분은 없을까요. 나는, 아니 저는 대국에서 왔습니다. 다이키라고 합니다."

"아아."

그는 친근한 미소를 지었다.

"그랬군요. 그대가 태 태보입니까. 어린 분이라고 듣기는 했지만 정말로 자그마하시군요."

"그런데 누구세요?"

"아, 나는 오라고 합니다. 오 세이타쿠鴨世卓."

"무척 훌륭한 정원이네요."

다이키가 말하자 청년은 생글생글 웃는다.

"그렇습니까?"

"저기 붉은 열매는 무엇인가요?"

"홍가상紅嘉祥입니다. 하나 드릴까요?"

세이타쿠는 선뜻 팔을 뻗어 반짝반짝한 붉은 과일을 가지에서 땄다. 과일을 바로 옆 물통 안에 던져 넣었다가 수건으로 닦아준다.

"자, 태 태보, 드십시오. 안에 씨앗이 있으니 조심하세요."

"네."

다이키가 세이타쿠를 올려다보았다.

"그렇지만…… 제가 받아도 될까요. 임금님 것 아닌가요?"

"직접 농사를 지었고, 누군가에게 폐를 끼칠 일도 아닌걸요."

"하지만 주상께 혼나지 않을까요?"

세이타쿠는 조금 난처한 얼굴을 했다.

"내가 왕이니 혼날 방도가 없군요."

다이키는 붉은 과일을 손으로 받은 채 놀라서 세이타쿠를 쳐다보았다.

"저…… 염왕이세요?"

"네, 그렇습니다."

다이키는 어찌 반응해야 할지 몰라 세이라이를 돌아보았다. 세이라이 역시 눈을 동그랗게 뜨고 꼼짝 못하고 서 있었다. 다이키는 더욱 난처하여 다시 세이타쿠의 생글생글 웃는 얼굴을 바라보았다. 정전에서 배알하기 위한 예의는 배웠지만, 이럴 때는 어떻게 해야 할까.

다이키가 당황한 것을 알아챈 낌새도 없이 세이타쿠는 또 손을 뻗어 붉은 열매를 따면서 세이라이를 보았다.

"거기 계신 분도 어떠십니까?"

"예, 아…… 아니요."

"아아, 선 채로는 실례인가요. 근처에 정자가 있으니 그리로 갈까요."

다이키는 고개를 끄덕였다.

세이타쿠는 들통에 홍가상 열매를 여러 개 담아 손에 든 채 과수원을 나왔다. 얼마 걷지 않아 깔끔하게 돌로 정비한 연못가가 나왔다. 복잡한 기하학무늬를 그리는 못 여기저기에 다리가 걸려 있고, 주변에는 정자와 노대가 물을 흠모하듯이 모여 있었다.

세이타쿠는 그중 한 정자로 향하며 연못가에서 손짓했다.

"태보, 이리 앉으십시오. 의복 때문에 더우시죠. 외투를 벗지 그러십니까?"

"음…… 예, 하지만……."

다이키가 세이라이를 돌아보았다. 세이라이는 어색한 미소를 지었다.

"그러십시오."

"그쪽 분도요."

"아니요, 소관은 신경쓰지 마십시오."

"덥지 않으신가요?"

"아, 예, 그렇지만, 그러면 말씀대로 따르겠습니다."

세이타쿠는 횡설수설하는 세이라이를 생기 가득한 눈으로 지켜보고는 못에서 손을 닦고 들통 안의 과일을 씻었다. 홍가상을 연못가에 있는 돌로 된 탁자 위에 올려놓는다.

"태보가 예장을 갖추고 오셨는데 이런 차림으로는 실례겠군요. 공적인 용무가 아니라 개인적으로 오셨다고 듣는 바람에."

"아니요……. 저기, 저희야말로 죄송해요."

세이타쿠가 웃었다.

"태보가 사과하실 일이 아닙니다. 나는 통 아둔해요. 공무가 아니라고 듣고 옆집 사람이 차를 마시러 오는 것처럼 생각했어요. 태보에게 혼나게 생겼어요."

"제게요?"

세이타쿠가 웃었다.

"아아, 우리 태보 말입니다……. 그렇군요, 복잡하네요. 나는 이렇게 항상 렌린에게 혼이 납니다."

세이타쿠는 말하면서 밝게 웃는다.

"홍가상이 마음에 걸려서 별생각 없이 이쪽으로 뫼시라고 했어요. 역시 렌린의 말대로 예복을 입고 외전에서 기다려야 했던 거군요."

"조금 전에는 무얼 하고 계셨나요?"

"가지를 쳤습니다. 자라지 않을 것 같은 열매가 달린 가지를 자르면 다른 열매가 커지죠."

"염왕께서는 그런 걸 잘 아시네요."

"농부니까요. 이게 농부가 하는 일이에요."

다이키는 눈을 동그랗게 떴다.

"왕이 직업 아닌가요?"

세이타쿠는 생각지도 못한 소리를 들은 것처럼 눈을 크게 뜨고 고개를 갸웃했다.

"그건 소임이 아닐까요. 직업은 아닐 거예요. 그걸로 먹고사는 건 아니니까."

뜻을 이해하지 못한 채 다이키가 눈을 깜빡거리자 세이타쿠가 웃는다.

"농부의 일은 작물을 재배하거나 가축을 기르는 일이죠?"

"으음……. 그러네요."

다이키는 고개를 끄덕이고 물었다.

"하지만 그…… 소임을 다하는 것도 일이 아닌가요?"

"아마도 아닌 것 같은데요."

"소임과 일은 다른 것인가요?"

세이타쿠는 웃었다.

"직업은 스스로 고르는 것입니다. 소임은 하늘이 내리는 것이죠."

다이키가 어리둥절해하는 가운데 익숙한 목소리가 들렸다. 말없이 기다리던 세이라이가 한발 먼저 돌아보고는, 다가오는 사람을 보고 "소겐" 하고 매달리는 듯한 목소리로 외쳤다. 동시에 발랄한 여자 목소리가 들렸다.

"어쩜, 그런 차림으로 태보를 맞이하신 거예요?"

어이없어하며 말한 여자는 햇살처럼 밝은 금발이었다.

"게다가 이런 곳에서. 사적인 방문이라 할지라도 정도가 있다고 말씀드렸거늘."

"응, 그래. 태보 말이 맞았어. 큰 결례를 저지른 것 같아."

"함께 오신 분들이 문 앞에서 이러지도 저러지도 못하고 계셨어요. 정말로 애먹이는 분이세요."

세이타쿠는 아이처럼 미안하다고 사과했지만 생글생글 웃고 있다. 여자는 그 모습을 보고 미안한 듯 미소를 짓고, 다이키 앞에 무릎을 꿇고 시선을 맞추었다.

"태 태보십니까? 잘 오셨습니다. 부디 마음 상하지 않으셨으면 좋겠어요."

"염 태보세요?"

"예. 뵙게 되어 반갑습니다."

"저도요. 아, 감사합니다."

"예?"

"봉산의 교쿠요玉葉 님께 들었어요. 일전에 교쿠요 님이 저를 데리러 산시汕子를 보냈을 때 염 태보께서 소중한 물건을 빌려주셨지요?"

렌린이 미소 지었다.

"오강환사吳剛環蛇라면 주상께 빌린 겁니다. 감사 인사라면 주상께 드리라고 하고 싶은 참이지만, 주상께서는 그보다 먼저 옷을 갈아입으셔야 합니다."

쓴웃음이 담긴 시선을 받고 세이타쿠는 그러냐며 중얼거렸다.

"죄송합니다. 제대로 준비할 테니까 잠깐 기다려주세요."

세이타쿠는 쑥스럽게 웃으면서 정침으로 돌아가고, 다이키 일행은 다시 외전으로 안내받았다. 드디어 예법에 맞게 만사가 풀리기 시작했다.

다이키는 사흘 동안 머무를 예정이었다. 공식적인 사절 대접을 받고 공식 행사에 참가도 했지만, 세이타쿠는 다이키 일행을 사적인 손님으로 맞이했다. 숙소도 장객전이 있는 구역이 아니라, 정침의 커다란 정원 안에 마련되었다. 그래서 주위에 파견된 관리라고는 시중을 들기 위한 최소한의 하관뿐이었다. 게다가 세이타쿠는 연조라면 어디든 마음대로 출입하라고 어이없을 정도로 쉽게 말했다.

"이렇게 무방비해도 괜찮을까."

소겐은 이해하기 어려운 눈치였다. 어른들은 대개 당혹감을 느끼며 불편한 듯 보였지만, 다이키는 반대로 편하게 지낼 수 있었다. 갖가지 예의며 규정 대부분을 다이키는 잘 알지 못했다. 지식으로 알고는 있어도 몸에 익지 않아서 실수하지 않기 위해 늘 긴장하고 있어야만 하는데, 우료궁에서는 그런 것을 전혀 신경쓰지 않아도 괜찮았다.

"무방비하다는 것은 그만큼 궁성 안이 안전하다는 소리이겠다만."

아센이 쓴웃음을 지으며 말했지만 세이라이는 한숨을 쉬었다.

"안전한 건지, 태평한 건지……. 아무래도 연국 분들은 무슨 일이든 느긋해 보여서……."

"그러면 안 돼?"

다이키가 묻자 세이라이는 한심스럽게 어깨를 떨어뜨렸다.

"안 될 일은 없지요. 할아범은 익숙하지 않을 뿐입니다. 아시다시피 저는 군의 문관 출신이라 규율을 엄히 감독당하고, 빨리 빨리 재촉받는 상황에는 익숙하지만 반대면 도무지……."

소겐과 아센도 동의하듯이 고개를 끄덕였다.

"몸 둘 바를 모르겠다고 해야 할까요……. 아, 저희는 여기에서 위축되어 있을 테니 태보는 노십시오. 태보는 이곳이 잘 맞으시는 듯하오니."

"특별히 백규궁이 싫은 것은 아니야."

"압니다. 저도 우료궁이 싫지 않아요. 이틀 동안 단스이가 어쩔 줄 몰라 하는 모습을 세 번이나 봤으니까요."

"맞아."

다이키가 웃었다.

"어제, 염 태보께서 아침을 들고 와서 차를 따라주실 때는 얼어버리더군요."

"대놓고 말하지는 못하지만 그런 단스이는 좀처럼 구경할 수 없어요."

다이키는 키득거리며 웃었다. 당사자인 단스이는 문 옆에 서서 여느 때처럼 들리지 않는 척하고 있었으나, 어쩐지 부루퉁해 보였다.

"그럼 다녀올게."

다이키는 인사하고 널찍한 누각을 나왔다. 단스이가 말없이 따라왔다. 다이키는 곧장 북궁으로 간다. 세이타쿠는 공무중이 아니면 틀림없이 밭에 있으리라 생각하고 밭으로 향하자, 아니나 다를까 농사꾼 차림으로 일하는 세이타쿠의 모습이 보였다.

"안녕하세요."

인사하니 씩 웃는다. 조금도 거드름 피우지 않고 웃는 얼굴이 다이키는 반가웠다. 세이타쿠는 공무를 보는 동안이나 공식 행사를 하는 동안에도 틈만 나면 밭에 나온다. 다이키는 내내 밭에 죽치고 있으면서 밭일을 도왔다. 아니, 돕는다기보다 세이타쿠 주변을 알짱거리며 가끔 시키는 일을 한다고 하는 편이 옳을지도 모르겠다. 다이키는 농사일을 한 경험이 없다. 애초에 도우려 해도 무엇을 하면 좋은지 모른다. 어쩔 수 없이 세이타쿠가 하라는 대로 우왕좌왕하는 점은 대국에서의 모습과 조금도 다르지 않았다.

"제가…… 방해하고 있지요."

부딪히는 바람에 여기저기 흐트러진 가지를 주워 모으다 생각 끝에 입밖으로 내고 말았다. 세이타쿠는 함께 주우면서 아니라며 웃는다. 다이키에게는 이 왕은 늘 웃는 인상이었다.

"무척 거치적거리겠지만 내일이면 이제 돌아가야 하니…… 조금만 더 참아주시면 안 될까요?"

"조금도 방해되지 않아요. 나도 어릴 때 일하는 이웃들 곁에서 태 태보처럼 도우며 일을 배웠답니다."

세이타쿠는 이렇게 말하고는 곧바로 "아" 하고 외치더니 쑥스러워하며 웃었다.

"그렇구나. 태보께서는 농사일을 배워도 소용없겠군요. 혹시 내가 태보를 이상한 일에 끌고 다닌 건가요."

"그렇지 않아요. 저기…… 저는 도울 수 있는 게 무척 기쁜데요……."

진심이었다. 다이키는 농사일을 가까이에서 처음 보았고, 그래서 신기했다. 따뜻한 바람을 맞으며 돌아다니는 것이 상쾌하고, 활기차게 움직이는 세이타쿠를 보는 것도 마찬가지로 기분이 좋았다. 무엇보다도 조금도 꾸밈없는 세이타쿠의 분위기가 다이키는 마음이 놓인다. 이 세상과 어른의 상식에 어두운 다이키에게는 그저 어른들에 둘러싸여 있는 것만으로도 크나큰 긴장감을 강요당하는 엄청난 일이었다.

"하지만…… 방해만 하는 거라면 다른 데로 가는 편이 나은가 해서……."

풀이 죽어 말하는 다이키를 보며 세이타쿠는 의아한 얼굴을 했다.

"무슨 일이 있으셨습니까?"

"네?"

다이키가 되묻자 세이타쿠도 물었다.

"도와주는데 방해가 될 리 없지 않아요? 그런데 왜 그렇게 말씀하십니까?"

"저는 아무것도 못 하고……."

"아까부터 저렇게 많은 가지를 날라주셨죠? 물 긷기도 도와주었고, 짚도 날라주었고."

"정말로 날랐을 뿐이에요."

"그만큼 나를 도와준 것 아닙니까. 그런데 그렇게 말씀하시다니, 태보는 꼭 자신을 쓸모없는 사람처럼 생각하시는 것 같군요."

세이타쿠의 따스하고 맑은 시선에 다이키는 고개를 떨어뜨렸다.

"그렇지 않다면 다행이지만……. 아마도 그럴 거예요."

"어째서요?"

"저는 아무것도 못 해요. 농사일뿐만 아니라 정말로 아무것도 하지 못해요……. 교소 님은 아직 어리니까 그렇다고 말씀하셨지만, 틀림없이 실망하셨을 거예요."

"그런가요?"

세이타쿠의 물음에 다이키는 고개를 숙였다. 세이타쿠의 손이 다이키의 등을 가볍게 도닥였다.

"조금 쉴까요?"

세이타쿠는 풀더미를 가리켰다.

"아니에요, 계속 일하세요."

"내가 힘들어서 그래요. 차라도 마실까요?"

세이타쿠는 웃으며 말하고서 밭두렁 너머에 대고 말했다.

"함께 오신 분도 차 한잔하시죠?"

떨어진 곳에 대기하던 단스이가 몸짓으로 정중히 사양했다.

"저렇게 쭉 앉아 있으려면 저분도 힘드시겠어요."

세이타쿠는 말하면서 커다란 질주전자에 담아 가져온 차를 따라주었다.

"대복(호위)의 일은 위험해서 힘들 거라 생각했는데, 위험하지 않을 때가 더 힘들지도 모르겠어요."

"그러네요."

다이키는 웃으며 말했지만 이내 미소가 사그라들었다. 세이타쿠가 건넨 찻잔 속을 들여다본다.

"염왕께서는 일과 소임이 다르다고 하셨지요."

"예."

세이타쿠가 고개를 끄덕였다.

"그 말을 들을 때 그렇구나 했어요. 기린은 왕을 고르는 것이 소임이에요. 그리고 제 소임은 끝나버렸어요. 일이라도 열심히 할 수 있다면 좋을 텐데, 저는 어려서 재보로서도 주후로서도 제대로 일할 수가 없어요."

세이타쿠는 다이키를 똑바로 바라보며 고개를 갸웃했다.

"기린의 소임은 연민을 베푸는 것 아닐까요."

"왕을 고르는 것이 아니라요?"

"왕을 고르는 것도 그 일부죠. 백성에게 가장 좋은 왕을 고르는 것이니까요."

"그럼…… 제 소임은 끝난 것이 아닐까요."

"나는 그렇다고 생각해요."

"그럼 기린의 일은 뭘까요?"

"다이키의 일은 자라는 겁니다."

세이타쿠는 웃으며 대답했다.

"아이는 그런 존재잖아요."

세이타쿠는 머리 위에 늘어진 가지에서 홍가상을 하나 따서 다이키의 손바닥에 올려놓았다.

"고민이 많으시군요……. 하지만 그것도 일입니다. 많이 먹고 많이 자고 많이 울거나 웃는 것이 일 아닐까요."

다이키는 손바닥을 보았다. 반들반들하고 빨갛고 예쁜 과일.

"백성은 고생이 이만저만 아닌데 그것만으로 괜찮을까요. 대국은 무척 추워요. 많은 백성이 눈 속에서 괴로워하고 있어요.

저는 재보이고 주후인데 아무것도 해줄 수가 없어요. 아무것도 해주지 못한 채 그저 자라기만 한다니……."

세이타쿠가 말했다.

"나도 대단한 일은 하지 않는걸요. 나는 농부라서 정치는 모릅니다. 렌린이 더 잘 아니 태보에게 기대기만 하죠. 나도 작물이나 가축을 돌보는 게 다예요."

"왕인데요?"

"맞아요."

세이타쿠가 웃었다.

"그것밖에 하지 못하니까 이렇게 밭을 경작하는 겁니다. 덕분에 도움이 된 일이라고는, 정원을 없애버리는 바람에 손질하는 수고를 덜고 공금에 조금이나마 보탬이 된 정도가 아닐까요. 아마도 중령 상인에게 사는 것보다는 간단하고 쌀 거예요."

"저기…… 선부膳夫(궁중 요리사)에게 파나요?"

"예."

세이타쿠는 진지하게 고개를 끄덕였다.

"팔지 않으면 생활할 수 없으니까요. 난 농부잖아요? 그야 직무에 쓰는 것은 나라에서 주어지지요. 많은 하관의 녹봉이나 비단 예복, 손님 접대를 위한 호화로운 식사 같은 것은 내 노동으로는 도저히 유지할 수 없고, 렌린도 내가 일해서 마련한 범위

안에서 해결할 수는 없다고 했어요. 나라의 체면이 땅에 떨어진답니다."

"그러……겠네요."

"그래서 나도 거의 도움이 안 돼요. 하지만 천제가 계신다면 내가 이것밖에 못 한다는 것도 다 알고 계시지 않을까요."

다이키는 깜짝 놀라 세이타쿠를 쳐다보았다.

"농부인 내가 왕이 된 것은 아마도 하늘이 그것을 바라셨다는 뜻이겠죠. 그러니 나는 아무것도 안 해요. 하지 않아도 될 거라고 생각하니까요. 작물을 돌보듯이 나라를 돌보면 되는 거겠죠."

"나라를 돌본다……."

"나무는 마음대로 자랍니다. 그렇게 나라도 마음대로 자라는 것이 아닐까요. 가장 좋은 방법은 나무가 압니다. 나는 그것을 도울 뿐이죠. 잎이 시들면 물이 필요하다는 신호예요. 그래서 나는 물을 줍니다. 나라도 그런 식이라고 생각해요. 그런 방식으로 키우기를 바랐기에 천제는 농부인 나를 골랐겠죠."

"염 태보는요?"

다이키는 작게 물으며 세이타쿠를 보았다.

"염왕이 돌볼 때 염 태보는 어떻게 돕나요?"

세이타쿠는 아무것도 하지 않는다고 명랑하게 대답했다.

"렌린은 농부가 아니잖아요. 좋은 가지와 나쁜 가지도 구별하지 못하고, 물을 주는 시기와 주면 안 되는 시기도 구별하지 못해요."

"그럼 할 수 있는 일은 없겠네요."

세이타쿠는 아니라고 눈부시게 웃었다.

"훌륭한 열매가 달리면 기뻐해줍니다."

다이키는 얼이 빠진 듯 멍했다.

"그뿐이에요?"

"그것만이라도 무척 커요. 바깥이 춥거나 소임으로 지치면 밭에 나가기가 귀찮아지기도 하죠. 하지만 그러다 열매가 떨어져 버리면 렌린이 실망할 테니까 더 버틸 의지가 생깁니다."

세이타쿠는 과수원 나무를 올려다보았다.

"나는 나라를 지켜보고 있습니다. 나쁜 일의 전조는 없는지, 부족한 것은 없는지 지켜보고 있죠. 그것이 돌보는 사람의 소임이기 때문입니다. 그리고 태보는 지켜보는 나를 지켜보고 있습니다. 내가 제대로 소임을 다하고 있는지, 나쁜 전조는 없는지, 지켜봐주고 있어요. 지켜봐주는 눈이 있기에 할 수 있는 일이 있는 법입니다."

지켜본다. 다이키는 그 말을 입속으로 되뇌었다.

"저도…… 그거면 될까요? 그만한 일만으로도?"

"그만한 일이 아니에요. 보세요, 대복인 저 사람처럼 지켜보는 건 그것만으로도 엄청난 일이에요."

"그러네요."

다이키는 단스이를 보았다. 다이키가 이러는 동안 저렇게 가만히 대기하며 주위를 살핀다.

"돌아다니며 뭘 하는 것만이 큰일이 아니죠?"

"네……."

고개를 끄덕이고 다이키는 쭈뼛쭈뼛 세이타쿠를 쳐다보았다.

"제가 지켜보고 있으면 교소 님도 기뻐해주실까요?"

"당연하죠."

세이타쿠가 웃었다.

"나는 정치나 기린은 모르지만 농사일과 왕에 대해서라면 압니다. 틀림없이 태왕께서도 태보의 눈을 무척이나 의지하고 계실 겁니다."

과연 그럴까, 다이키는 의문했다. 교소가 다이키 같은 아이에게 의지한다는 것은 도통 상상이 가지 않는다.

"내가 나라의 파수꾼이라면 렌린은 내 파수꾼입니다. 어쩌면 그것이야말로 기린의 소임이 아닐까요."

한 달 이상 흐른 뒤 돌아간 홍기는 여전히 새하얀 눈 속에 묻혀 있었다. 다이키는 아래에 펼쳐진 산야를 지나 금문에 도착했다.

다이키 일행이 기수에서 내리자마자 문졸들이 나와서 흰 입김을 불며 질서 있게 맞이해주었다. 문지기를 부르고 기수는 병졸에게 넘기자 조용히 문이 열린다.

"연국과 다른 점은 추위뿐만이 아니라고 새삼 생각했어."

다이키의 말에 세이라이가 웃었다.

"그러게나 말입니다."

"세이라이, 마음이 놓이지?"

"조금은 그렇습니다."

웃으면서 금문을 지나 그대로 내전으로 향했다. 실수 없이 귀국 소식이 전해졌는지 내전에 들어가자 관리가 줄지어 앉아 있고, 옥좌에 왕의 모습이 보였다.

다이키는 내전 안 공기에 바싹 긴장감을 느끼며 옥좌 앞으로 나아갔다. 그 자리에 무릎을 꿇고 인사를 올렸다.

"다녀왔습니다."

교소는 고개를 끄덕이고 단상으로 올라오라고 손짓했다. 다이키는 일어나 옥좌 곁으로 갔다. 신기하게도 드디어 있을 곳으로 돌아온 기분이었다.

"연국은 어땠지?"

“정말로 꽃이 피어 있었어요.”

교소는 그랬느냐며 웃는다.

“자세한 이야기는 나중에 듣지.”

교소는 총재冢宰에게 말했다.

“상세한 것은 문서로 쓰면 된다. 저들도 피곤할 테니 일찍 쉬게 하라.”

“예.”

총재가 시원시원하게 대답하고 큰일을 마친 다이키를 치하했다. 소겐은 제관에게 간단히 보고했다. 대체로 격식에 따른 대화였다. 교소는 주렴을 쳤다. 끝났다는 신호다.

“피곤하겠지. 오늘은 푹 쉬어라. 방까지 바래다주마.”

교소는 다이키의 등을 가볍게 밀어 재촉하며 내전을 나갔다.

“아니요. 저는 하나도 피곤하지 않은데요……. 하지만, 그러네요, 교소 님은 일을 하셔야 하지요.”

하고 싶은 이야기가 산더미처럼 있는데, 그런 생각을 하며 말하자 교소가 웃는다.

“모처럼 고리가 돌아왔으니 오늘 정도는 나도 쉬어도 괜찮겠지.”

다이키는 기뻐서 마음이 들떴다.

“염왕, 염 태보는 어떤 분이셨지?”

"무척 좋은 분들이셨어요."

다이키는 교소의 소매에 달라붙어 걸으면서 연거푸 떠들었다. 느닷없이 후궁으로 가게 됐고, 궁성에 밭이 있었고, 아침에 렌린이 직접 다이키 일행을 깨우러 와서 창문을 열거나 세숫물을 길어 오거나 차를 내주는 바람에 단스이 일행이 몸 둘 바를 몰라 했다.

"밭일을 도왔어요. 염왕은……."

종알대는 다이키의 등을 교소가 밀었다.

"고리, 이쪽이다."

"네?"

다이키가 주위를 보았다. 인중전으로 돌아가는 길은 이 길이 맞을 텐데. 어리둥절해서 교소를 쳐다보았다.

교소가 웃는다.

"이쪽으로."

"아…… 네."

교소가 향한 곳은 정침으로 이어지는 길이었다. 정침에 들르라는 뜻일까, 그리 짐작한 다이키는 깊이 생각지 않고 우료궁과 중령의 모습, 가는 길에 들른 유국과 공국, 범국의 이야기를 두서없이 계속했다. 한 달은 다이키에게 무척이나 길었다. 할 이야기가 잔뜩 있었고, 그렇게 이야기를 하면 곁에 없었던 만큼의 시간을 메울 수 있을 것만 같았다.

"그래서 세이라이가……."

다이키는 말하다 말고 불쑥 걸음을 멈추었다. 교소에게 등을 떠밀린 채 걷다 보니 낯선 곳으로 들어섰기 때문이다. 주변을 둘러보자 근처에 정침과 정전이 보였다. 정전 서쪽 바로 옆에 있는 건물 같았다.

"세이라이가 그래서?"

교소는 물으면서 건물을 빠져나갔다. 아담한 안뜰이 나왔다. 다이키가 어리둥절해서 걸음을 멈춘 까닭은 그 정면, 안채로 여겨지는 건물 문에 단스이가 서 있었기 때문이다. 금문에서 헤어진 단스이는 틀림없이 인중전으로 돌아간 줄 알았다.

"왜 그러지."

웃음기 섞인 재촉의 말에 허둥지둥 안채로 들어간 다이키는 놀라 소리쳤다. 낯익은 담당 여관이 서 있고 다이키의 짐이 갖추어져 있었기 때문이다.

"어째서……."

다이키는 교소를 돌아보았다. 연극에 가기 전에 세이라이가 "좋은 일이 있다"고 했던 사실을 떠올렸다.

"저는 이리로 이사한 건가요?"

"인중전이 그립지 않다면."

기뻐서 얼굴이 발그레해지는 것이 느껴졌다. 교소가 있는 정전까지 이리도 가깝다. 왕궁은 넓어서 잠깐 이야기하고 싶어도 다이키의 걸음으로는 너무 멀어 줄곧 뜻대로 되지 않았다.

"게다가 주청州廳인 광덕전廣德殿과 멀어지지."

"괜찮아요. 열심히 서둘러서 갈게요."

"글쎄, 서둘러도 다이키의 걸음으로 제때 갈 수 있을까."

"늦을 것 같으면 뛰어갈게요."

"날마다 뛰려면 힘들겠지?"

"괜찮아요. 건강에 좋고, 저도 조만간 클 테고 날마다 달리면 분명히 빨리 커질 수 있고, 그리고, 그리고……."

"가마는 여전히 싫은가?"

웃으며 묻는 말에 다이키는 작게 고개를 끄덕였다. 다이키는 도저히 가마에 익숙해지지 않았다. 어른들이 자신을 짊어지는 것이 어쩐지 미안하고 불편했다.

"그럼 고리는 한동안 단스이의 제자가 되어야겠군."

"단스이요?"

"망아지가 있다. 단스이에게 배우거라."

"네?"

다이키가 펄쩍 뛰어올랐다.

"저요? 말을 타도 되나요?"

교소가 고개를 끄덕인다.

"기수는 알아서 태워주니 편하겠지만 궁중에서는 기수를 타지 않는 것이 관례다. 게다가 고리의 몸집으로 기수는 너무 크겠지. 여행길처럼 가마를 달면 되겠지만, 그래서야 시시하겠지?"

다이키는 기쁜 나머지 멍해지고 말았다.

"오랜 여정을 잘 견뎌주었다."

"하지만…… 그렇게 힘든 일도 아니었고 재미있는 일이 가득해서……. 그런데 이런 포상을 받아도 될까요?"

교소는 괜찮다며 웃고서 2층으로 향했다. 계단 위는 유리를 끼운 접문을 둘러친 밝고 따뜻한 방이었다. 주위 정원이 한눈에 보인다.

"너만을 위해서가 아니다. 곁으로 와주었으면 하고 내가 바랐다."

다이키는 눈을 동그랗게 떴다. 순간적으로 느낀 것은 교소가 또 마음을 써주었다는 생각이었다. 자신이 늘 외로워하고 불안해했기 때문이다. 그래서 교소는 이런 형태로 마음을 써준 것이다.

"저어, 하지만……."

기뻐하지 않는 것처럼 여겨지고 싶지 않다. 하지만 이리도 마음을 써주면 부담만 되는 것 같아서 마음이 무겁다. 그것을 어찌 전하면 될지 말을 고르고 있자니, 교소가 쓴웃음을 지었다.

"내가 너무 성급하다고 하더군."

교소는 그렇게 말하고 의자에 앉더니 옆 의자를 가리켰다. 다이키는 얌전히 그곳에 앉았다.

"너무 서두르고 지나치게 과감하다고 하는 사람이 있다. 틀린 말은 아니야. 나는 옛날부터 고삐를 늦추는 걸 잘하지 못한다. 그러니 고리의 얼굴이 보이는 편이 좋아."

"제 얼굴요?"

"백규궁에 막 입성했을 때처럼 고리가 그것은 무엇이냐고 늘 물어주고, 이야기 상대가 되어주는 편이 좋다. 그렇게 누름돌이 되어주고 서두르던 마음을 가라앉혀주지 않는다면 나는 금세 관리를 내버려두고 홀로 걸어가버릴 테니까."

다이키는 어리둥절해서 교소를 올려다보았다.

"왜 그러지?"

"아니요."

다이키는 고개를 내저었다.

"오늘은 고리에게 여행 이야기를 들으며 긴장을 풀고 싶구나. 요즘 내가 날카로워져서 곁에 다가오기가 무서워서 싫다고 가신臥信에게 한소리 듣고 말았어."

"가신? 서주사의 가신요?"

원래 교소 군에 있던 인물이다. 서주사의 우군을 이끌고 있다.

"배고픈 호랑이 곁에 있는 것 같다더군."

교소가 쓴웃음을 짓으며 말하자 다이키도 저도 모르게 웃었다. 어쩐지 그랬구나 싶었다. 나는 교소의 파수꾼으로 그가 굶주리지 않도록 지켜보고 있으면 되는 것이었나, 그런 마음이 들었다.

"그럼 제가 교소 님이 배부르도록 노력할게요."

"그리해주렴."

교소는 웃다가 갑자기 손을 들었다.

"그래, 네가 연국에서 가지고 돌아왔구나."

"네?"

무슨 말인지 몰라 교소가 가리킨 쪽을 보니 유리창 너머로, 높은 난간 바로 곁에 서 있는 커다란 매화나무가 보였다. 가까운 가지에 딱 두 송이 하얗고 작은 꽃이 피었다.

대국의 기나긴 겨울이 드디어 끝나려 하고 있었다.

승월

乘月

■

"국정을 제멋대로 휘두르면 천도에 어긋난다."

남자는 국권의 정점, 옥좌 아래에 있었다. 금은보화를 상감한 네 기둥이 받치고 있는 단상, 사방의 주렴은 걷었지만, 옥좌는 텅 비었다. 호화롭기 그지없는 옥좌와 그 뒤쪽, 비룡을 새긴 백은의 병풍이 뚜렷이 위용을 드러냈다.

광대한 외전의 바닥 위에는 관례에 따라 제관이 깔개를 대고 무릎을 꿇고, 고개를 숙이고 있다. 텅 빈 옥좌를 향해 큰절을 올리는 제관들의 허무함을 그들과 옥좌 아래에 서서 제관을 보고 있는 남자 또한 당연히 잘 알고 있었다.

"애초에 우리 국토는 봉왕峯王의 것, 설령 옥좌에 주상께서 계시지 않더라도 우리 같은 일개 관리가 마음대로 움직여서는 안 된다."

남자는 이미 방국芳國의 국권을 장악한 것이나 다름없었지만, 굳이 단상 아래 자리를 마련하고 결단코 단상에는 발을 디디지 않았다.

이 남자를 겟케이月溪라 한다. 선대 봉왕이 혜주惠州 주후로 봉했으며 사 년 전 제후를 하나로 모아 봉왕을 쳤다.

"조정의 혼란을 수습하기 위해서는 다소의 월권은 어쩔 수 없지. 처음부터 스스로 불러들인 혼란이며, 이를 수습하는 것은 의무라 할 수 있다. 사 년이 지나 조정은 간신히 진정되었네. 우리는 이후 권한을 넘어서지 않고, 전횡에 빠지지 않고, 조정과 국토 양쪽을 가능한 한 현재 상태로 유지하며, 엄숙히 새로운 왕결으로 나아가야 한다."

텅 빈 옥좌를 정면에, 대전에 늘어선 관리 중 몇 명이 그 앞에서 고개를 숙였다.

"법률 하나를 들어도, 이를 만들거나 폐지하는 것 역시 본디 같으면 주상의 재가가 없어서는 안 된다. 주상은 안타깝게도 공연히 백성을 괴롭게만 하는 가혹한 법률을 많이 남겼으나, 이에 대해서는 운용하지 않더라도 벌하지 말라고 널리 알렸다. 우리에게 허락된 것은 거기까지이고, 가혹한 법 자체를 폐지함은 장래 보위에 오를 왕에게 맡겨야 하겠지. 경솔하게 법을 폐지하고 새 법을 마련하는 것은 우리에게 허락된 권한의 범주에 없다."

말을 마친 겟케이는 관리 앞에 무릎 꿇은 노령의 남자를 바라보았다.

"쇼요小庸."

이름이 불린 남자는 고개를 들고 겟케이를 올려다보았다.

"마찬가지로 앞으로 우리가 정해진 분수를 넘는 것은 엄중히 삼가야 한다. 또한, 굳이 분수를 넘을 필요가 있다고도 생각지 않는다. 주상은 법을 가혹하게 적용하였으나, 한편으로 악독한 관리에 대해서도 역시 가혹하였다. 청렴결백이 지나쳤으나, 덕분에 방국은 부정한 관리 때문에 국권이 엉망이 되는 것을 최대한으로 면했다. 숫자는 줄었다지만 조정에는 다행히 덕이 높은 관리가 많이 남아 있다. 그렇다면 더이상은 필요 없겠지. 나라를 다스림은 국부를 맡은 제관의 역할, 나에게 주어진 책무는 혜주를 다스리는 것이지, 나라를 다스리는 것이 아니다. 애초에 주후에 지나지 않는 내가 국정에 참견하는 것 자체가 천도를 유린하는 것이나 다름없는 행위다. 이 이상 내가 응준궁鷹隼宮에 머무는 것은 허락되지 않는다고 본다. 아니한가."

쇼요는 시선을 떨구었다.

"나라에는 왕이 필요하옵니다."

"주상은 계시지 않네."

"백관에게는 주인이 필요하옵니다. 제관을 결속하고, 결의로 국정을 운용하고 법을 정비하고 국토를 다스리고, 조정을 이끌 분 없이 나라가 기우는 것을 어찌 막을 수 있겠습니까."

"방국 백관의 주인은 봉왕뿐이야."

쇼요는 겟케이를 우러러보았다.

"봉왕은 옥좌에 계시지 않습니다. 그 까닭인즉슨 우리가 시해하였기 때문입니다."

"쇼요."

"분명 신하가 왕을 친 것 이상의 죄악은 없기에 방국은 현재 배척해야 할 역적의 나라이옵니다. 공국 공왕供王의 내밀한 승인은 받았더라도, 공식적으로는 존재하지 않는 왕조. 혜후께서는 그 주인이 되기를 마다하십니까."

"그 같은 소리를 하는 것이 아니네."

"그럼 주타쓰仲韃를 친 것을 후회하고 계십니까."

겟케이는 시선을 피했다.

"봉왕 주타쓰는 우리가 시해하였습니다. 여기에 있는 관리 일동은 역모에 가담한 역신이옵니다. 하오나 저는 그를 수치로 여기지 않습니다. 주타쓰가 세운 지나치게 가혹한 법으로 얼마나 많은 백성이 목숨을 잃고, 또 괴로워했습니까. 이를 의분이라 부릍지, 개인적인 원한이라 부를지는 제쳐두고라도 주타쓰는 그 이상 옥좌에 있어서는 아니 되었습니다. 혜후 역시 그리 생각하셨기에 천도를 등지고 역모의 맹주가 되신 것 아닙니까."

쇼요의 물음에 겟케이는 대답하지 않았다.

"천명 없이 옥좌에 오르면 말 그대로 찬탈이옵니다. 옥좌를 훔쳤다고 비난받을 것이 그토록 두려우십니까. 그렇다면 어찌하여 역모를 결단하셨습니까. 왕에게 학대받는 백성을 향한 자비심으로 거병하셨다면, 어찌하여 그 자비를 왕을 잃은 백성에게는 베푸지 않으시는 것이옵니까. 백성에게서 왕을 빼앗았으니, 혜후께서는 설령 가짜라 할지라도 백성에게 왕을 돌려줄 의무가 있지 않겠사옵니까."

할말을 잃은 겟케이가 고개를 숙였을 때, 하관 한 명이 들어왔다. 하관은 인사를 올리고 겟케이 곁으로 다가가 작은 목소리로 귓속말을 했다.

"경국慶國의……."

겟케이는 눈을 부릅뜨며 하관을 돌아보고 나서 황급히 쇼요 쪽으로 시선을 돌렸다. 그리고 곧바로 먼저 퇴청한다는 말을 전한 뒤 하관을 동반하고 잰걸음으로 외전을 퇴출했다.

"경왕景王의 친서?"

겟케이는 하관에게 되물었다. 하관은 깊이 고개를 숙이고 이를 긍정했다.

"나에게 말인가?"

천하의 도리를 짓밟고 왕을 참살하여 옥좌를 빼앗은 역적이 경국의 정당한 왕에게 친서를 받을 까닭이 없었다. 하물며 방국은 경국과는 아무런 인연도 없다. 그럼에도 겟케이를 지명하여 사신이 친서를 가져왔다고 한다.

하관이 당혹스러운지 안절부절못하는 표정으로 고개를 끄덕였다. 겟케이 또한 난처한 심정으로 별전에 사절을 맞이하라 일렀다.

관복 차림 그대로 별전으로 향한 겟케이는 석연치 않은 기분으로 말석에 서서 사절단의 도착을 기다렸다. 하관의 인도로 나타난 사신도 간소한 관복 차림, 종자들도 모두 문관 차림이었다. 하지만 사신은 자신이 금군 장군이라 밝혔다.

"공적인 일이 아닙니다. 경왕께서 내밀한 분부를 내려 찾아왔습니다."

장군은 그렇게 말하고 상석을 사양했다.

"저는 세이 신青辛이라 합니다. 주상께서 혜후께 보내는 친서를 가져왔습니다."

겟케이에게 대면한 남자가 서신 한 통을 내민다. 겟케이는 경국의 장군과 친서를 번갈아 보았다.

"실례인 줄 알지만 묻겠소. 이 서신을 나에게 내리신 것이 틀림없으신가."

겟케이가 묻자 세이는 의아해하는 표정으로 고개를 들었다.

"혜후께 전하도록 들었사옵니다만."

"나 개인에게 말이오? 폐국 앞으로 보낸 친서가 아니라?"

겟케이가 거듭 묻자 세이는 다소 어리둥절한 표정을 지었다.

"귀국을 통치하고 계신 분은 혜후라고 들었습니다. 그러하오니 쌍방의 의미로 받아들여주십시오."

겟케이는 가볍게 한숨을 내쉬었다.

"그럼 내가 친서를 받을 수는 없을 것 같군."

겟케이는 하관에게 쇼요를 부르도록 분부했다.

"편히 계십시오. 곧 총재가 올 겁니다."

"예."

세이는 어찌 대응해야 할지 모르는 눈치였다. 겟케이는 슬쩍 웃었다.

"나는 혜주후에 지나지 않소. 혜후라 부른 이상 장군도 잘 알고 계시겠지."

"예……. 그건 그렇습니다."

그리 대답은 했지만, 세이는 몹시 난처해 보였다. 무리도 아니다. 왕을 잃은 조정에도 조정을 이끄는 주인이 필요하다. 그저 왕이 천명을 잃고 옥좌에서 물러났다면, 남은 조정 신료가 가조假朝를 열어 가왕假王을 세우는 것이 통례다. 총재가 있다면 총재가 백관의 주인으로 옥좌에 오른다. 빗댄 말이 아니라 실제로 총재가 단상에 올라 옥좌에 앉는다. 왕이 옥좌에 착석하기 위한 의례는 전부 생략되지만, 사실상 그 자리에 앉는다. 사전적 의미로서 '옥좌'는 차치하고 현실에 존재하는 옥좌는 왕이 앉는 곳이 아니다. 나라를 이끄는 위정자가 오르는 자리이다.

왕이 천명을 잃은 것이 아니라면 위왕僞王이 오른다. 아직 천명이 다하지 않은 왕이 승하하는 것은 옥좌에 야심이 있는 자가 왕을 쳤을 때다. 그중에는 겟케이와 같은 예도 있으리라. 찬탈을 꾀한 것이 아니라, 그저 도를 잃은 왕을 제거하고자 모반을 일으킨 예도 많을 것이다. 그러나 그 경우에도 보통은 모반을 결행한 자가 옥좌를 메운다. 모반이란 왕을 치고 스스로 옥좌에 오르는 행위다. 도의를 잃은 왕을 대신하여 스스로 옥좌에 오르려는 자가 있기에 모반이 일어난다.

세이는 초조하게 말했다.

"그럼 혜후가 가왕으로 서신 것은 아니군요."

겟케이는 눈썹을 찡그렸다. 세이의 말은 뜻밖에 아팠다.

"가왕으로 설 도리가 없소. 폐국의 조정은 가조가 아니오."

역모로 옥좌를 메운 국주에게는 천명이 없다. 천명 있는 왕이 있어야 할 곳을 천명이 없는 자가 채운다. 따라서 이는 위왕이라 부르고, 위왕이 이끄는 조정은 위조僞朝라 부른다.

"굳이 말한다면 위조라 불러야겠지. 누구 한 사람, 주상이 되고 싶다고 생각하지는 않았소만."

"그렇군요."

장군은 고개를 끄덕이고 무슨 말인가 하려다 말고 허둥지둥 입을 다물었다.

"어찌 그러시는지? 입을 다물 것 없소. 말씀하시지요."

"저…… 그럼 말씀드리지요. 저는 현재 방국의 국주는 혜후라고 전해 들었습니다. 주상도 그처럼 여기고 계십니다. 주상께 받은 친서는 방국 국주인 혜후 앞으로 보낸 것인데, 총재께 건네도 될지 저로서는 판단이 서지 않습니다. 그것이…… 이러한 사태는 예상하지 않은 터라……."

겟케이는 실소했다.

"왕을 시해한 이상 당연히 옥좌까지 빼앗아야 한다고?"

세이는 어찌할 바를 모르고 몸을 움찔했다.

"아뇨, 그런 것이 아니라……."

"분명히 나는 제관을 선동하여 봉왕을 쳤소만, 그렇다고 하여 옥좌까지 바랄 만큼 후안무치하지는 않소. 자신의 죄가 얼마나 깊은지 처음부터 알고 있소. 대죄를 저지른 몸으로 옥좌를 더럽힐 수는 없다는 것 또한 알고 있고."

겟케이의 말이 끝나자 잰걸음으로 오는 쇼요의 모습이 보였다.

"총재가 온 모양이로군……. 나는 실례하겠소."

인사하고 물러난 겟케이는 방 입구에서 쇼요와 스쳐지났다. 부름에 달려온 쇼요는 굳은 표정으로 나가는 겟케이와 당황해서 우두커니 서 있는 경국의 손님을 번갈아 보았다. 거북한 공기를 알아챘으나 퇴출하는 겟케이의 뒷모습은 물을 틈을 주지 않았다.

"방국 총재이옵니다. 먼길 오시느라 얼마나 노고가 크십니까."

쇼요가 인사를 올렸지만 상대방은 여전히 겟케이가 나간 문을 바라보고 있었다. 수행하는 하관들도 동요하고 있다.

"왜…… 그러십니까?"

"죄송합니다. 저 때문에 혜후께서 기분이 상하신 듯합니다."

쇼요가 고개를 갸웃하자 관복을 입은 남자는 다시금 무릎을 꿇고 인사했다.

"실례했습니다. 저는 경국 금군 장군 세이 신이라 하옵니다."

"잘 오셨습니다. 저희가 무슨 실례라도 저질렀는지요."

세이는 아니라며 웃었다.

"제가 실례를 저질렀습니다. 게다가 총재께도 실례되는 말씀을 드려야 합니다. 사실은 주상께 친서를 받아, 혜후께 드리라고 명받았습니다. 하온데, 지금 혜후께 들은 바로는 조정을 이끄는 분은 총재시라고요. 그렇다면 친서는 총재께 건네야 하겠으나, 혜후께 보내는 부탁도 포함되어 있으므로 총재께 건네드려야 할지 말아야 할지 판단이 서지 않습니다."

쇼요는 "아아" 하고 한숨을 쉬고 가볍게 고개를 저었다.

"편히 계십시오. 수행하는 분들도 쉬시지요. 여봐라."

쇼요는 하관을 불러 수행원을 별실에서 쉬게 하고, 대접하도록 명했다. 장군에게는 건물 안쪽, 신록이 그림자를 드리운 안뜰을 가리켰다.

"이쪽으로. 방국도 좋은 계절이 되었지요. 앉으십시오. 지금 뭐라도 가져오라고 하지요."

"예에."

대답하는 장군을 정원 쪽으로 부른다. 돌로 만든 탁자를 둔 정원에는 포근한 바람이 불었다.

"장군께 실례를 범한 모양입니다."

"아뇨, 오히려 제가……."

"장군이 혜후를 찾아오신 것은 지당한 일입니다. 얼마 전에 정당한 왕을 새로 맞이하신 분께는 불쾌하시겠지만, 저희는 혜후를 주인으로 삼고 봉왕을 쳤지요."

"봉왕은 백성에게 무척이나 엄격한 분이셨다 들었습니다."

쇼요는 고개를 끄덕였다.

"꼴사나운 변명인 줄은 잘 알지만, 주상께서 등극하고 방국에서는 육십만 명의 백성이 사소한 죄로 재판받고 목숨을 잃었습니다."

"육십만 명……."

국토는 시체로 가득했다. 백성 몇 명 중 한 사람이 처형당한 셈이다.

"주상은 죄를 미워하셨지요. 아무리 하찮은 죄일지언정 용서하지 못하셨습니다. 물건을 훔쳐도 사형, 논밭을 방치하고 공연을 보러 가도 사형. 방국은 그런 나라였습니다."

세이는 고개를 끄덕였다. 이미 들어서 아는 것이리라.

"결국 혜후가 제후 제관을 모아 거병하여 저희는 주상을 시해하였습니다. 혜후는 시해한 주동자셨지요. 경국 분들께서 그런 혜후가 주상으로부터 나라를 이어받았다고 여기시는 것은 당연합니다. 저희 또한 그리되리라 믿었으니까요."

사 년 전, 주타쓰가 받드는 도는 이미 도가 아니라는 겟케이의 부름에 응해 다른 여덟 주의 주후와 쇼요를 비롯한 국관은 군사를 일으켰다. 그들은 주타쓰와 왕후 가카佳花를 시해하고 호린峯麟(방국의 기린)마저 침으로써 주타쓰의 왕조에 막을 내렸다.

재앙은 제거되었다. 그러나 주타쓰는 왕이었다. 왕을 잃으면 나라는 기운다. 주타쓰의 압정壓政과 국관이 일으킨 난으로 조정은 파탄 났다. 어떻게든 조정을 다시 일으키고, 공위空位 시대의 수난에 대비해야 한다. 시해에 연좌된 자들은 처음부터 스스로 수난을 대비할 작정이었다. 왕을 시해하고 나라가 기운 이상 구제하는 것은 그들의 책무다.

그럼에도 시해를 주동한 겟케이는 최소한의 사후 처리를 마치고는 절반으로 줄어든 국관에게 뒤처리를 맡기고 혜주로 물러나 버렸다.

"나라를 이을 마음 따위 털끝만큼도 없으셨던 겁니다. 혜후는 그저 왕의 학살을 멈추기 위해 봉기한 것이지, 왕을 대신해 방국을 다스리기 위해 일어나신 것은 아니었어요."

"하오나 방국의 조정을 이끄는 분은 혜후라고 들었습니다."

"그렇습니다. 혜후께서는 역모를 일으킨 죄인은 절대로 나라를 다스릴 수는 없다고 하시지만, 실질적인 문제로 혜후가 계시지 않으면 방국을 꾸려나갈 수가 없습니다. 저희에게 혜후는 맹주라는 이름의 주인이시죠. 주인을 모신 이상, 혜후가 조정을 지휘해주시지 않는다면 조정은 하나로 움직일 수가 없습니다."

선왕을 시해한 뒤의 혼란 한가운데에서 신료들은 겟케이에게 버림받아 망연자실했다. 겟케이는 그들에게 유일한 맹주다. 겟케이가 대역을 저지르고자 제후 제관을 불러모아 행동을 지시했다. 그런 주인을 갑작스레 잃고 조정은 큰 혼란에 빠졌다. 누군가 나라를 이어야 하는데 누가 그 일을 맡으면 되겠는가. 수없이 많은 의견과 속셈이 뒤섞이고 대립하여 신료들은 한 걸음도 움직이지 못하게 되었다.

신료들은 난처한 상황을 호소하며 겟케이의 귀환을 청했다. 귀환을 청해야 한다는 목소리만이 조정에 남겨진 자들의 유일한 합의점이었다. 비명 섞인 요청을 받고서야 겟케이는 왕궁으로 돌아왔다. 그로부터 사 년, 겟케이의 지휘 아래 방국은 앞으로 나아갔다.

"하오나 혜후는 국부에 어떠한 지위도 원하시지 않았습니다. 저희가 권해도 거절하셨어요. 나라를 다스리는 것은 국관의 책무이며, 자신은 그를 도울 뿐이라고 하시면서. 혜후는 지금도 혜주 주후이십니다. 평소에는 혜주성에 계시고, 국정의 고비마다, 또는 저희가 요청할 때만 응준궁에 계시지요. 한 해의 절반은 왕궁에서 보내시는 셈이지만, 그것도 더는……."

쇼요는 말문이 막혔다. 경국에서 온 손님, 방국과는 아무런 인연도 없고, 하물며 쇼요 자신과는 아무런 친분도 없는 사신 앞에서 감정에 휩쓸리려는 것을 깨달았다. 그것을 막기 위해서는 그저 입을 꾹 다무는 수밖에 없었다.

"더는? 실례가 아니라면 들려주십시오. 저는 주상께서 맡긴 친서를 들고 왔습니다. 친서를 누군가에게 건네지 않는다면 돌아갈 수 없습니다."

사근사근한 말에 쇼요는 자신의 양쪽 무릎을 다잡았다.

"혜후는 혜주로 돌아가십니다. 국부에서 완전히 떠나십니다."

"그러면 모든 분이 곤란해지지 않습니까."

"물론이지요. 혜후 말고 방국을 이끌 수 있는 분은 안 계십니다. 그런데 혜후는 저에게 그 일을 하라 하십니다."

사 년이 지나 간신히 혼란은 수습되었다. 마땅한 자가 마땅한 지위에 오르고 조정도 대강이나마 체제를 갖추었다. 백성을 구제하기 위한 길도 깔았다. 대부분은 이미 움직이고 있다. 마치 단락을 짓듯이, 그때까지 한 번도 입에 담은 적 없는 총재의 필요성을 겟케이가 꺼내 들었다. 신료들은 흔쾌히 찬동했다. 지금껏 겟케이는 사실상 총재였다. 공위 왕조의 총재, 이 표현이 가장 올바르다. 이제 명실공히 총재가 되겠다는 의미라고 제관은 생각했으나, 겟케이가 추천한 이름은 쇼요였다.

"혜후는 저에게 총재를 명하셨습니다. 혜후를 두고 저 따위가 어찌 총재가 될 수 있을까요. 신료들도 결코 동의하지 않을 겁니다. 하오나 저희는 놀라면서도 흔쾌히 혜후의 명에 따랐습니다. 드디어 혜후가 옥좌에 오를 결의를 하셨다고 착각했던 겁니다."

그때까지도 신료들은 겟케이에게 가왕으로 빈 옥좌를 채워주기를 여러 차례 요청했다. 방국의 옆 나라, 공국의 국주인 공왕 또한 그리 권했다. 그러나 겟케이는 늘 요청을 일축해왔다. 때문에 드디어 마음을 바꾸었다고만 생각했다.

"총재가 나라를 다스린다면 혜후야말로 총재여야 합니다. 그럼에도 저 같은 것을 총재로 추거하신 이상, 혜후는 총재보다 위, 보위에 오르실 것이라 저희는 믿었습니다. 혜후도 부정하지 않으셨지요. 그런데 오늘 느닷없이 궁성을 떠나 혜주로 돌아가신다는 겁니다!"

겟케이는 신료들이 그의 의사를 오해한 사실을 알았을 것이다. 그럼에도 단 한 번도 오해를 정정하려 하지 않았다. 지금 돌이켜보면 그렇게 오해하지 않는 이상 신료들이 쇼요의 총재 취임에 절대로 동의할 리가 없음을 겟케이는 알고 있었던 것 같다. 그래서 굳이 오해를 풀려 하지 않았다.

아니, 어쩌면 처음부터 오해하도록 만들었는지도 모른다.

"자신은 주후이지 국관이 아니다, 주후의 책무는 주를 다스리는 것이지 나라를 다스리는 것이 아니다, 혼란을 수습하기 위한 월권은 어쩔 수 없지만, 혼란을 잠재운 이상 주후인 자신이 권한을 침범해 나라를 다스리는 것이 용납되지 않는다고. 이제 와서!"

무릎을 부여잡은 손등에 실의의 눈물이 떨어졌다. 쇼요는 자신이 결코 겟케이의 빈자리를 메울 수 없음을 알고 있다. 주타쓰를 시해하여 학살을 멈춘 겟케이를 향한 신료와 백성의 신뢰는 두텁다. 이제 와서 겟케이가 주후의 지위로 물러나고 쇼요가 총재로 올라보았자, 신료든 백성이든 완벽하게 통솔할 수는 없다. 왕을 잃고, 나라는 앞으로 기울어만 갈 터인데.

겟케이라면 구해주리라는 기대가 그를 향한 의존심임을 쇼요도 부정하지 않는다. 그들이 주타쓰를 친 그해, 호린의 실도失道에 애가 탄 주타쓰는 삼십만 명의 백성을 형장으로 끌어내 학살했다. 그런데도 그들은 봉기하지 못했다. 백성을 가엾게 여기고 나라를 걱정해도, 주타쓰를 쳐야 한다고 소리를 높일 수는 없었다. 그것을 입에 담고 행동에 옮긴 이는 겟케이 한 명뿐이었다. 그런 겟케이를 신뢰하고 기대하는 것이 무엇이 잘못되었을까. 신료들은 겟케이가 군사를 일으켰을 때처럼 자신들을 이끌어주리라 믿는다. 백성은 아무리 나라가 기울어도 겟케이가 구해주리라 믿는다. 그럼에도 겟케이는 그런 신뢰와 기대를 짓밟고 떨쳐버리려 한다.

쇼요는 어찌하여 자신이 이다지도 괴롭고 분한지 이해가 가지 않았다. 돌이켜보면 시해 직후, 겟케이가 혜주성으로 퇴거한 시점에서 겟케이의 의도는 명백했다. 간청하여 궁성으로 다시 데려왔을 때도, 겟케이는 어떤 지위를 얻을 마음도 없고 단지 조언할 뿐이라고 똑똑히 밝혔다. 겟케이는 혜주후에서 내려오지 않았고 누군가를 자기 대신 혜주후로 삼으려 한다는 이야기가 나온 적도 없었다. 겟케이가 철두철미 혜주후로서의 지위를 고수하려 한다는 사실은 명백했다. 그만큼 단호하게 의도를 밝혔음에도 신료들은 경솔하게도 간과하고 있었다. 기대한 것은 겟케이의 의도를 받아들이려 하지 않은 쇼요의 실책이다. 머리로는 이해했다. 그렇건만…….

쇼요의 마음속에는 배신당했다, 버림받았다는 생각밖에 없었다. 원망하는 자신의 분노가 부당하다는 사실이야 안다. 그리 느끼는 사람은 쇼요만이 아닐 것이다. 실제로 오늘 조의에서 겟케이에게 그 말을 전해 듣고, 의장은 얼어붙었다. 하관이 와서 겟케이가 외전을 퇴출하자 당내는 한탄하는 목소리와 매도하는 목소리로 소란스러웠다.

겟케이는 외전으로 돌아갔을까. 남은 관료는 어떻게든 겟케이를 만류하려 할 것이다. 겟케이는 그 목소리에 조금은 마음을 움직였을까.

생각하던 쇼요는 화들짝 놀라 고개를 들었다. 당황한 얼굴로 살피니 경국의 장군이 평온한 얼굴로 정원을 보고 있었다.

"미안합니다. 큰 결례를 저질렀군요."

쇼요가 황급히 말하자 세이가 돌아보며 미소 지었다.

"무엇을 말입니까?"

"아니……."

말을 흐리는 쇼요를 보며 장군은 고개를 끄덕였다.

"아무래도 심각한 상황에 방해를 한 모양이군요. 소란스럽게 해서 죄송합니다."

"당치도 않습니다. 저희야말로……."

"친서는 역시 총재께 건네드려야겠지요. 주상은 혜후가 방국을 다스리고 계시다고 생각하시니, 총재께서 읽으시면 불쾌한 부분도 있을지 모르겠으나 관용을 베풀어주십시오."

내민 서신에 쇼요는 어찌할 바를 몰랐다.

"그러나……."

"총재께서 받으셔서 혜후께 전하셔도 괜찮습니다. 주상은 그래도 상관없다고 하실 겁니다."

쇼요는 망설인 끝에 장군이 내민 서신을 받아들었다.

"알겠습니다."

친서를 받아든 쇼요를 향해 세이가 말을 이었다.

"송구하지만 여기 서신이 또 한 통 있습니다. 이 역시 총재께서 불쾌해하실 서신일지도 모르겠지만, 받아주시지 않겠습니까."

"실례지만, 무슨 서신인지요?"

"경국 하관이 꼭 전해달라 했습니다. 역시 혜후 앞으로 쓴 것이나, 이 또한 총재께 맡기는 것이 도리일 듯합니다. 외람되지만 아마 주상의 친서도 하관의 서신을 꼭 받으시고, 읽어달라는 말씀이실 줄 압니다."

쇼요는 얼떨떨했다. 방국의 국관이 경왕에게 서신을 받을 까닭이 없는 것은 물론이요, 하물며 하관에게 서신을 받을 이유가 있을 턱이 없다.

"세이 장군, 저는……."

세이는 입을 연 쇼요를 미소로 저지했다.

"손 쇼孫昭라 하는 하관입니다."

쇼요는 그 이름이 누구를 뜻하는지 바로 파악하지 못했다. 손 쇼가 누구냐고 되물으려던 순간, 다름 아닌 자신들이 왕궁에서 추방한 선대 봉왕의 외동딸 공주 쇼케이祥瓊의 이름임을 떠올렸다. 쇼요는 놀라서 저도 모르게 주춤 일어났다.

"쇼케이 님께서 경국에……."

"예."

장군의 미소는 사정을 알고 있는 것처럼 보였다.

"모든 것은 총재께 맡기겠습니다. 당치않은 무례를 저질렀지만, 무사히 역할을 다할 수 있어 다행입니다."

세이는 일어나 깊이 인사를 올렸다. 쇼요는 두 서신을 양손에 꼭 쥐었다.

"장군께서는 서둘러 경국으로 돌아가실 겁니까."

"제가 명받은 용건은 비공식으로 응준궁을 찾아가 친서를 전하는 것뿐이니 소임은 다했습니다. 그러나 동행한 하관은 이 기회에 귀국의 모습을 견문하라는 명을 받았으니 한동안 성 아래 고을에 머물 것입니다."

"서두르시는 게 아니라면 기다리십시오. 부디, 부디 다시 한 번 혜후를 만나 주십시오."

"하오나……."

"쇼케이 님을 가장 걱정하시는 분은 혜후입니다. 모셔 올 터이니 부탁드립니다."

장군의 승낙을 얻고, 쇼요는 허둥지둥 하관을 불렀다.

조의는 이미 끝나 있었다. 겟케이는 관저로 돌아가려다 자신을 찾는 하관을 만났다. 꼭 와달라는 쇼요의 전언을 들었다. 이제 와 타국의 사신을 만날 필요가 있을 것 같지 않았지만, 경국의 사신을 무례하게 대할 수도 없는 노릇이다. 특히 조금 전 만났을 때의 언동은 자신이 생각해도 예의가 없었다고 생각하기에 하는 수 없이 발길을 돌렸다.

건물로 들어가자 사신과 쇼요는 정원에 있었다. 쇼요는 겟케이를 보자마자 일어나 뜻밖의 이름을 꺼냈다.

"혜후, 쇼케이 님이……."

생각지도 못한 이름이 나오자 겟케이는 놀랐다.

"쇼케이 님께서 경국에 계시답니다."

저도 모르게 겟케이는 걸음을 서둘렀다. 서둘러 쇼요 곁으로 가 그것이 무슨 뜻이냐고 물으려던 겟케이는 사신에게 다시 인사했다.

"조금 전에는 실례를 범했소."

"당치도 않습니다. 저야말로 사정도 모르고 무례한 말씀을 드렸습니다."

겟케이는 아니라고 대답했다.

"그런데 쇼케이 님께서 경국에 계신다니."

겟케이가 두 사람을 번갈아 보자 쇼요가 서신을 내밀었다.

"쇼케이 님께서 보내신 서신이랍니다."

겟케이는 아니라며 손을 저어 서신을 받을 뜻이 없음을 전했다. 총재가 결정된 이상, 겟케이가 그것을 받을 수는 없다. 대신에 경국의 장군 쪽으로 돌아섰다.

"공주는 공국에 맡겼네. 공국에서 도망치셨다는 이야기는 들었네만."

"예. 현재는 경국에서 여사女史를 맡고 있습니다."

"여사."

겟케이가 나직하게 되뇌었다. 왕궁에서 왕을 가까이 모시며 집무를 돕는 최하급 문관이다.

세이의 목소리는 온화했다.

"정확하게는 주상이 직접 여사로 불러들이셨으나 아직 경국의 백성은 아닙니다. 쇼케이의 호적이 아직 방국에 있다면 이적을 허락받고자 이렇게 찾아뵙게 되었습니다."

쇼케이라고 부르는 친근한 말투에 겟케이는 세이를 바라보았다.

"세이 장군은 쇼케이 님을 아시는가."

"예."

세이는 빙그레 웃었다.

"부끄럽지만 경국은 새로운 왕이 등극한 지 얼마 되지 않는 터라 여전히 내란이 끊이지 않습니다. 내란 때 쇼케이 님께 도움을 받았습니다."

"쇼케이 님이 장군을 말인가."

"예. 주상께서도 그때의 공을 치하하여 꼭 여사로 부르고 싶어 하십니다. 이미 경국의 선적仙籍에 들어가 있지만, 귀국이나 공국과 조율해야 할 부분도 있고 호적 소재도 분명치 않기 때문에 정식으로 관리로 등용하지 못하고 있습니다."

겟케이는 한숨을 쉬었다. 주타쓰가 금이야 옥이야 아끼던 딸. 주타쓰에게 학살당한 백성의 비명도 들리지 않는 왕궁 깊은 곳에서 온갖 것을 누리며 보호받았다. 주타쓰를 시해한 뒤 선적을 박탈하여 혜주 한촌에 맡겼으나, 주위에 신분이 들통났다. 주타쓰에 대한 백성의 원한이 깊었던 탓에 공주임이 밝혀지자 당연히 보복이 뒤따랐다. 하는 수 없이 신병을 보호하고 공국으로 보냈으나 그 처우를 원망하며 공국을 도망쳤다고 들었다.

"공국을 도망치면서 하필이면 공왕의 어물을 훔쳤다는 소문을 들었네만, 장군께서는 사실을 알고 계시는가."

"사실인 듯합니다. 그러니 공왕의 용서를 받지 않으면 정식으로 관리로 불러들일 수 없습니다."

"경왕은 그 사실을 알고도 쇼케이 님을 조정에 맞이하려 하시는 것인가?"

겟케이는 쇼케이가 도망쳤다는 이야기를 들었을 때 역시나 하고 크게 낙담했다. 쇼케이는 자신이 처한 처지, 본인이 자각하든 하지 않든 좋든 싫든 부과되었던 책임을 끝내 이해하지 못했노라고 생각했다. 그런 쇼케이가 내란을 수습하는 데 힘을 보태고, 그 공으로 경왕의 눈에 들었다. 겟케이가 아는 쇼케이와 도저히 연결 지을 수 없었다.

장군은 그런 겟케이의 당혹감을 꿰뚫어 본 것처럼 웃었다.

"다행히 인간은 변하기도 하죠."

"그러한가."

겟케이는 대답했다. 그 옆에서 쇼요는 여전히 서신을 내밀고 있었다. 겟케이는 서신을 받아들려다 역시 그만두었다.

"방국의 주인에게 보낸 편지라면 내가 받아서는 안 되지."

세이는 반문하려는 쇼요를 제지했다.

"총재께서 받아주십시오. 그래야 한다고 판단하여 총재께 건넸으니까요."

쇼요는 "예" 하고 섭섭한 목소리로 대답하고, 그제야 손을 내렸다. 그 모습을 보고 겟케이는 장군을 돌아보았다.

"장군은 한동안 이쪽에 머무시오?"

"포소에는 있을 겁니다. 제 용건은 끝났지만, 같이 온 사람들은 다른 할 일이 있습니다."

"그럼 장객전에……."

왕궁에 방을 준비해야겠다고 쇼요에게 말하려던 겟케이를 세이가 가볍게 만류했다.

"아뇨. 방국은 큰일이 있으니 조금이라도 국고에 폐를 끼치지 말라고 주상께 명받았습니다."

"그러한가."

겟케이는 나직하게 말했다. 비공식이라고는 하지만 일국에서 온 사신을 왕도의 여관에 머물게 두는 것은 지나친 무례다. 그러나 봉왕이 없는 지금 광대한 왕궁 대부분은 닫혀 있다. 내란의 흔적을 불식하고 정비한 뒤 정무와 관계없는 건물은 한 번도 사용하지 않았다. 일국의 왕이 보낸 사신이라면 빈객을 접대하는 장객전에서 맞이하는 것이 예의이나, 오래도록 닫아두었던 건물이라 서둘러 정돈해도 늦는다.

"실례가 되지 않는다면 내 개인 빈객으로 모셔 관저로 불러도 되겠소? 애초에 장군을 나를 찾아오셨지. 경왕의 친서를 내가 받을 수는 없는 노릇이나 이대로 돌려보내서야 아니 되오. 대단한 대접은 못 하오만."

"하오나……."

"꼭 부탁하오."

겟케이가 거듭 말하자 장군은 가볍게 미소 지었다.

"그럼 말씀을 받들어 저만 머물겠습니다. 수행으로 온 이들은 할 일도 있으니 포소에 체재하는 것을 허락하여주십시오."

겟케이는 응준궁에 왔을 때 머물기 위해 연조 한쪽에 관저를 빌렸다. 운해 근처 작은 건물을 빌렸지만, 동행한 하관도 최소한이라 좁으나마 한산했다.

"아무것도 없는 곳이라 미안하오만."

해 질 무렵, 안내하며 세이에게 한 말은 겸손이 아니었다. 대문에서 객청까지 가는 길에는 붙박이 가구 외에는 서화 한 폭 없다. 심부름꾼을 보내 손님이 간다고 알려둔 터라 객청에는 꽃꽂이를 하고 등불을 켜고 술잔과 다기를 갖추었지만, 살풍경한 모습은 싫어도 눈에 들어왔으리라.

"혜후는 이곳을 정리하신다 총재께 들었사온데, 벌써 준비하신 것입니까?"

정원에 면한 노대 자리를 권하면서 겟케이는 그렇다고 대답했다.

"임시로 기거했기에 개인 물건을 많이 가져오지 않았소."

"혜주와 이쪽을 왔다갔다하셨다고요. 대단히 큰일이셨겠습니다."

겟케이는 쓴웃음을 지으며 아니라고 대답하면서 차를 냈다. 노대에는 바다 내음을 머금은 저녁바람이 불었다. 옅은 쪽빛으로 물든 하늘에 객청의 기와지붕을 스치고 둥근 달이 떠오르고 있었다.

"기수를 써서 운해 위를 넘으면 그다지 먼 거리는 아니오. 빈

자리를 지키는 주재州宰나 주州의 육관이 힘들었겠지.”

“그래도 나라를 다스릴 생각은 없으신 거로군요.”

찻잔에 뜨거운 물을 붓던 손이 멈추었다.

“당연한 것을. 천명을 짓밟은 자가 천명이 내리는 자리에 올라야겠소.”

“그런 말씀을 하신다면 현재 방국을 다스리는 분들도 마찬가지 아닙니까. 혜후께서 보위를 거부하고 조정을 떠나신다면, 총재를 비롯한 분들도 조정을 떠나야 합니다. 그렇게 되면 나라가 바로 서지 않겠죠.”

그렇게 말한 세이를 보며 겟케이는 씁쓸하게 미소 지었다.

“장군께서도 나에게 찬탈자가 되라고 하시나.”

“그것을 찬탈이라 한다면 그럴지도 모르지요……. 정말로 주제님은 참견이지만, 총재가 곤란하신 듯해서 말입니다. 당신께서는 나라를 통솔할 수 없다고 하셨는데, 그리 생각하시는 것도 어쩔 수 없어 보입니다. 혜후께서 죄를 이유로 조정을 물러난다면, 남은 신료는 죄를 되돌아보지 않는 괘씸한 패거리가 되고 말지요. 그래서야 같은 죄를 떠안은 신료는 물론이고, 백성들도 납득하지 않을 것입니다.”

“그런가.”

겟케이는 쓴웃음을 지으며 찻잔을 내밀었다.

"그렇게 생각한 적은 없었지만 그럴지도 모르겠군. 그렇다 하여 관리가 대거 조정을 떠날 수는 없는 노릇이지 않소. 그렇기에 주모자인 내가 모든 죄를 떠맡는 것이오. 원래 주모자란 그런 존재지."

"그렇지만……."

중얼거린 세이는 고개를 살짝 갸우뚱했다.

"혜후의 말씀은 지당하지만, 아무래도 이해가 가지 않는군요. 그래요, 애초에 역모이니까 죄라는 말씀에 위화감이 있습니다."

"역모는 죄가 아니다? 장군은 그 말을 경왕 앞에서 할 수 있소?"

세이는 말도 안 된다며 손사래를 쳤다.

"죄가 없다고는 안 합니다. 다만 선대 봉왕은……."

겟케이가 고개를 끄덕였다.

"주상은 분명히 법을 어겼다는 명목으로 수많은 백성에게 잔혹한 형벌을 내려 결국 죽음을 내렸지. 아무리 사소한 죄라도 용서가 없었고 사정은 일절 헤아려주지 않았소. 사정을 참작해주는 일은 전혀 없었지. 하나, 죄가 있다 하여 죽여도 되는 것은 아니지 않소."

"그건 그렇습니다만."

"주상은 이상理想에 대한 고집이 있는 분이셨소. 자신은 목숨을 걸고라도 정의에 충실하고자 했기에 백성에게도 그것을 요구했지. 어떠한 사소한 일이라도 죄를 저지른 이상, 목숨을 잃을 각오가 당연히 있으리라고, 덮어놓고 믿고 계셨을 거요."

겟케이는 서글프게 웃었다.

"나는 주상이 등극하시기 전부터 관료 말석에 있었지만, 왕이 부재했던 당시 썩어빠진 조정 안에서 그분만은 눈부실 만큼 결백하셨소. 눈앞에 검을 들이대도 죄에 가담할 바에야 죽음을 선택하실 분이셨소."

"그거…… 대단하시군요."

"그분의 신임을 얻는다는 것은 죄가 없다는 말과 같은 뜻이었지. 분별 있는 자에게 그분의 신임을 얻는 이상의 명예는 없었다오……."

주타쓰가 등극했을 때, 그를 존경하던 자들은 쾌재를 불렀다. 주타쓰는 정의로 정비된 세상을 지향했다. 천도에 입각한 법으로 나라에 차꼬를 채워 천도에 입각한 나라를 만들려 했다.

"티끌 한 점 없는 나라를 만들려 하셨지. 사소한 오점도 허락지 않았어. 안타깝게도 주상의 머릿속에 그린 정의는 형태였소."

"형태요?"

"그러하오. 주상이 그런 분이셨음에도 간사한 관리도 있었지. 주상은 간사한 자라 해도 왕에게 보이는 태도와 하는 말이 정의에 적합하다면, 그자는 결백하다고 믿는 구석이 있으셨소. 당신께서 표리 없이 결백한 분이셨기에 겉이 결백하다면 속도 그러리라고 믿어버리는 순수함이 있으셨던 것이지."

가장 대표적인 인물이 주타쓰의 아내인 왕후 가카였다. 주타쓰에게 내비치는 얼굴은 아무 더러움도 없이 아름다웠지만 내실은 시커멨다.

"주상은 방국을 새하얗고 한 치의 어긋남 없는 나라로 정비하려 하셨고, 조금도 때가 지지 않는 세상에 점차 초조해지셨소. 법은 가혹해지고, 벌은 처참해졌지. 특히 태보가 건강을 잃으신 뒤로는 나라를 다시 일으키고자 정말로 애쓰셨소."

"법과 벌로 다시 일으키려고요?"

"그렇소."

겟케이는 고개를 끄덕이며 쓰게 웃었다.

"주상은 마지막까지 실도로 자신이 보위를 잃고, 목숨을 잃는 것에는 구애받지 않으셨지. 그런 의미로는 자신이 믿는 정의에 사심 없이 충실한 분이셨소."

그러나 국토는 죽음이 휩쓸었다. 주타쓰에게 보신을 꾀할 마음이 없고, 그가 정의에 목숨을 바칠 각오를 한 것이 오히려 사태를 한층 더 악화시켰다. 처참한 학살이 일어났다.

"이대로는 방국의 백성이 모두 죽고 말 것 같았소. 과장이 아니라 이 기세로 사태가 악화되면 백성 대부분이 처형당할 판국이었지. 누군가 그것을 멈추어야만 했소."

겟케이는 옥좌를 탐한 것이 아니다. 주타쓰 대신 그 자리에 앉고 싶다고 생각한 적은 단 한 번도 없었다. 다만 그리하는 것 말고는 주타쓰를 멈출 방도가 없었다. 그뿐이다.

"주상을 최악의 방법으로 막은 이상, 내 소임은 끝났소. 본디 같으면 대역 죄인으로 재판받거나 선적을 반납해야 마땅하겠지만, 내가 그러면 장군의 말씀대로 가담한 자 모두가 따라야만 하오. 그러니 주성으로 물러나기라도 하려는 거요. 그것이 그렇게 이상한가."

겟케이가 묻자 경국의 장군은 겟케이를 빤히 바라보았다.

"왜 그러십니까?"

"아뇨. 봉왕에 대해서는 총재께도 들었지만, 어쩐지 조금 인상이 다르다 싶어서요."

"다르다?"

"예. 총재께 들었을 때는 참으로 가혹한 왕이라는 생각밖에 들지 않았는데, 혜후가 하시는 말씀을 들으니 그렇게만 말할 수는 없을 듯하군요."

세이는 납득한 것처럼 고개를 끄덕였다.

"그래요, 혜후는 봉왕을 나쁘다고 단언하는 듯한 표현을 쓰지 않으셨어요. 그만큼 죄책감을 느끼시기 때문입니까?"

"그야 물론……."

겟케이는 대답하면서도 뜻밖의 소리를 들은 기분이었다. 죄를 저질렀다는 자각은 있지만, '죄책감'이라는 말과는 어울리지 않았다. 하지만 부정하면 스스로도 어딘지 거짓말이 있는 것처럼 느껴졌다. 머뭇거리자 세이가 차분한 목소리로 말했다.

"역모라는 행위는 그토록 무거운 것이로군요……."

그러고는 살며시 미소 짓는다.

"저는 천성이 단순하여 백성을 위해서라면 그걸로 되지 않았나 싶습니다. 백성을 못살게 굴기만 하는 왕은 해치우면 그만입니다. 저희 병졸이 싸우기 위해 있는 것처럼 왕은 백성을 돕기 위해 있는 것이죠. 싸울 능력을 잃은 병졸은 군을 그만둡니다. 본인이 그만둘 마음이 없으면 잘리는 법입니다. 왕 또한 그와 마찬가지라는 생각을 떨칠 수가 없어요. 물론 왕은 스스로 그만둘 수는 없습니다만."

"나는 소심한 인간이오."

"그런 뜻이 아닙니다. 저는 경국 맥주麥州 출신이에요. 반수죠."

겟케이는 느닷없는 고백에 눈을 깜빡거렸다.

"장군이?"

“예. 선왕의 시대, 경국에서는 반수는 관리가 될 수 없었습니다. 물론 장군에 오를 수 있을 리가 없죠. 병졸로 군에 들어갈 수는 있지만, 관위를 얻지는 못합니다. 하지만 저는 맥주사의 장군에 임명되었습니다.”

“관위를 얻을 수 없는데도?”

“맥후가 상관없다 말씀해주셨습니다. 선왕은 정치에는 전혀 흥미가 없으셨고, 국부의 관리는 제 배를 채우는 데 바빴습니다. 주까지 눈길이 미칠 리가 없으니 상관할 것 없다고 말입니다.”

세이는 그렇게 말하고 웃었다.

“호적을 살짝 조작해서 반수라는 기재만 파기해두면 된다, 어차피 조사는 하지 않을 것이라 하셨습니다. 국부 눈에 들면 모르쇠로 다른 사람이다, 착각이다로 밀어붙이면 될 일이고, 그걸로 안 될 것 같으면 푼돈을 쥐여주면 끝날 일이라고요.”

“하지만 그것은…….”

“예. 당당히 법령을 무시한 거지요. 알면서 저질렀으니 질이 나빠요. 정말이지, 터무니없는 사람이라고 생각했다니까요. 하지만 그런 맥후조차도 선왕을 치는 것은 꺼렸습니다. 그것만큼은 할 수 없다고 하셨습니다.”

세이의 표정이 굳었다.

“망설이셨겠지요. 특히 선왕이 여자를 나라에서 추방하라고 했을 때 말입니다. 다들 어떻게든 고향에 남으려고 했는데 그런 자를 발견하면 잡아서 죽이라는 이야기가 나왔을 때는 정말로 망설이셨던 것 같습니다. 맥주는 청해青海에 면해 있으니, 나라를 나가려는 여자들이 항구에 모였습니다. 물론 진심으로 나라를 떠나고 싶어 한 이는 한 사람도 없었습니다. 남아 있다가는 처형당하니까 하는 수 없이 나라 밖으로 나가려는 거였죠. 그 모습을 맥후가 가엾게 여겨 배가 출항하지 못한다거나, 배가 부족하다 등의 적당한 말을 둘러대며 다들 나라를 나갈 의지는 있지만 갈 수 없다, 배에 탈 차례를 기다릴 뿐이라고 상황을 꾸몄습니다. 그렇게 항구도시에서 보호했죠. 그 방식이 용케 통했으니 망정이지, 그것까지 참견을 받았다면 아무리 맥후라도 결단해야 했을지도 모릅니다."

세이는 말하고 나서 스스로도 자신의 말에 위화감을 느낀 것처럼 고개를 갸웃했다.

"아니……. 그렇게 되면 결단해야 한다고 했지만, 반드시 모반을 일으키겠노라고 말씀하신 적은 한 번도 없었군요. 그래요, 지금 생각하면 보호한 여자들이 처형당했다고 정말로 맥후가 결단하셨을지는 의문입니다. 혜후의 이야기를 들으니 어쩌면 그것만은 하지 않으셨을 듯합니다."

"그러한가……."

"그때도 생각했습니다. 시해란 그렇게 무거운 일인가. 맥후에게는 백성을 구할 의지가 있었습니다. 하지만 옥좌에 올라 왕이 되려는 생각은 없으셨어요. 욕심 없이는 할 수 없는 일인가 생각했던 것을 기억합니다."

세이는 겟케이를 향해 미소 지었다.

"그런데 혜후는 결단하셨군요."

겟케이는 대답할 말을 잃었다.

"저는 맥후가 죽이라고 하셨다면 주저 없이 선왕을 치러 갔을 겁니다. 그래요, 그래도 맥후의 명령을 기다리지 않고 독단으로 치러 갈 생각은 하지 못했습니다. 백성이 가엾다, 해치워야 한다고는 생각했지만, 맥후가 군사를 일으켜야 한다고 믿었으니까요. 하명만 있다면 망설임 없이 따랐을 겁니다. 모반 뒤에도 그것을 죄라고 느끼거나 자신을 나무라지는 않았겠죠. 명령한 맥후가 죄를 짊어져주시기 때문만이 아니라, 저는 맥후나 혜후만큼 영리하지 못하여 죄의 무게를 모르는 탓입니다."

"그런 것은……."

세이는 고개를 가로저었다.

"그런 겁니다. 그리고 그편이 죄가 무겁지요. 그런 것 같습니다. 그럴 작정은 아니었다거나 이렇게 큰일인 줄은 몰랐다는 말을 흔히들 하지만, 죄의 무게를 모르는 것 자체가 하나의 죄가 아닐까요. 죄의 무게를 모르고 죄를 저지르는 것은 이중의 죄악인지도 모릅니다. 그 무게를 충분히 알고도 결단하셨으니 깊은 생각이 있으셨겠지요."

세이는 솔직한 호의가 담긴 눈빛으로 겟케이를 바라보았다.

"그만큼 백성을 생각하신 거겠지요? 그렇다면 그런 분이야말로 옥좌에 앉아야 합니다."

겟케이는 저도 모르게 자리를 박차고 일어났다.

"그건…… 아니오."

"아니라고요?"

"그런 미담으로 삼을 일이 아니오. 나는 천명이 있는 왕을 베었지. 태보가 몸져누웠다고는 해도 주상의 상태로 보아 천명을 되돌릴 희망이 적었다 할지라도, 가능성은 전혀 없지 않았소. 그런데 나는 결과도 보지 않고 도움이 되지 않는다고 단정하고 주상을 시해했소."

세이는 어쩔 줄 몰라 하며 겟케이를 쳐다보았다.

"역모일 뿐이지 칭찬받을 일이 아니란 말이오. 제관도 장군도, 공왕마저 나에게 옥좌에 오르라고 하지만, 그곳에 앉으면 나는 정말로 그분의 보위를 훔치는 것이 되오. 보위를 탐한 것이 아니고, 바라서 시해한 것이 아니오. 달리 방법이……."

겟케이는 갑자기 말문이 막혔다. 스스로도 격앙된 채 내뱉은 말은 어딘가 비꼬인 것만 같았다.

세이는 동요하는 기색도 없이 의아해했다.

"혜후가 하신 일은 단순한 모반입니까? 아니면, 다른 방법이 없었기 때문에 하는 수 없이 하신 일입니까?"

"그러게 말이오."

겟케이는 앉으면서 얼굴을 감쌌다.

"미안하군……. 평정을 잃은 듯하오."

"아닙니다."

상냥하게 말한 세이는 뜸을 들이고는 "그래" 하고 중얼거렸다. 세이는 고개를 든 겟케이를 안타깝게 바라보았다.

"혜후께서는 봉왕을 경애하셨군요."

겟케이는 사 년 전을 돌이켜보았다. 이제 와 생각하면 그는 더 이상 추락하는 주타쓰를 보고 싶지 않았다. 어찌하여 그렇게 제 얼굴에 먹칠을 하느냐고, 스스로 옥좌와 명예를 걷어차는 짓을 하느냐고 외치고 싶었다.

주타쓰가 백성을 학대하는 것은 틀림없는 사실이었다. 법은 지나치게 가혹하고, 벌은 지나치게 잔인했다. 이대로 가면 언젠가 천명을 잃지 않을까. 겟케이는 그것을 걱정할 수밖에 없었다. 실제로 태보는 병들었다. 이룰 수 있는 일이라면 주타쓰가 도를 바로잡기를 바랐으나, 왕은 법과 형벌을 더욱 가중했다.

"이대로라면 방국의 백성은 모두 죽고 말리라 생각했소……."

노대 끝, 작은 정원 너머에는 운해가 달빛에 반짝였다. 그 아래, 아득히 먼 하계에는 방국의 국토가 펼쳐져 있다. 그곳에는 일찍이 수없이 많은 송장이 깔리고 꽃향기 대신에 시체 냄새가, 바람 소리 대신에 상엿소리가 가득했다.

정말이지 무자비한 왕이라고 분개한 것은 틀림없는 사실이었다. 겹겹이 쌓이는 백성의 시체에 겟케이는 분노했다. 그 행위에는 증오마저 느꼈으나……. 그렇다. 겟케이는 주타쓰를 미워할 수 없었다. 겟케이에게 주타쓰는 여전히 청렴결백한 관리였다. 부패하기 짝이 없는 왕조에서 결연하고 청렴한데다 고고한 존재였다.

"나는 주상이 이전 같은 존재로 돌아오기를 바랐던 것 같소. 내 기대는 그러하였지만 주상은 계속 배신했지. 차라리 그분이 권력에 취해 사치하고 부패하기를 바란 적이 있소. 그렇게 되면 더는 주상께 기대를 품을 일도 없었으련만. 하나, 그분은 욕심이나 사심이 없는 점만큼은 조금도 변함이 없으셨지……."

"그래서 혜후께 모반은 다른 방도가 없는 대죄였군요."

세이의 말에 겟케이는 고개를 끄덕였다.

"백성을 위해서라는 것은 내게는 변명에 지나지 않소. 결의하게 된 계기는 미워하고 싶지 않은 상대를 미워해야 하는 괴로움이었겠지. 의분이 아니오. 개인적인 원한이지. 그러니 이것은 단순한 죄일 뿐, 다른 미명으로 지켜야 할 가치는 없소."

"하지만 그토록 봉왕을 미워할 수밖에 없었던 까닭은 백성을 가엾게 여겼기 때문 아닙니까? 백성이 가여워서 미워하는 길밖에 없었던 것이죠."

겟케이는 고개를 가로저었다.

"아닐 거요……. 아니, 백성을 전혀 생각지 않은 것은 아니오만. 죄라 부를 수 없을 정도의 죄로 형장으로 끌려나가는 백성을 보는 것은 괴로웠소. 하지만 더 사무친 것은 끌려가는 백성과 그들과 가까운 자들이 주상을 원망하는 것이었소. 그들의 원한은 너무나도 당연한 것이라 견딜 수 없이 괴로웠소……."

"봉왕이 미움받는 것이 괴로웠다고요?"

"그렇소, 그러니 나는 백성이나 관리가 믿는 만큼 백성의 편이 아닌 것이지."

"하지만 그것은 백성을 위한다는 말과 같은 뜻이 아닙니까?"

세이의 말에 겟케이는 허를 찔렸다.

"혜후는 봉왕이 백성을 잘살게 해주기를 바라신 것 아닙니까? 자비로 어진 정치를 베풀어 백성은 행복해지고, 만족한 백성은 봉왕을 존경하기를 바라셨지요."

"그건 그렇소만……."

"백성과 함께 봉왕을 칭송하고 싶었던 것 아닙니까. 다시 말해 그만큼 혜후는 백성 편에 계셨습니다. 백성의 안녕이 자신의 안녕이며, 백성의 행복이 자신의 행복이었던 것이지요. 혜후에게 좋은 왕이란 백성을 위하는 왕이었어요. 봉왕이 그러시기를 바랐던 것 아닙니까?"

세이는 그렇게 묻고, 말을 잃은 겟케이를 향해 미소 지었다.

"그렇다면 백성을 위한 것이나 마찬가지입니다."

겟케이는 한동안 대답하지 못하다가 고개를 떨구었다.

"그러나 내가 옥좌에 오르면 주상께 보위를 훔친 것이 되어버리지."

주타쓰에게 간언하지 못했다. 손쓸 방도도 없이 주인이 길을 잘못 든 것을 보면서, 끝내 그것을 바로잡지 못한 채 개인적인 원한으로 시해했다. 그런데 또 주인의 것을, 그의 유일하고 가장 큰 것을 훔치는가.

"말 그대로 찬탈이야. 더는 어떤 변명도 용납되지 않소……."

"변명? 누구에게 하는 변명입니까?"

세이의 질문에 겟케이는 말문이 막혔다.

"저에게는 혜후가 변명해야 할 상대를 착각하고 계신 듯이 보입니다."

세이는 말하고 나서 허둥지둥 몸을 움츠렸다.

"제가 무례했습니다. 주제넘은 소리를 잔뜩 늘어놓았습니다."

겟케이는 고개를 젓고는 슬쩍 이마를 짚었다.

"아니, 장군의 말씀이 옳소. 그래, 나는 주상에게 변명하고 싶은 거겠지. 결코 나쁜 마음으로 해친 것이 아니라고. 미워서도 아니고 우습게 보지도 않았고, 하물며 옥좌를 훔칠 작정도 아니었다고 사죄하고 싶었소. 장군 말대로 상대를 착각했군……."

변명을 한다면 하늘에, 백성에게 해야 하는지도 모른다. 천의를 짓밟은 죄로 방국에서 하늘의 은총을 빼앗은 것을 사죄해야 한다. 머리로는 그렇다고 이해했다.

"아무리 사죄하고 변명해도 주상은 나를 용서하지 않으시겠지. 알면서도 나는 자신에게라도 해명하고 싶었네. 그래, 변명은 나 자신을 향한 것인지도 모르지. 여기서 보위까지 훔치면 그런 변명조차 할 수 없게 되네. 쇼케이 님도 절대로 용서하시지 않겠지."

오히려 공주는 비웃을 것이다. 일찍이 쇼케이는 겟케이에게 찬탈자라고 소리쳤다. 왕을 질투하여 왕의 것을 빼앗으려 했다고 단정했다. 역시 그랬다고 하겠지. 역시 그런 것이 아니었는가 하겠지.

세이는 이상하다는 듯이 고개를 갸웃했다.

"쇼케이가 용서하지 않는다고요? 왜죠?"

"당연하지 않소."

"쇼케이가 혜후를 용서할지 말지가 의미가 있다고 생각하지도 않지만, 신경쓰이신다면 제가 혜후를 찾아온 이유를 떠올려주십시오. 쇼케이는 혜후가 방국의 국주國主라고 했습니다. 자신이 방국에 있던 시절에는 가왕에 오르지는 않았지만, 지금쯤 보위에 올랐을 거라 했어요. 그렇기에 주상은 혜후 앞으로 친서를 쓰신 겁니다. 혜후가 계신 이상, 방국이 황폐해졌을 리 없을 거라고 쇼케이가 말했기에, 상대해주실 여유가 있다고 보고 저를 방국에 보내셨습니다."

겟케이는 놀라서 세이를 응시했다.

"그렇기에 주상께서는 방국을 보고 오라 하신 겁니다. 혜후가 방국을 지탱하기 위해 무엇을 하시는지 배우고자 보고 듣고 오라고 하셨습니다."

말없는 겟케이에게 세이는 미소 지었다.

"공경하는 봉왕을 친 자신이 끔찍하게 싫은 혜후의 마음은 잘 압니다. 틀림없이 죄는 죄이겠지요. 하오나, 죄를 물리치는 것은 도道고, 죄를 후회하고 바로잡는 것 또한 도입니다."

세이는 정원 위에 희미하게 떠오른 달을 우러러보았다.

"해가 저물고 깊은 어둠이 길을 가로막아도 달이 떠올라 비추어주는 법입니다."

달무리 진 달빛은 희미하다. 차갑고 음울한 색의 달빛은 한낮의 햇빛과는 비할 바가 못 된다. 하지만 이만한 빛이라 할지라도 밤길을 가는 자에게는 반드시 도움이 된다.

옆에서 "그렇지!" 하고 세이가 외쳤다.

"월음의 조정은 어떨까요."

무슨 뜻인지 알아듣지 못해 눈을 깜빡거리는 겟케이를 보며 세이가 웃었다.

"가조와 위조, 두 가지밖에 명칭이 없는 것은 불편하죠. 왕이 옥좌에 있는 조정을 일양日陽의 조정이라 한다면, 왕이 없는 조정은 월음月陰의 조정이 아니겠습니까. 달빛에 기대어 새벽을 기다리는 겁니다."

"일리가 있군."

겟케이는 슬며시 웃었다.

계곡은 조용히 안개에 잠겨 있었다. 구름 같은 안개 사이로 얼굴을 내민 크고 작은 봉우리, 얼핏얼핏 들여다보이는 시냇물은 흘러내려가 작은 정자에 이르고, 그곳에서 연못을 이룬다.

겟케이는 홀로 서재의 책상 앞에 앉아 상자 안에 나타난 경관을 들여다보았다.

두 손바닥만 한 크기의 벼루였다. 돌은 순국舜國의 유명한 창명산彰明産, 녹색을 띤 돌에는 안개임 직한 얼룩무늬가 감돌았다. 가장자리에 새긴 구름과 안개에 잠긴 계곡, 조그마한 정자가 서 있고, 정자가 들여다보이는 연지 밑바닥에는 달이 가라앉아 있다. 먹을 가는 묵당에도 얼룩무늬가 그리는 안개가 감돈다. 그 뒤쪽, 벼루의 등에는 공적을 칭찬하는 말이 새겨져 있었지만, 그것들과 함께 벼루는 두 동강이 나 있었다.

겟케이는 벼루를 가른 균열을 응시했다. 귀에는 벼루를 깼을 때의 가슴 저미던 아름다운 음색이 남아 있었다.

봉왕 주타쓰에게 받은 벼루다. 겟케이가 혜주후에 임명될 때 하사받은 물건이다. 십 몇 년 뒤, 혜주에서 겟케이는 벼루를 깼다. 벼루는 깨지면 더는 쓸모가 없으니 이렇게 파편을 간직한다고 해도 멋스러움은 상하고 만다. 잃어버린 것이나 마찬가지로 되돌릴 길은 존재하지 않는다. 그 사실을 알면서 깬 것은 궁성 문 앞에서 죄인 백여 명이 처형되었다는 보고를 받았을 때였다. 죄인 대부분이 부역을 쉬거나 농지를 떠난 등의 태만죄로 재판받았다. 병에 걸렸다, 가까운 사람에게 불행이 있었다, 등등의 개인 사정은 조금도 참작되지 않았다. 죄에서 멀어지기 위해서는 먼저 죄를 미워해야 한다 하여, 왕도의 주민은 문 앞에 모여 죄인들에게 돌을 던지도록 강요받았다. 죄인 모두가 죽을 때까지 강제로 돌을 던지게 했다. 죄인의 송장은 즉시 그 자리에 효시했다.

그 이야기를 듣고 겟케이는 분노에 차 벼루를 깼다. 청아한 높은 음색을 들으면서 겟케이는 되돌릴 수 없는 길에 발을 디디기로 결의하였다.

거병은 후회하지 않는다. 하지만 그럴 수밖에 없었던 사실에 회한이 남았다.

왕조가 이 지경으로 기울기 전에 어찌하여 주타쓰를 막지 못하였는가. 혜주후로 임명될 만큼 신뢰받고, 은혜를 입은 왕에게 역모로밖에 보답할 수 없었던 자신이 밉다. 주타쓰는 명실공히 방국의 왕이었다. 방국의 옥좌는 주타쓰의 것이다. 왕이 도를 잃는 것을 막지 못하고 불충을 저지르고, 대의를 들어 시해를 도모한 자신이 주타쓰의 것을 훔치는 것은 용납되지 않는다고 생각해왔다.

시해는 더이상 없는 대죄, 깨진 벼루는 죄의 상징이다. 벼루가 원래 형태로 돌아갈 수 없듯이, 천의를 짓밟은 겟케이의 죄는 사라지지 않는다. 백성과 나라를 위해서라고 변명한들 그 행위가 파괴에 지나지 않고, 추악한 죄악에 지나지 않음은 벼루에 남은 무참한 균열을 보면 명백했다.

균열에 응시하고 있는데 작은 발소리가 들렸다. 서재 입구에 쇼요가 모습을 드러냈다.

"저를 찾으셨다고요. 부제에서 돌아오니 관저에 심부름꾼이 왔었다고 하기에 찾아뵈었습니다."

쇼요는 그렇게 말하면서 서재 안으로 들어왔다. 등불에 비춘 서재 내부는 이미 깨끗이 정돈되어 있었다. 개인 물건은 한쪽에 정리해서 포개놓았다. 이미 퇴거 준비를 한 겟케이의 결의를 엿본 심정은 참담했다.

서재의 주인이 돌아보더니 조용히 웃었다.

"그래서 일부러 온 건가. 미안하군."

"아닙니다."

작게 대답한 쇼요는 겟케이의 손안을 들여다보았다.

"그것은……."

"주상께 받은 벼루네."

"아아."

쇼요가 입을 열었다.

"저도 천관장天官長으로 임명받았을 때 벼루를 받았습니다."

"지금은 어쨌지?"

겟케이의 물음에 쇼요는 복잡한 심경으로 웃었다.

"가지고 있습니다. 몇 번이고 버리려 했지만, 그러지 못했지요."

"나도 그러네."

겟케이는 그렇게 대답하며 벼루를 담은 상자에 뚜껑을 덮고 조심스레 책상 위에 내려놓았다.

"주상이 신하에게 무언가를 하사할 때는 반드시 문방사우 중 하나를 고르셨어."

"그러셨지요……."

돌이키자 기묘하게 그리웠다. 저도 모르게 숙연해진 쇼요를 보고, 겟케이는 술잔을 끌어왔다.

"쇼요, 함께하겠나?"

"용건이 있으셨던 것 아닙니까?"

겟케이는 이게 용건이었다고 말하며 쇼요에게 술잔을 내밀었다.

"그럼 감사히 받겠습니다. 한데, 세이 장군은요?"

"쉬고 계시네. 한차례 이야기를 나눈 뒤에 피곤하다며 쉬고 싶다고 저녁도 드시지 않고 침실로 물러가셨어. 뜻하지 않게 마음을 쓰게 한 모양이야."

쇼요는 고개를 갸웃했다. 세이가 일찌감치 잠자리에 든 것이 '마음을 쓴 것'과 무슨 관계인지 제대로 파악할 수 없었다. 의아해하는 쇼요를 아는지 모르는지 겟케이는 평온한 얼굴로 손에 든 술잔을 응시했다.

"주상은 술을 즐기신 적도 없었고, 고가품을 모으시지도 않았지. 우리에게 내린 하사품 역시 옥이나 금은이었던 적은 거의 없었어."

"그렇지요. 창명산 벼루는 결코 옥보다 싸지 않지만요."

쇼요는 대답하고서 살며시 웃었다.

"그렇지, 금군의 장군 역시 벼루를 받고 어이없어한 적이 있었지요. 장군은 창명산의 벼루가 얼마나 값어치가 있는지 모르셨으니까요. 아셨어도 무관에게 고가의 벼루는 더욱 기막힌 물건일 뿐이었을 수도 있겠습니다만."

"그렇지, 그래."

웃음 섞인 대답을 하면서 겟케이는 쇼요의 잔에 술을 따랐다.

"벼루나 먹뿐만 아니라 고가의 붓과 종이를 하사받은 적도 있었지. 주상이 사치를 하는 것은 고작 문구와 서적 정도고, 몸을 치장하는 것에도 신변을 꾸미는 데에도 흥미가 없으셨으니……. 후비后妃는 그렇지 않았던 듯하지만."

"그렇지요."

쇼요는 고개를 끄덕였다. 주타쓰가 화려한 것을 싫어해서 왕후인 가카도 수수함을 가장하고는 있었다. 그러나 가카의 몸을 치장한 것은 어지간한 물건보다 훨씬 고가였다.

"주상은 후비가 걸친 것이 얼마나 하는 물건인지 모르셨겠지요. 그렇지 않았다면 후비야말로 맨 먼저 질책을 받았을 겁니다. 겉으로 화려해 보이지 않으니 소박하다고 생각하셨던 거지요."

겟케이는 고개를 끄덕였다.

"주상은 그렇게 어수룩한 구석이 있으셨어……."

쇼요는 의아해하며 케이를 보았다. 겟케이는 주타쓰를 그리워하는 것인가. 마치 애통해하는 것처럼 보였다. 쇼요의 의심을 알아챘는지 겟케이는 시선을 들고 갑자기 미소 지었다.

"그대에게 주상은 이제 밉기만 한 왕인가?"

쇼요는 가슴이 철렁했다. 느닷없이 일찍이 주타쓰가 막 등극했을 무렵이 떠올랐다.

"나는 지금도 주상을 미워할 수 없네……. 거병한 것은 후회하지 않지만, 그렇게 할 수밖에 없었던 상황이 분해."

"저도 그렇습니다. 솔직히 말하면 지금도 무척이나 분통합니다."

"자네도?"

"애써 생각하지 않으려 하고 있어요. 주상의 용안을 떠올리면 견딜 수가 없습니다. 그럴 때는 좋은 시절만 떠올라서……."

그립고, 여전히 아쉽다. 그렇기에 주타쓰에게 하사받은 벼루를 버릴 수는 없었다. 몇 번이나 분노에 휩쓸릴 뻔했다.

쇼요가 솔직하게 그리 말하자 겟케이는 자조하듯이 웃었다.

"이상하군……. 나는 후비를 주상만큼 미워하지는 않았어. 후비가 중상모략으로 하지도 않은 죄를 날조한 것은 알았지만, 용서 못 하겠다고 생각한 적은 없네. 악랄하다는 의미로는 후비가 몇 배나 악랄했어. 그러나 주상께서 무자비한 처사를 내릴 때만큼 화가 나지는 않았네."

"그렇습니까? 저는 용서할 수 없었습니다. 후비는 주상께 죄를 부추겼지요. 그것이 괘씸했습니다. 솔직히 말하면 혜후가 공주를 혜주에 맞이하신 것도 지나치게 관대한 처사라고 생각하였습니다. 후궁 깊숙한 곳에서 외부 세계와 단절되어 있던 공주에게 적극적인 죄는 없다고 하시는 혜후의 말씀은 납득했지만, 심정적으로는 미웠으니까요. 어찌하여 주상을 말리지 않았느냐는 분풀이 같은 것이었겠지요."

"분풀이인가……."

"그럴 겁니다. 맞습니다, 저도 주상을 말리고 싶었어요. 좋은 왕이 되셨으면 했습니다. 그러나 주상은 스스로를 더럽히는 짓만 하셨어요. 막고 싶었지만 저는 그럴 수 없었습니다. 벌이 너무 무겁지 않느냐고, 죄를 너무 따지는 것 아니냐고 말씀드리면 제가 모든 죄를 용서하는 것처럼 받아들이셨습니다. 악에 물들었다 말씀하셨지요."

"나도 그런 말을 들은 적이 있지……."

쇼요는 고개를 끄덕였다. 조금 전에 그리워했던 것이 거짓이었던 것처럼 괴로움이 마음속에 치밀어 올랐다.

"분별 있는 관리라 아끼던 그대마저 그렇다면 백성의 타락은 그 이상일 거라고 하시면서 공연히 법을 더 혹독하게 바꾸셨습니다. 간언할수록 사태가 악화될 뿐인 듯했습니다. 저로서는 도저히 그 이상 간언할 수 없었습니다. 그래서 저 말고 누군가가 그래주기를 기도할 수밖에 없었어요."

"그래서 분풀이인 건가. 후비와 공주가 그래주기를 기대했지."

"예."

쇼요가 대답했다.

"후비나 공주가 간언하셨더라도 결과는 달라지지 않았을 테고, 가까운 분이었던 만큼 결과가 더 나빠졌을 가능성도 있습니다. 분명 그랬겠지요. 태보가 주상을 충고할수록 법은 가혹해졌습니다. 태보의 실도는 최대의 간언이라 할 수 있겠지요. 그러나 태보의 실도조차 주상을 막을 수는 없었습니다."

"그랬지……."

"분풀이인 줄은 알았지만, 저는 후비나 공주를 원망했습니다.

그렇지요. 하지만 미워하는 것이 괴롭지는 않았습니다. 주상을 미워하는 것은 더할 나위 없는 고통이었습니다. 고통스러운 나머지 왜 나에게 이런 마음고생을 시키는지 점점 더 원망스러웠습니다. 주상이 백성에게 자비를 베풀기만 한다면 원망하지 않아도 될 텐데. 미움이 더 커질수록 더욱 깊은 고통을 불렀어요. 그 고통이 다시 증오가 되고……. 네, 그에 비하면 후비나 공주에 대한 원망은 별것도 아니었습니다."

"자네 말이 맞네."

겟케이의 목소리에는 애처로운 울림이 있었다. 그 목소리에 쇼요는 그제야 어찌하여 겟케이가 고집스럽게 국권을 거부하려 했는지 이해했다.

"혜후는 무척 괴로우셨겠군요."

주타쓰를 쳐야만 했던 것, 모반하고 만 것. 그러니 여기서 또 주타쓰의 것을 훔쳐 또 다른 불충을 더할 수는 없다.

"혜후의 마음을 이제야 조금 알았습니다. 하오나, 부디 저희의 마음도 헤아려주십시오. 저희에게 혜후는 결코 막을 수 없던 주상을 막아주신 유일한 분입니다. 제관과 백성의 끝없는 고통을 끝내고, 구해주신 분입니다. 혜후가 혜주로 돌아가버리신다는 이야기를 듣고 제관은 한탄하고 슬퍼하고 있습니다. 울면서 분통해하고 있어요."

겟케이는 숨을 삼키고 쇼요를 보았다.

"바라옵건대 저희에게 똑같은 괴로움을 내리지 말아주십시오."

쇼요는 그렇게 말하고 일어나 품에서 두 통의 서신을 꺼냈다.

"부디 이것을."

"쇼요……."

"저는 이미 읽었습니다. 세이 장군은 혜후께 전해도 상관없다고 하셨습니다. 부디 받아서 읽어주십시오. 제가 받아도 될 서신이 아닙니다. 다름 아닌 혜후께 건네야만 하는 서신입니다."

쇼요는 연거푸 부탁하며 서신을 책상 위, 뚜껑을 닫은 상자 옆에 놓았다. 그는 꼼짝 못하는 겟케이를 남겨두고 인사를 한 뒤 조용히 서재를 나갔다.

서신 두 통과 함께 남겨진 겟케이는 오래 망설인 끝에 그것을 펼쳤다.

경왕의 친서에는 간단한 인사말과 쇼케이의 현재 상황을 설명하고, 쇼케이의 편지를 받고 읽어주기를 바란다, 생각하는 바가 있겠지만 남은 원한을 버리고 배려해주면 좋겠다, 경국도 아직 한창 파란을 겪고 있어 방국에 보탤 여분의 국력이 없지만, 진심으로 방국의 안녕을 기원한다고 적혀 있었다.

일국의 통치는 천명天命의 뒷배가 있더라도 곤란함이 많고, 국토와 호적을 떠맡은 불안은 아무리 애써도 사라지지 않는다. 하물며 왕이 없는 국토와 호적을 맡는 고생은 얼마나 클 것인가. 풋내기인 자신은 뭐라 말해야 할지도 모르겠고, 유익한 도움도 주지 못하지만 경국이 미력하나마 도울 만한 일이 있다면 사신에게 말해주기 바란다. 이런 내용이었다.

"위로해주시는 건가……."

나무라는 말투가 아니다. 비꼬는 것도 아니었다. 진지한 서신은 어딘지 모르게 따스했다. 이름만 필적이 다르다. 본문은 누가 필사했는지 정갈한 달필인 데 비해 이름은 서툰 필치였지만, 새 왕의 젊음을 상징하는 듯해서 보기에 좋았다.

겟케이는 조금이나마 위로받은 기분으로 쇼케이가 보낸 두터운 서신을 펼쳤다.

서신에는 그녀의 회한이 너무나도 솔직히 적혀 있었다.

공주이면서도 부왕에게 간언하지 못한 후회. 자신이 공주로서 책무를 알지 못했던 어리석음 때문에 왕이 시해당하고, 부모에게는 불효를 저지르고, 백성에게는 겪지 않아도 될 비탄에 젖게 하고, 겟케이에게는 대죄에 손대는 고통을 주었다. 그 죄로 공주 자리에서 쫓겨나 본디 같으면 부모를 따라 귀적에 들어야 할 목숨을 겟케이가 구해주었건만, 은혜를 돌아보지 않고 개인적인 원한에 사로잡혀, 자신을 받아준 공국에서도 경솔한 짓으로 겟케이의 온정을 헛되이 한 것, 진심으로 면목이 없다.

"그러한가……. 알아주셨는가."

인간은 변하기도 한다던 경국 장군의 말이 정말로 맞았다.

남에게 간언하기는 어렵다. 주타쓰를 향한 간언은 모조리 물거품이 되었다. 헛된 수고에 그치지 않고 그렇게 불신을 드러낸 것이 공연히 주타쓰를 포학하게 내몰지 않았던가. 하지만 간언이 무의미하다고 생각하고 싶지는 않았다. 간언을 위한 말에는 말할 것도 없이 간언하는 상대를 향한 기대와 애정이 포함되어 있다.

서신은, 공국을 도망치면서 죄를 저질렀고 이를 보상하지 않고 경왕조의 말석을 더럽힐 수는 없다, 그러니 공왕에게 벌을 받으러 간다, 대면하여 하고 싶은 이야기도 있으나 자신은 어찌될지 모르기에 그리하여 서신을 맡겼다는 이야기로 끝을 맺었다. 이 서신을 겟케이가 받을 즈음에는 요천堯天을 출발했으리라는 사실도 포함되어 있었다.

"공국으로……."

겟케이는 놀라서 중얼거렸다. 서신을 몇 번인가 눈으로 읽고, 일어나 서재 바깥에 외쳤다.

"누구……."

어찌되었든 왕궁 안에서 왕의 어물에 손을 댔다. 해석하기에 따라서는 옥체에 손을 댄 것이나 다름없다. 단순한 절도와는 차원이 다르다. 왕에 대한 반역이라고 판단한다면 역모에 필적하는 죄로 처결받을 수도 있었다. 실제로 어떤 판결을 내릴지는 왕과 추관秋官의 마음에 달렸다. "그리하여 서신을 맡긴다"고 하였으니 그 사실을 알고 있다는 소리겠지만, 아무리 죄를 후회하고 스스로 바로잡아 경왕의 신임을 얻었다 하더라도, 평생을 옥중에 갇혀 징역에 허비해서야 의미가 없다.

"게 누구 있느냐."

소리치자 회랑 너머에서 하관이 달려왔다. 관리를 한 사람 부르라고 명령하려던 겟케이는 잠시 머뭇거렸다.

자신은 혜주후에 불과하다. 국관에게 명령을 내릴 권한 따위 없다.

맞다, 스스로 그 권한을 거부했다.

겟케이는 새삼 자신이 거부한 것의 크기를 깨달았다. 그 권한이 없으면 누군가를 위해 무엇도 해줄 수 없다. 아무리 가엾게 여기더라도 구해줄 수가 없다. 자신은 주후이다. 겟케이의 권한은 혜주에만 미친다. 그렇다면 겟케이의 손으로 구할 수 있는 것도 혜주의 백성뿐이다. 그마저도 나라의 방침에 온전히 거스르지 못한다. 주타쓰가 공포한 혹독한 법은 혜주에서도 법이었다.

겟케이만의 생각으로 폐지하지 못하고, 존재를 무시하는 것도 허락되지 않았다. 가능한 한 벌을 받지 않도록 조치는 했지만, 그래도 혜주의 백성이 주타쓰의 학살을 다 피하지는 못했다. 하물며 혜주 바깥에서는 겟케이의 손으로 단 한 사람도 구해줄 수는 없었다.

변명할 상대가 틀렸다.

맞는 말이다. 사과할 상대, 신경쓸 상대를 완전히 착각했다.

갑작스러운 침묵을 이상하게 여겼는지, 하관이 무슨 일이냐고 물었다.

그 눈을 바라보며 겟케이는 고개를 작게 끄덕였다.

"사회司会를 불러라. 공왕께 친서를 보낸다. 초안을 준비하라고 전하라."

"예."

하관은 시원시원하게 대답하고 머리를 조아렸다.

겟케이는 퇴출하는 하관의 등에 대고 중얼거렸다.

"부디 쇼케이 님의 감형을……."

겟케이는 그대로 정원을 지나 객청을 찾았다. 피곤해서 쉰다고 했던 손님은 불을 켜고 글을 보고 있었다.

"아직 잠자리에 들지 않으셨소?"

회랑에서 창문을 두드리자 세이는 붓을 내려두고 고개를 들더니 쑥스러워하며 웃었다.

"네에……. 잘 작정이었는데 이상하게 잠이 오지 않는군요."

세이는 대답하며 문을 열었다. 그 동작에 떠밀려 객청으로 들어온 겟케이는 무릎을 꿇고 사신에게 천천히 인사했다.

"혜후?"

"경왕의 친서는 잘 받았습니다."

그렇게 말하면서 고개를 들자 세이는 알았다는 듯이 미소 짓고, 시원스레 앉음새를 고쳤다.

"갑자기 찾아뵌 무례를 용서하여주시고, 흔쾌히 친서를 받아주신 것을 진심으로 감사드립니다."

"쇼케이 님이 보내신 서신도 틀림없이 받았소. 괜찮다면 쇼케이 님께는 답신을 보내고 싶네. 세이 장군께 부탁해도 실례가 되지 않겠나."

"물론입니다."

"만약 불쾌하시지 않다면 황송하지만 경왕께도……."

"주상은 대단히 기뻐하실 겁니다."

겟케이는 인사를 올리고 일어나 다시 세이를 쳐다보았다.

경국의 새로운 왕은 젊은 여자라고 들었다. 그 이상의 소문은 전해 듣지 못했으나, 사신의 품성에서 새로운 왕의 품성이 보이고, 세이의 말 한마디 한마디에서는 새로운 왕에 대한 신임이 보였다.

"세이 장군은 좋은 분이시오. 경왕도 필시 좋은 분이시겠지."

세이는 생긋 웃었다.

"저는 차치하고, 주상은 무척 좋은 분이십니다."

"그러한가."

겟케이는 고개를 끄덕였다.

"잠자리에 들 것이 아니라면 술은 어떠신가. 저녁도 드시지 않았으니, 하다못해 야식이라도 준비하고 싶소만."

세이는 활짝 웃었다.

"기꺼이 받겠습니다."

겟케이는 고개를 끄덕이고 하관을 불러 주안상을 명했다. 그런 뒤 세이를 돌아본다.

"혹시 경국 분들이 곰팡내가 나는 이부자리라도 양해해주신다면 역시 장객전으로 옮기셨으면 하오. 아무래도 사 년이나 닫아두었던 터라 편하지는 않으시겠지만."

"아뇨, 그것만큼은 할 수 없습니다."

"타국의 빈객을 맞이하는 것은 앞으로 좀처럼 없을 거요. 하다못해 이번만은 수행 온 모든 분을 국빈으로 맞이하고, 총재 이하 육관과 만나게 하고 싶소. 관리도 경국의 칙사와 만나면 자극이 되겠지."

방국은 왕을 잃은 탓에 고립된 왕조다. 경국이 조정으로 인정해주는 것만으로도 관리들은 마음을 한시름 놓을 것이다.

"하오나……."

"나는 거처를 옮기려고 하오. 왕궁 북쪽으로."

겟케이의 말에 세이는 순간 미소 짓고 고개를 끄덕였다.

"그런 것이라면 흔쾌히 말씀을 따르겠습니다."

사신은 비행하는 기수를 타고, 겟케이가 공왕에게 보내는 친서를 날랐다. 사흘 뒤 돌아온 사신은 낙담하며 내전을 찾았다.

닫아두었던 내전을 열고, 겟케이는 몇 없는 개인 물건과 함께 그곳으로 옮겼다. 신료에게 자신의 부족함을 사죄하고, 혜주후를 임명하고 싶다고 청했다. 신료는 흔쾌히 찬동했다. 이틀 후에는 정식으로 옥좌에 오른다.

"어찌 말씀하셨소."

겟케이는 사신을 맞이하며 쓰다 만 서신을 밀어놓고 일어났다. 겟케이의 물음에 사신으로 간 관리는 머리를 깊이 조아렸다.

"그것이…… 저어. 공왕께서는 감형은 결코 안 된다고. 직접 말씀하시며 크게 노여워하셨습니다."

"그러시겠지……."

"듣기로는 경왕께서도 친서를 보내 공주의 감형을 바라셨답니다."

하지만 공왕은 겟케이와 경왕이 국사에 간섭한다고 역정을 냈다고 한다.

"공국의 죄인을 재판하는 것은 공국의 추관, 나아가서는 공왕의 권한, 결코 타국의 간섭에 굴복해 법을 굽힐 수는 없다 하십니다."

"그러한가."

겟케이는 속절없이 한숨지었다. 감형을 바란 자신의 행위가 분수에 넘칠 따름이란 사실은 충분히 알고 있었다. 공왕의 역정도 예상은 했다. 그래도 쇼케이를 위해 무언가를 해주고 싶었다. 할 수 있다면 구하고 싶었다.

주타쓰에게는 불충으로밖에 보답할 길 없었으므로 하다못해 그 딸에게 친절을 베풀어 보답하고 싶었는지도 모르고, 또는 자신과 마찬가지로 죄를 끌어안은 자를 향한 동정이었는지도 모른다. 저지른 죄가 사라지지는 않지만, 본인의 자각과 후회로 용서받는 예도 있다고 생각하고 싶었을 수도 있다.

관리는 겟케이의 낙담을 이해한 듯이 더욱 깊이 머리를 숙였다.

"경국도 방국도 지금은 나라의 앞날을 정하는 중요한 시기. 그럼에도 명백한 죄를 지은 한낱 계집아이의 앞날을 도리를 굽히면서까지 걱정할 때가 아니라고, 엄하게 꾸짖으셨습니다."

"그러한가. 미안하군……."

사신은 묵묵히 고개를 끄덕이듯 머리를 숙이고 말을 이었다.

"공주의 벌은 국외 추방, 이후 일절 공국으로 입국을 허하지 않으며 공국에 있는 모습을 발견하면 어떤 사정이 있든, 그것이……."

겟케이는 눈을 부릅뜨고 말꼬리를 흐리는 사신에게 뒷말을 재촉했다.

"뭐라 하시더냐?"

"내치겠다…… 하십니다."

당혹스러운 듯이 입을 닫은 사신을 바라보고, 겟케이는 살며시 미소 지었다.

"그리 말씀해주셨는가……."

"도움이 되어드리지 못해 면목 없습니다."

겟케이는 더욱 깊이 고개를 떨군 사신을 치하했다.

"그렇지 않다. 공왕은 쇼케이 님께 사죄할 필요 없다고 말씀해주신 것이다."

"하오나……."

"어디든 가라고 하신 것이다."

간섭은 용납하지 않는다고 하니, 사례 같은 것은 받아주지 않으리라. 온정으로 경왕과 겟케이의 탄원을 받아들인 것이 아니라 어디까지나 형벌이라고 거침없이 말하는 구석이 왕의 긍지인지도 모르고, 간섭이라는 질책은 잡다한 일에 얽매이지 말고 자국의 일에 전념하라는 조언인지도 모른다. 아마도 후자일 것이다. 봉왕을 시해한 겟케이를 나무라지 않고, 오히려 비난을 두려워하지 말고 국권을 장악하라, 기우는 나라를 지탱하는 기둥이 되라고 질타해준 이도 공왕이었다.

"공왕께는 뒤에서나마 감사를 드리지……."

겟케이는 재차 사신을 치하하고, 물러나게 한 뒤 책상을 마주했다. 중간에 붓을 놓은 서신을 훑어보고 쓴웃음을 지었다.

붓이 가는 대로 써 내려간 서신은 다시 읽어보니 역모에 이른 자신의 심경을 장황하게 해명하는 글일 뿐이었다. 겟케이는 실소하고 서신을 찢어서 구겼다.

"아직도 주상께 사죄하고 있는가……."

쇼케이가 이해해주기를 바란 까닭은 주타쓰가 이해해주기 바랐기 때문이다. 쇼케이에게 보답할 수 있다면 주타쓰에게 보상이 될 것 같았던 마음과 마찬가지로 쇼케이에게 심정이 전해지면 주타쓰에게도 전해질 것처럼 여겼다. 하지만 쇼케이 입장에서는 아버지를 향한 말 따위 원할 턱이 없다. 무언가를 사죄하려면 주타쓰가 아니라 쇼케이에게 해야 한다.

겟케이는 자신에게 한숨의 쉬고 창문을 보았다. 험준한 산의 비탈에 서 있는 내전, 그 창문 너머에는 응준궁의 관부와 파도가 밀려오는 운해가 보였다. 운해가 어둡고 탁하게 보이는 까닭은 하계에 두꺼운 구름이 깔렸기 때문이다. 봄인데 하계에는 예년에 없이 비가 잦았다.

그랬다. 이미 방국은 나라를 떠난 공주의 행방을 걱정할 여력이 없다. 거국적으로 나라가 황폐해지는 것을 막으려 해도 왕을 잃은 국토는 작은 빈틈을 살피듯이 조금씩 조금씩 균열을 일으킨다.

방국은 앞으로 막을 새도 없이 기울 것이다. 이미 기울기 시작했다. 이렇다 할 생산물도 없고, 백성은 임업과 목축으로 생활을 꾸린다. 하지만 올해는 비가 잦다. 일조량이 부족해 여물의 싹이 자라지 않는다. 목초가 부족해 가축이 여위면, 백성은 바로 밥줄이 끊어진다. 여름 가뭄, 겨울 대설, 하늘은 천명을 유린한 왕조를 결코 묵인하지 않을 것이다.

겟케이가 왕을 시해하고, 빼앗은 죄 때문에 앞으로 방국의 백성은 고난을 맛보아야 한다. 겟케이에게는 백성에게 왕을 되돌려줄 의무가 있다. 나라를 떠받들 결의와 백성을 지킬 의지를 지닌 위정자를 되돌려주어야 한다.

"쇼케이 님을 본받고 싶군……."

쇼케이가 자신의 죄를 짊어지고 공왕 앞에 나설 용기를 냈으니, 자신만 겁을 낼 수는 없는 노릇이다. 쇼케이처럼 자신 또한 이 죄를 짊어지고 새로운 봉왕 앞에 나서야만 한다.

겟케이가 쇼케이에게 사죄해야 할 일은 한 가지밖에 없다.

"그대의 아버님의 것을 훔치겠다. 부디 용서하시오."

내일은 동쪽 나라로 떠날 세이에게, 쇼케이가 길을 떠날 필요가 없다고 가르쳐주자. 어딘가에서 만난다면 그렇게 전해달라고 부탁하자. 쇼케이를 염려하는 것은 이번이 마지막이다. 이제 공주는 잊는다.

이 국토에는 쇼케이보다 더욱 절실히 구제를 기다리는 수많은 사람이 있는 까닭이다.

서간

書簡

궁궐은 높게 뻗은 낭떠러지 끝에서 하계를 들여다보듯 운해 위에 떠 있었다.

경국 도읍, 요천산. 산꼭대기에 금파궁金波宮을 이고 있는 산의 구부 능선, 운해 아래쪽에 작은 채광창이 있다. 하얀 안벽에 뚫린 작은 창문이 열리고, 한 마리 새가 북서쪽으로 날아올랐다.

봉황鳳凰과 비슷한 고운 빛깔의 새는 곧장 운해 아래, 관궁關弓을 향해 날았다. 경국의 국토를 가로지르고 고수산高岫山(국경에 있는 산)을 넘어, 사흘 만에 안국雁國 도읍, 관궁산 기슭에 이르렀다.

관궁산 기슭에는 광대한 시가지가 펼쳐져 있다. 새는 고을 상공을 가로지르더니 거대한 산의 기저부, 시가지보다 조금 높은 곳에 줄지은 기와지붕 무리를 스쳐 그 안쪽, 산허리를 파서 낸 창문에 내려앉았다.

창문 안쪽은 암반을 깎아 만든 방이었다. 관궁산은 산 자체가 왕궁과 국부의 일부지만, 이 방은 별로 넓지 않은 간소한 구조다. 끌로 바위를 깎아냈을 뿐인 벽과 바닥. 세공은 상당히 훌륭하나 낡아서 조청빛으로 바랜 책상과 의자만 놓여 있다. 암벽을 뚫어서 마련한 서가와 침소, 침소를 덮은 휘장에 석양이 비쳐 먼지에 바랜 비단을 한층 더 낡은 빛깔로 보이게 했다.

새는 열린 창문의 유리를 부리로 쫀다. 그 소리에 방안에서 책상을 마주하고 앉았던 사람이 고개를 들었다. 아니, 회갈색 털에 의자 끝으로 늘어뜨린 꼬리, 사람이 아닌 쥐다. 그는 창문을 돌아보고 새를 발견하고는 은색 수염을 흔들었다.

"여어."

그가 말을 걸자 새는 열려 있는 창문에서 서책이 산더미같이 쌓인 책상까지 날아와 그 가장자리에 앉았다. 그는 고개를 갸웃거리는 새의 머리를 쓰다듬었다. 그러자 새는 낭랑한 여자 목소리로 말하기 시작했다.

"오랜만이야. 잘 지냈어?"

목소리의 주인에게 보이지는 않겠지만, 그는 웃으며 고개를 끄덕였다.

나는, 하고 새가 이야기를 시작했다.

나는 잘 지내. 그럭저럭 해나가고 있어.

새한테 떠들자니 혼잣말 같아서 쑥스럽네. 이쪽 사람은 그런 생각 안 드나.

그건 그렇고, 으음, 간신히 금파궁에 익숙해졌어. 적어도 정침에서 외전까지는 남에게 길을 묻지 않아도 갈 수 있게 됐지. 내가 있는 곳 정도는 알게 된 건가. 라쿠슌樂俊이 권한 궁중 탐험이 효과가 있었나 봐. 이틀에 걸친 큰 소동이 되는 바람에 길 안내를 해준 게이키慶麒(경국의 기린)에게는 엄청 폐를 끼치고 만 것 같지만.

그렇게 이틀 걸려 걸어도 다 못 돈 셈이니 왕궁은 넓어. 평소에 내가 생활하는 정침만 해도 세어보니 건물이 서른두 채나 있었어. 게다가 허공에 떠 있는 짧은 다리가 있는데, 다리를 넘어간 안쪽에는 후궁이라는 곳까지 있다니 웃기지 뭐야. 후궁은 아직 탐험하지 않았어. 후궁이랑 동궁인가. 그리고 부제. 나와 관계있는 곳만 구석구석 일주하는 데 이틀이야. 이렇게 넓은 건물을 나 혼자 어떻게 쓰면 좋을까?

놀리는 것도 아깝고, 하숙인을 둬 국고에 보태면 어떨까, 난민

시설로 바꾸면 어떨까, 아니면 국립 병원으로 만들면 어떨까. 게이키에게 말했더니 단박에 거절당했어. 그런 짓을 해서는 안 된대. 차라리 부수면 유지비도 안 들지 않나 싶었지만 그런 짓도 해서는 안 된다고 해. 경국은 가난하고, 가난한 나라의 왕에게 어울리는 거처가 있는 건데, 게이키의 말로는 나라에는 위용이라는 것이 필요하대. 역대 왕으로부터 전해 내려오는 많은 옷과 장신구도 모조리 팔아치우면 국고의 보탬이 될 텐데.

나는 나라의 위용이나 왕의 위신이라는 것을 도통 모르겠어.

요전에도 방을 청소해주는 여종에게 고맙다고 했다가 게이키에게 혼났어. 너무 허물없으면 얕잡아 본다고 하는데 그런 건가 싶어. 맞다, 수첩도 금지당했어. 하나같이 처음 보고 듣는 것뿐이라서 어디에 적어두지 않으면 도저히 외울 수가 없잖아. 그래서 수첩을 들고 다니며 배운 것을 전부 적으려다가 게이키에게 또 혼났어. 그런 모습을 보면 관리들이 불안해진대. 요컨대 왕은 어깨에 힘을 주고 있어야 한다는 소리인가. 하는 수 없으니, 모르는 것을 들을 때마다 서둘러 안 보이는 곳에 숨어서 적고 있는데, 이것도 좀 멍청한 짓 같아.

이렇게 온종일 게이키에게 잔소리를 듣고 있어. 기린은 원래 이렇게 시끄러운 거야? 기린의 성향은 인仁이라고 하지만, 실제로 만나본 기린은 게이키와 엔키延麒(안국의 기린)밖에 없으니까,

아무래도 미심쩍어. 덕분에 이따금 요란하게 싸워서 주위 관리를 전전긍긍하게 만들고 있어.

그래, 솔직히 너무 잘해주면 우쭐해질 것 같으니까 게이키 정도가 나에게는 딱 좋을지도 몰라. 그러지 않아도 내 앞에서 수많은 사람이 머리를 조아리니까. 응, 생각보다 잘 지내고 있는 걸까. 꽉 막힌 구석만 없다면 더 잘 지낼 수 있을 것 같지만.

게이키 말고 다른 관리와는 언성 높이는 일 없이 지내고 있어. 관리들과는 충돌을 일으킬 만큼 서로 익숙하지 않을 뿐인지도 몰라. 지금은 아무것도 모르니 육관들이 이렇다고 말하면 그러려니 여길 수밖에 없지만 조금 더 이것저것 알아가다 보면 부딪힐 수도 있겠어.

옆에서 시중을 들어주는 여관과는 제법 잘 지내. 잡담도 나누게 되었고. 그렇게 말하니까 게이키는 측근과 유착하는 것은 좋지 않다고 떨떠름한 얼굴을 하지만, 아침저녁으로 얼굴을 마주치는 사람에게 쌀쌀맞게 대할 수는 없잖아.

교쿠요라는 사람이 있거든. 좋은 사람이고 나는 무척 마음에 들어. 지금은 내 옆에서 시중을 들지만 원래 춘관春官이었고, 학교 관련 일을 했었나 봐. 아아, 이럴 때 관직명이 딱 나오지 않는다니 한심하다. 으음, 학교를 정비하는 관리의 하관이었대. 그래서 이쪽 학교나 봉래蓬萊의 학교 이야기를 하고는 해. 조만간 교쿠요는 춘관으로 돌아가면 좋겠어. 이야기를 나누다 보면 그런 생각을 해. 잘못을 저질러서 하관을 그만둔 것이 아니라, 여왕予王의 추방령으로 경국을 떠났던 것뿐이니까. 경국을 떠나 이곳저곳 전전했었나 봐. 마침 기회가 생겼으니 여러 학교를 견학해보려고 했대. 정말 진취적인 사람이야.

그러고 보니 전에도 교국巧國에서 교쿠요라는 여자아이를 만났는데, 이쪽에는 흔한 이름인가? 여관 교쿠요가 여러 나라 이야기를 해주었어. 그녀 이야기를 듣고 있으면 여행을 한번 해보고 싶어져. 도망 다니는 것이 아니라 이런저런 것을 제대로 보고 들을 수 있는 여행 말이야. 경국 이곳저곳을 살피며 돌아다니고, 다른 나라도 가보고.

유감이지만 지금은 교국의 상태를 보러 가는 것이 한계였어.

라쿠슌도 이 얘기를 들었을지 모르지만, 결국 고린塙麟(교국의 기린)이 숨을 거두었대. 얼마 전에 봉산에 각과塙果(교국의 기린이 태어나는 열매)가 열렸다는 이야기를 들었어. 각왕塙王도 위독하시다던가. 앞으로 교국은 황폐해지겠지. 라쿠슌도 걱정이겠어. 내가 할 수 있는 일은 최대한 할게. 솔직히 할 수 있는 일이래봤자 뻔하지만. 아무튼 현재로서는 눈에 띄게 참혹한 일은 없어 보이니 마음놔.

그래, 교국에 가봤어.

교국이 슬슬 위험하다는 이야기를 듣고 게이키에게 사정사정해서 몰래 교국에 다녀왔어. 사실 궁을 비울 때가 아니다 보니 고작 이틀뿐이었지만, 교국의 상태가 심히 걱정되기도 했고, 여러 문제에 결단을 내리기 위해 반드시 한 번은 다시 가야 한다고 생각했어. 오가는 동안에 경국 상태도 살펴볼 수 있고.

아직 눈에 띌 만한 변화는 없어 보였어. 사람들도 걱정하기는 했지만 이전과 변함없었고, 수확기에 접어든 농지가 예뻤어. 가는 길에 지난 경국이 훨씬 황량했지. 경국도 빨리 그 정도로 회복되면 좋을 텐데.

도중에 라쿠슌의 어머니를 찾아갔어. 건강해 보이셨어.

갑자기 찾아갔는데도 환영해주셨어. 또 찐빵을 얻어먹었지. 아무것도 모르시는 눈치였는데, 네가 알리지 않은 건가. 그럴 리가 없겠지. 관궁에서 편지를 썼으니까. 어머니가 오랜만에 찾아온 지인을 맞는 태도여서 결국 나도 왕에 대해서는 한마디도 하지 않았어. 라쿠슌과 안국에 갔을 때 이야기를 하고, 안국에서 라쿠슌이 어떤 모습이었는지만 말했어. 어머니는 별일 없으신 것 같아. 주변에 재해가 일어나거나 요마가 나온 적도 없었고, 올해는 작년보다 밀 소출이 좋아서 품삯도 더 많이 받는대. 고린이 숨을 거둔 사실은 알고 계셨지만, 혼자 몸이니까 어떻게든 될 거라고 웃으며 말씀하셨어. 오히려 라쿠슌이 식사는 잘하는지,

생활에 불편은 없는지, 대학에서는 잘 어울리는지가 걱정이신가 봐. 아무튼 오랜만에 평복하지 않는 사람을 만나서 즐거웠어. 정말로 좋은 분이야. 빵도 맛있었어.

라쿠슌의 어머니네 들러서 진현槇縣 부근을 한 바퀴 돌았어. 맨 처음에 도착한 마을도 멀리서 보고 왔어. 괜히 그립더라. 그립다고 생각하는 나 자신이 신기했어. 끔찍한 느낌은 없었어. 이런저런 일을 떠올리고 자기혐오에 휩싸이긴 했지만. 이 자리에 이른 자신을 인정할 수 있게 되었으니 가서 보기를 잘했지. 격려도 됐고. 교국을 본 뒤에 경국을 지나 돌아오면서 열심히 해야겠다고 생각했어. 하다못해 수확기인 이 시기에 버려진 논밭은 없도록 해야지.

힘내자는 말을 하기는 쉽지. 그전에 해야 하고, 배워야 할 것이 산더미처럼 쌓여 있어서 솔직히 가끔 어떡해야 할지 모르겠어. 수명이 길어서 정말로 다행이야. 그렇지 않았다면 나라를 운영하기 위해 알아야 할 점을 외우다가 할머니가 되어버렸을 거야.

그러다 보니 국정에 대해서는 보고할 만한 것이 없어. 지난번에 진호鎭護 의식을 한 정도인가. 이걸 하면 요마가 나오지 않는다고 하던데 실제로는 어떠려나. 교국을 오가면서 본 것만으로는 알 수 없고. 왕궁에서는 백성이 어찌 사는지 좀처럼 듣기 힘들어. 좀더 부담없이 고을로 내려가볼 수 있으면 좋을 텐데. 생각보다 왕에게는 자유가 없어. 다른 왕이라고는 연왕延王밖에 모르니까 그런 생각이 드는지도 모르겠지만. 다른 나라 왕은 백성의 삶을 어떻게 알까. 고을로 내려가볼 수가 없다면 하다못해 백성이 어쩌고 있는지, 나라의 어디에 무엇이 있는지 알 만한 장치를 만들고 싶어.

전부 앞으로 해야 할 일이네. 아직 관직명이나 직분, 주요 관리 얼굴과 이름도 제대로 외우지 못한 상황이니까. 이렇게 말하고 나니 이래가지고 정말로 왕의 책무를 다할 수 있을지 엄청나게 불안해지네. 게이키는 아직 어쩔 수 없다고, 초조해할 필요는 없다고 말해주지만. 가끔 게이키도 위로나 격려를 해주기도 해. 정말로 아주 가끔이지만.

아아, 맞다.

늦추어졌던 즉위식이 드디어 다음달로 결정되었어. 의식을 위한 예법을 외우느라 큰일이야. 네가 와주면 좋겠지만……. 대학 때문에 무리겠지. 게이키가 초대하라고 말해서 준비는 했는데, 내 욕심으로 라쿠슌의 공부를 방해하고 싶지 않으니까 무리는 하지 마.

음, 그래서 말인데 즉위하면서 연호를 바꾸는 것이 관례라고 해서 연호를 결정했어. 그 말을 들었을 때부터 라쿠슌 이름에서 한 글자를 빌려 올 생각이었어. 라쿠슌을 만나지 못했다면 나는 틀림없이 산속에서 죽었을 거야. 개인적인 감정으로 지은 이름이지만, 말하자면 나라의 은인이기도 하니까 허락되지 않을까 싶어서. 게이키도 반대하지 않았고. 그런 연유로 게이키와도 상의한 끝에 적락赤樂으로 결정했어.

아아, 라쿠슌의 찡그린 얼굴이 눈에 선하네.

어째 내 얘기만 떠들었군. 라쿠슌은 어떻게 지내?

사실 조금 전까지 안국에 있는 경국 백성 일을 의논하는데 로쿠타六太가 왔었어. 그래서 라쿠슌의 입시 성적을 듣고 말았지. 1등이었다며? 혹시 라쿠슌도 모르는 사실인가. 아무튼 축하해. 나도 기뻐. 어깨가 으쓱하는데?

안국의 대학은 어떤 곳일까. 왠지 터무니없는 걸 가르칠 것만 같은데.

로쿠타는 라쿠슌을 안국으로 데려갈까 하더라고. 안국에 취직시킬 바에야 경국에 필요하다고 했지만. 역시 라쿠슌은 교국으로 돌아갈까. 아무튼 간에 힘내.

다음에는 좀더 성과가 있는 보고를 할 수 있으면 좋겠다. 한 나라를 다시 일으킨다는 것은 그리 간단한 일이 아니겠지만 말이야.

응?

지금 게이키가 부르러 왔어. 라쿠슌에게 안부 전해달래.

그럼 나는 또 게이키에게 쥐어짜이고 올게.

온통 낯선 말뿐이니까 홧김에 차라리 용어를 전부 바꿔버릴까 생각할 때도 있어. 그래서 게이키더러 수첩을 들고 다니게 하는 거지. 수첩을 목에 걸고 종일 적고 있는 게이키는 애교가 있어 좋을 것 같은데.

아아, 게이키가 노려보고 있다. 공부하러 다녀올게.

또 연락할게.

새는 지저귐을 뚝 그치고 고개를 갸웃거리며 라쿠슌을 쳐다보았다.

"요코陽子도 잘 지내는 것 같구나."

새를 향해 중얼거리자 파란 새는 고개만 반대 방향으로 까딱했다.

"조금은 왕 같아졌어."

새는 대답하듯이 찌르르 운다. 라쿠슌은 그 소리에 웃고서 선반 위 항아리를 꺼내 안에서 은가루를 꺼내서 주었다.

은밖에 먹지 않는 새다. 새 이름은 라쿠슌도 모른다. 본디 같으면 귀인의 전언에 쓰이는 새로, 라쿠슌 같은 자에게 친숙한 새가 아니다. 푸른 무늬가 있는 날개, 긴 꽁지깃은 짙은 쪽빛에 흰 반점, 부리와 다리만 빨갛다. 새는 빨간 부리로 모래알만 한 은을 쪼며 노래하듯이 지저귄다. 새를 지켜보고 있을 때였다. 문 두드리는 소리가 들렸다. 새는 놀라서 책상에서 날아올라 창문으로 날아가버렸다.

라쿠슌이 대답도 하기 전에 문이 열렸다. 관궁산 중턱을 깎아 세운 이곳은 안국 대학의 기숙사다. 대학의 학부처가 있고, 교사, 담당 관리와 함께 과반수의 학생이 산다. 문으로 얼굴을 내민 사람은 대학에서 같이 공부하는 메이켄鳴賢이었다.

"분초文張, 배달 왔어."

메이켄은 그렇게 말하며 서적을 안고 들어왔다.

"그러니까 분초라는 호칭 좀……."

"뭐 어때."

메이켄이 책상 위에 책을 내려놓았다.

"주친蛛枕이 분초에게 전해달라고 부탁했다고."

메이켄의 말에 회갈색 쥐는 수염을 늘어뜨리고 마음이 복잡한 듯이 가볍게 한숨을 내쉬었다. 메이켄은 그 모습을 보고 웃었다. 분초란 '문장의 으뜸'이란 뜻이다. 한 사범이 라쿠슌의 문장을 칭찬했다. 그것이 학생들 사이에 전해져 어느새 그런 통칭이 붙었다.

"칭찬이니까 받아들여. 그야 비꼬거나 야유가 포함되어 있는 건 부정하지 않지만."

"그렇게 싫은 것은 아니지만……."

"그럼 뭐 어때. 주친보다 낫잖아."

메이켄이 웃었다. 메이켄이 기억하기로 주친의 본래 자字는 신타쓰進達였을 것이다. 하지만 그 자로 부르는 이는 교사 중에도 없다. 공부에 열중해 침식을 잊어, 어느 날 벗이 방을 찾아가 보니 베개에 거미줄이 쳐 있었다고 한다. 주친蛛枕은 그 일화로 헌상받은 자다. 대학 안에서 퍼지는 통칭은 대개 그런 법이다. 그러는 메이켄도 별자다. 메이켄은 열아홉 살에 대학에 들어왔다. 열아홉 살에 입학하는 것은 파격적인 일이라 붙은 통칭이지만, 말만 그럴싸하다거나 약았다 같은 속뜻도 있을 것이다. 어차피 당사자는 정확한 의미를 알 길 없다.

"그래서 이건 언제 돌려주면 된대?"

"아, 너한테 준대."

메이켄은 그렇게 말하고 마음대로 방 한쪽에서 발판을 꺼내 주저앉았다. 라쿠슌은 놀라서 메이켄을 돌아보았다.

"나는 빌려달라고 했는데."

"응. 주친은 이제 필요 없다니까 됐어."

"어?"

라쿠슌이 소리쳤다. 메이켄은 쓴웃음을 지었다.

"그만둔다네. 그 녀석 올해도 면허를 받지 못했으니까. 팔 년

이야."

메이켄이 중얼거렸다.

학생은 대개 졸업하는 데 몇 년씩 걸린다. 졸업하려면 정해진 교과에서 각각 교사에게 면허를 받아야 하고, 면허를 갖추지 못하는 한 졸업은 불가능하다. 지지부진하는 사이에 학비가 떨어져서 그만두는 사람도 많았다.

"주친은 처자식도 있으니까."

"그렇구나……."

라쿠슌은 주친에게 받은 책을 심란하게 바라보았다. 대학의 학생 수는 삼백 명 정도고, 나라 안에서 고작 그만큼만 선발된다. 한 번이나 두 번, 시험을 치르는 정도로는 입학하지 못하고 서른, 마흔이 되어서야 겨우 입학하는 이도 많았다. 학생 중 몇 할은 입학하기 전에 이미 처자식이 있고, 학비와 생활비를 아내의 수입에 의존한다. 주친도 슬슬 마흔 살 문턱에 접어들 것이다. 입학하거나 졸업하는 나이가 정해져 있지 않으므로 학생의 나이도 이십 대에서 사십 대까지 폭넓다.

"내일은 그게 내 처지가 되려나. 나도 올해 면허를 하나도 따지 못했어."

메이켄은 스물여섯 살, 파격적으로 이른 나이에 입학하고 '메이켄'이라는 통칭을 얻었지만 삼 년 만에 멋지게 탈락했다. 강의를 따라가지 못했다. 일 년 차에 여섯 개의 면허를 받아 수재라고 시끄러웠지만 이 년, 삼 년 지나는 사이에 그것도 줄어들었다. 재작년에는 하나에 그쳤고, 작년에는 끝내 면허를 받지 못했다. 삼 년 연속 면허를 한 개도 받지 못하면 제적되고 만다. 그러니까 주친처럼 문제의 삼 년 차가 오기 전에 스스로 그만두는 자도 많다. 제적보다는 그편이 외부에 잘 통하기 때문이다. 스스로 그만두면 학비가 떨어졌다, 집안이 걱정되었다, 처자식의 고생을 차마 보지 못했다고 그런대로 변명할 여지라도 있다. 대학 진학 경력을 방편으로 일거리를 찾을 방도도 있고, 복학의 길도 남아 있다.

"지금부터 열심히 하면 되지."

라쿠슌의 말에 메이켄은 창밖으로 눈길을 던지며 "응, 그렇지" 하고 얼굴을 찌푸렸다. 열심히 하면 어떻게든 된다고 믿을 수 있는 것은 처음 얼마간뿐이다. 먹고 자는 시간을 줄여 마구잡이로 공부하는 정도로 졸업할 수 있을 만큼 대학은 만만하지 않다. 대학을 나오면 무조건 관리로, 그것도 국관 중에 상당히 높은 지위로 등용되니 당연하다. 일 년쯤 지나면 이 쥐도 대학이 얼마나 혹독한지 알게 되리라. 메이켄은 앙증맞게 의자에 앉아 있는 라쿠슌을 문득 바라보았다.

"이봐, 너, 소학少學을 다니지 않았다는 얘기 진짜야?"

"응. 교국에서는 반수가 소학에 들어갈 수 없으니까."

"그렇구나. 교국은 유달리 반수에 엄격한 나라라는 얘기는 들었어."

안국이라면 반수라고 해서 학교에 들어가지 못할 일은 없다. 라쿠슌처럼 시험에 합격만 하면 대학도 들어갈 수 있고, 무사히 졸업해서 본인이 바라기만 하면 관리로 등용도 된다. 그러나 그렇지 않은 나라가 많다.

"교국에서 반수는 호적에 올릴 수조차 없다는 것이 진짜야?"

"아니. 호적에는 문제없이 올릴 수 있어. 반수라는 꼬리표가 붙고, 성인이 되어도 성인임을 증명하는 도장은 받지 못하지만."

"그럼 호적이 있어도 급전(나라에서 주는 토지)을 받지 못하지 않나."

"응."

라쿠슌이 고개를 끄덕였다.

"못 받아. 전답은 받지 못하고 직업도 가질 수 없지."

"직업을? 설마."

"정말이야."

라쿠슌은 별일 아니라는 듯이 대답하며 웃었다. 메이켄은 적잖게 놀랐다. 호적이 없는 난민이나 부민조차 일자리를 구한다. 품삯은 최저한이고, 때로는 가솔로 노예나 마찬가지인 대우를 받기도 하지만, 그래도 일자리를 얻지 못하는 일은 없다.

"반수를 고용하면 그만큼 세금이 부과돼. 그러니까 고용하는 사람이 없지."

"그럼 교국의 반수는 어떻게 먹고살아?"

"부모가 부양하는 수밖에 없어."

"부모가 죽으면?"

"이가에서 맡아주긴 해. 허드렛일을 하는 사람으로."

"놀랐다……. 그런 나라가 있구나."

메이켄은 교국이 위태롭다는 소문을 떠올렸다. 재보인 기린이 숨을 거두었다고 들었다. 그런 나라라서 지속되지 못한 것일까.

"그래도 상상上庠까지는 진학했구나?"

"사실은 갈 수 없어. 특별히 구석에서 이야기를 듣기만 하는 거면 괜찮다고 허락받았어."

"그럼 그 뒤에는? 학당을 다닌 건가?"

"아니. 우리집은 가난해. 학당에 들어갈 만한 돈도 없었고. 안국과 달리 교국은 학자 원조 같은 건 해주지 않으니까."

메이켄은 기가 막혔다.

"소학이나 학당에도 안 가고?"

메이켄이 되묻자 눈앞의 쥐는 "응" 하고 고개를 끄덕였다.

"그럼 어떻게 공부했어?"

메이켄은 진심으로 놀랐다. 대학은 일반적으로 소학을 졸업하고 진학한다. 애초에 대학에 들어오려면 소학 학두의 추천이나 그에 필적하는 인물의 추천이 필요하다. 소학에 들어가려면 상상의 추천이 필요하고, 추천받으려면 우수한 성적을 얻어 선사選士가 되어야 한다. 상상에 들어갈 즈음부터 학당을 다니는 것이 필수다. 아니면 메이켄처럼 집안에 교사를 고용한다.

"시험 전에 한 달 정도 선생님을 붙여서 공부하기는 했어."

"그것으로는 부족하잖아."

학교란 상위 학교에 가기 위해 준비하는 곳이 아니다. 상상에는 상상이 목표로 하는 수준이 있다. 소학에 들어가는 데 필요한 정도로는 부족하다. 이 격차는 학생이 자력으로 메워야 한다. 분명히 안국은 선사만 되면 학당 비용도 나라가 보태주고, 공립 학당도 있다. 그런 지원이 없으면 집이 어느 정도 유복하지 않은 자는 학당을 다닐 수 없다만.

"서책은 있었어."

"서책이라니."

책은 나름대로 고가다. 학당에 다닐 여유가 없는데 책을 살 여유가 있다는 것도 기묘한 이야기다.

"아버지가 남긴 책이 잔뜩 있었어. 엄마는 아무리 곤궁해도 책만은 처분하지 않으셨거든. 그래서 몇 번이나 읽고 필사하고, 머리에 넣었지. 그러면 그 책은 팔아도 괜찮잖아."

라쿠슌은 그렇게 말하고 도도록한 볼에 부드럽게 미소 지었다.

"그래, 맞아. 아버지가 선생님 같은 존재인가. 내가 어릴 적에 돌아가셨지만 아버지의 글이 잔뜩 남아 있었거든."

라쿠슌은 책상 위를 가리켰다. 메이켄이 일어나서 들여다보자 해지고 닳은 책이 펼쳐져 있다. 글을 정리해 서툴게 철한 것인지 겉모습은 조잡했지만, 필적은 훌륭했다. 내용은 예의에 대해 생각한 바를 두서없이 글로 엮은 것 같지만, 글씨뿐만 아니라 문장 또한 훌륭했다.

"그랬군. 너는 이것을 본보기로 삼아서 문장이 뛰어나구나."

"아버지에 비하면 한참 모자라. 맞아, 이건 크게 도움이 됐어. 아버지가 남긴 글만큼은 한 권도 처분하지 않았고."

그렇게 말하며 웃는 라쿠슌 옆 서가에는 책과 똑같은 표지를 쓴 서질書帙이 다섯 집 나란히 놓여 있었다. 하나같이 책이 일고여덟 권은 들어갈 만한 크기였으니, 마흔 권에 달하는 분량이리라. 아니다, 메이켄은 마음속으로 정정했다. 하나는 책상 위에 펼쳐져 있으니 쉰 권 가까이 된다.

"대단한데. 너희 아버지는 교사였어?"

대충 훑어보니 내용도 수준이 상당히 높았다.

"아니. 젊을 적에 현인지 어딘지에서 잠깐 일한 적은 있었던 것 같지만."

"오."

"이게 있었고 책도 있었어. 공부 말고 달리 할 일도 없었지. 집에 논이 있으면 농사라도 지었을 텐데, 나는 땅도 집도 받지 못했고, 어머니는 살림과 내 학비를 대느라 전부 팔아버렸고."

"그랬구나."

메이켄은 태평하게 웃는 쥐를 바라보았다.

"반수로 사는 게 보통 일이 아니로구나."

"반수가 아니라도 다 이렇지."

웃는 라쿠슌에게 "그럴지도" 하고 메이켄은 복잡한 심경을 담아 웃음으로 답했다. '분초'라는 자에는 반 이상 야유가 담겨 있다. 반수 주제에, 라는 냉소가 밑바닥에 감추어져 있다. 라쿠슌이 주친에게 책을 빌려야 했던 것도 대학 도서부가 강의에 필요한 책을 빌려주기 꺼린 탓이다. 라쿠슌만은 반드시 기일까지 도서를 손상 없이 반납하겠다는 각서를 써야 했다. 거기에 깔린 정서가 일부 학생 말처럼 '책을 갉아먹는다'고 믿는 탓인지, 아니면 '팔아치운다'고 의심하는 탓인지는 메이켄도 모른다. 전자라면 쥐의 모습에서 떠오르는 연상을 바탕으로 한 웃기는 편견일 뿐이고, 후자라면 나라를 탈출한 난민이나 마찬가지인 신변에 대한 편견일 뿐이다.

메이켄은 주친이 책을 준다니 잘되었다고 생각하는 동시에 자신이나 주친처럼 대학에서 낙오할 이들만이 라쿠슌 주위에 모여 있다는 사실 또한 직시해야 했다. 착실히 면허를 모은 이들은 라쿠슌을 동료로 인식하지 않는다. 교사 역시 예외가 아니다. 어떤 교사가 사람 모습을 하지 않으면 강당에 들어올 수 없다고 쏘아붙인 것을 메이켄은 알고 있다.

하지만 이 반수 학생은 뛰어났다. 특히 법령에 관해서는 교사도 혀를 내두른다는 소문이 학생들 사이에 자자했다.

그렇기에 메이켄은 걱정이었다. 입학했을 때에 뛰어나다는 소리를 듣는 자일수록 침체되어 탈락하는 경우가 많다. 메이켄처럼 대학에 들어오는 것만을 목적으로 공부한 탓에 지식 폭이 좁기 때문이다. 대학에 들어와서도 기반이 되는 지식의 넓이와 두께가 취약하여 좌절하고 만다. 입학하면서 동시에 목적을 잃어버린 자도 많았다. 심보가 고약한 놈들은 그런 사례를 들어 라쿠슌이 탈락하기를 기다린다.

"안국에 와보고 실망했지?"

메이켄이 묻자 라쿠슌은 눈을 동그랗게 떴다.

"왜?"

"아니, 교국과 별 차이 없다고 생각 안 해?"

"차이는 크지. 교국에서는 절대로 대학에 들어갈 수 없는걸."

"그야 그렇지만."

라쿠슌은 기쁜 듯이 눈을 가늘게 떴다.

"교국과 안국은 완전히 달라. 정말로 딴판이야."

"그래."

"응."

쥐가 웃는다. 메이켄은 진심일 것이라 생각했다. 라쿠슌은 좋든 싫든 솔직하다. 수염과 꼬리가 거짓말을 거부한다.

"무사히 졸업할 수 있도록 힘내. 다만 넌 앞길이 험난할지도……."

"얄미운 소리 하지 마."

"으뜸으로 입학해서 졸업한 사람이 없다."

"그 말은 전설일 뿐이라고 호豊 선생님께서 말씀하셨어."

"그럼 좋겠군."

메이켄은 호들갑스럽게 한숨을 쉬고 라쿠슌을 가리켰다.

"이봐, 너, 교국을 떠나 다른 나라에 와서 해방감에 젖어 있었던 거야?"

"응?"

"항상 그 모습이잖아."

"아아."

라쿠슌은 회갈색 털을 내려다본다.

"딱히 안국에 왔기 때문이 아니야. 나는 옛날부터 줄곧 이랬어."

"반수는 차별받는 나라에서?"

"겉모습을 바꿔도 호적에 반수라고 적혀 있는걸. 게다가 우리 집은 가난했으니까. 이 차림이면 옷이 필요 없어."

"그랬군."

메이켄은 실소했다.

"하지만 그 부분을 고려하지 않으면 정말로 앞길이 험난할 거야. 궁사弓射가 서툰 건 네가 사람 모습에 익숙하지 않아서니까."

궁사는 의례 때에도 행하는 예절 중 하나다. 대학에서는 필수인데, 예절을 요구하는 것이지 과녁을 명중시킬 필요는 없으나, 그래도 실력은 어느 정도 갖추어야 하고 쏘기 전후 자세도 문제 삼는다.

"아아……. 응."

"말도 마찬가지야. 되도록 사람 모습으로 지내면서 익숙해지지 않으면 궁사와 마술馬術 면허를 따지 못할 거야."

"역시 그런가."

라쿠슌은 한심하게 수염을 축 늘어뜨렸다.

"그러지 않을까 싶은 마음은 솔직히 나도 들었어."

궁사와 마술 시간에 여기저기 마구 부딪히는 모습을 보았다.

아무래도 자신의 몸을 제대로 파악하지 못한 듯하다. 메이켄은 자신이 앉아 있던 발판을 보았다. 라쿠슌은 쥐 모습일 때는 창문을 열려 해도 발판이 필요하다. 키가 작기 때문이다. 사람일 때와 쥐일 때 체격 차이가 있다. 그 차이를 본인도 제대로 파악하지 못하고 있다.

"일단 익숙해져야 해. 활과 말은 익숙하게 다루지 못하면 졸업 못 해."

"응……."

"그래, 분발해서 전설을 뒤집으라고."

메이켄이 씩 웃자 라쿠슌도 똑같이 웃는다.

"너도. 스무 살 전에 입학해서 졸업한 사람은 없다는 이야기도 있다며?"

메이켄은 칫 하고 혀를 차고 일어났다.

"그거야말로 전설에 불과하다고. 제길, 내가 뒤집어주마."

기세 좋게 문 쪽으로 가다 말고 돌아보면서 방 주인에게 손가락질했다.

"오늘 저녁 식사 후야."

삿대질당한 쪽은 눈을 똥그랗게 떴다.

"식사 뒤에 뭐였지?"

"멍청아. 당연히 활 연습이지."

메이켄은 웃으며 방을 나갔다. 라쿠슌은 메이켄을 붙잡으려다 그만두었다. 머리를 긁적긁적 긁었다.

"남 신경써줄 때가 아닐 텐데."

혼잣말을 하는데 찌르르 하고 소리가 들렸다. 돌아보자 파란 새가 창문으로 들여다보고 있다.

"놀랐어? 미안."

말을 걸자 고개를 갸웃하더니 책상으로 날아왔다. 라쿠슌은 다시 항아리 안에서 은 알갱이를 꺼내 새에게 주었다. 값비싼 은을 쪼아먹는 새를 바라보며 라쿠슌은 조용히 말을 흘렸다.

"나는 운이 좋아……. 전부 요코 덕분이야."

교국이 반수에게 힘든 나라였던 것은 분명하다. 교국에서 안국에 온 것도 난민이 엉망이 된 나라를 버리고 도망쳐 온 것이나 다름없었다. 안국에서는 반수라도 학교에 갈 수 있다고 들었다. 일자리도 얻을 수 있고, 관리도 될 수 있다. 호적을 얻으면 급전도 받는다. 어엿한 성인 취급을 받을 수 있다. 그래서 안국을 동경했다.

"음, 꿈에 그린 모습은 아니었지만."

실제로 와보니 다양한 일이 있었다. 아마도 이것이 한계이겠지.

"하지만 메이켄처럼 친절한 녀석도 있어. 친절한 선생님도 있어. 대학에 들어온 것만으로도 나에게는 행운이었고. 문제는 모든 과정을 별 탈 없이 마치고 졸업할 수 있는지겠지만…….”

라쿠슌은 그렇게 중얼거리고 책상 위에 털썩 턱을 괴었다.

“학비를 계속 댈 수 있을지도 문제구나…….”

언젠가 안국에 가려고 돈을 모았지만, 졸업할 때까지 학자금으로 쓰기에는 아무래도 부족했다.

“올해는 전부 면제받았지만 성적이 떨어지면 끝이야.”

제대로 졸업할 수 있을까. 그때까지 안국에 머물 수 있을까. 졸업한다 해도 그 뒤는 어찌될까.

그래도 교국에 있을 무렵에 비하면 하늘과 땅 차이다. 모친이 남은 것을 전부 팔아서 상상에 입학시켜주었으나 앞길은 라쿠슌에게 존재하지 않았다. 교국에 있는 한 어떤 장래도 없다고 결정되어 있었다. 내년의 자신, 그 후의 자신, 고민할 필요 따위 없었다. 고민하는 것마저 할 수 없었다.

“그래……. 정말로 안국이랑 교국은 딴판이야. 이건 대단한 일이야.”

파란 새의 부리 아래를 쓰다듬었다. 새는 다시 부리를 벌리고 그리운 목소리로 아까 들었던 말을 되풀이했다.

경국의 왕이 되어버린 그녀. 이렇게 소식은 전해 듣지만 라쿠슌에게 요코는 이제 다른 세계 사람이다. 신적에 들어간 요코는 헤어질 때 모습 그대로 영원히 나이를 먹지 않는다. 하계에 사는 인간에 지나지 않는 라쿠슌과는 나이부터 멀어지기만 할 뿐이다. 지금은 막 등극해서 조정에도 친한 사람이 없고 기댈 사람이 게이키뿐이니까 이렇게 라쿠슌에게 신경쓰지만, 조만간 그럴 새가 없어지리라. 그러지 않으면 곤란하다. 요코의 어깨에는 경국의 앞날과 몇백만 명의 백성이 놓여 있기 때문이다.

"고작해야 길에서 주웠을 뿐인데."

길에 쓰러져 있기에 주웠다. 딱히 칭찬받을 만한 일은 아니라고 라쿠슌은 생각했다. 인간이라면 당연히 쓰러진 사람을 못 본 체 지나갈 수 없다. 데려와서 간병 정도는 누구든 한다. 자신이 한 일 이상의 것을 받았다.

요코를 만나지 않았더라도 라쿠슌은 언젠가 안국에 왔을 것이다. 하지만 아무런 연줄도 없는 사람이 안국에 왔다고 해서 조건 없이 앞날이 펼쳐질 만큼 세상은 쉽지 않다. 다행히 라쿠슌은 요코 덕분에 파격적인 연줄을 얻었다. 누구에게도 말하지 못할 일이지만, 바로 이 나라 왕이다.

연왕의 배려로 소학에 가지 않고서도 대학 수험을 허락받았다. 시험을 치를 때까지 지낼 곳도 마련해주었다. 마음껏 서책을 읽을 수 있도록 조처하고, 잠깐이지만 시험 준비를 위해 교사도 붙여주었다. 그 덕분에 지금이 존재한다.

이 앞길은 스스로 개척해야 한다. 그럴 만한 기반은 주어졌다. 개척할 방법조차 없던 시절을 생각하면 믿기 어려운 행운이다.

그 사실을 곱씹고 목소리에 귀기울이며 "특별히 주는 거야"라면서 파란 새에게 은을 한 알 더 주었다.

이 은도 연왕에게 특별히 받은 것이다. 라쿠슌이 유일하게 연왕의 호의에 기댄 것이었다. 아무리 부스러기라도 은은 라쿠슌이 살 수 있는 물건이 아니다.

새는 기뻐하며 은을 쪼아먹고 찌르르 하고 지저귀었다. 손을 내밀어 제 머리 위에 얹어주었다. 사람 몸에 머물러 있을 때, 새는 말을 기억한다. 그렇게 훈련받았는지, 아니면 원래 그런 성질인지는 라쿠슌은 알지 못한다.

"여어, 요코. 잘 지내는 것 같구나."

붉은 머리카락에 녹색 눈동자. 라쿠슌이 아는 한, 요코를 치장한 장신구는 그것이 전부였다. 아마도 지금은 값비싼 비단옷을 입고 옥 장식으로 꾸몄겠지만, 라쿠슌은 그런 요코를 상상할 수 없었다.

"나도 잘 지내."

새가 일국을 건너는 데 사흘이 걸린다. 은 한 알로 나라 하나를 쉼 없이 날 수 있다.

관궁에서 효천으로 날아서 전언이 오간다. 육로로 편지를 보내면 두 달이 걸릴 거리다.

요천산의 높은 창문으로 날아든 새를 창가에서 대기하던 관리가 잡았다. 새장에 가둔 새를 요천산 위, 운해 위에 있는 금파궁으로 조심히 운반한다. 이 새는 운해를 자력으로 넘지 못한다. 운해 아래에서 풀어준 새는 운해 아래쪽에 도착한다.

새장은 외궁에서 내궁 관리로 전달되었다. 다시 관리 손에서 손으로 인도되어 연침의 중심, 그들의 왕이 머무는 정침에 이른다. 취침 전에 서면을 펼친 왕 곁에 풀어놓는다.

요코는 새를 책상 옆에 있는 선반 위에 내려놓고 날개를 살며시 쓰다듬었다.

새가 이야기한다. 이 세계에서 처음으로 얻은 친구의 말을 그의 목소리로.

나도 잘 지내. 대학에도 그럭저럭 익숙해졌어. 기숙사도 이제 지낼 만해. 수업은 힘들지만 음, 어떻게든 버티고 있어. 수업이 그렇게 이상하지는 않아. 특이한 수업도 있기는 하지만. 안국의 밥은 맛있더라고, 응.

그래, 엄마를 만났다고? 평복하지 않았다니 면목없군. 분명 말해두었는데 말이야. 하기야, 엄마는 그런 사람이야. 무례하기 짝이 없지만, 이해해줘. 요코가 그걸로 화낼 리는 없겠지만.

하지만 평복하지 않았다는 얘기는 경 태보는 함께 있지 않았던 거구나? 설마 혼자 어슬렁거리며 돌아다닌 것은 아니겠지. 안 돼, 호위와 함께 다녀야지.

교국에 가보고 싶은 마음은 알겠지만 말이지. 결심이 섰다니 잘됐군. 교국이 어떤 상태인지 나도 마음이 쓰였는데 알려줘서 고마워. 엄마는 똑 부러진 사람이고 평소처럼 지내고 있다면 걱정할 것 없겠지만 역시 재해나 요마는 걱정된다. 아직 이상이 없다면 다행이야. 마음이 좀 놓였어. 들려줘서 고마워.

각 태보가 승하하셨다는 이야기는 연 태보께 들었어.

연 태보는 가끔 대학에 놀러와. 연왕도. 대체 일은 언제 하는 걸까. 안국의 관리는 유능하기로 유명하니, 할 일이 별로 없을지도 모르겠지만.

그래도 잠행이니 밤에 창문으로 말 그대로 몰래 들어와. 창문 두드리는 소리에 바깥을 내다보면 공중에 사람이 떠 있어. 몇 번을 겪어도 심장이 멎을 것 같아.

아, 하지만 성적 이야기는 전혀 하지 않았어. 이건 최근에 다른 쪽에서 들었어. 역시 나는 우수했구나. 스스로도 감탄했어.

아니, 시험 볼 때 느낌이 좋기는 했지만. 안국의 대학은 으뜸으로 입학해서 제대로 졸업한 사람은 없다는 전설이 있대. 무슨 까닭인지 그런 이상한 전설이 잔뜩 있어. 대학은 재미있어.

음, 전설에 따르면 졸업할 수 있을지 의문인가 본데, 그런 얘기는 연 태보도 아시겠지. 안국에는 능력 있는 관리가 많으니까, 관리로 탐이 난다는 말씀은 인사치레겠지만, 알면서도 그런 말을 들으니 역시 기쁘군. 열심히 힘내서 제대로 졸업해야겠어. 뒷일은 무사히 전설을 뒤집은 뒤에 생각할래.

그렇지, 교국은 앞으로 망가질 테고, 도움이 되고 싶은 마음도 있지만 내가 졸업할 무렵에는 교국에서 관리를 등용하는 일은 없을 수도 있겠지. 왕이 없는 시대를 맞닥뜨릴 줄은 생각도 하지 못했어. 각왕은 여러모로 문제가 있는 분이었지만, 역시 왕이 자리에 없으면 큰일이겠지.

그래, 왕이란 나라에 반드시 필요한 존재야. 이렇게 말하면 요코는 마음이 무거워질지도 모르겠어. 너무 마음대로 돌아다니면 안 돼. 아무리 실력에 자신이 있더라도 요마가 출몰하는 곳에 가는 건 탐탁지 않아. 부디 자신의 몸을 소중히 다뤄. 요코가 있느냐 없느냐는 엄청 중대한 일이니까.

이런 잔소리만 하면 경 태보 같다는 소리를 들으려나. 하지만 경 태보의 말에도 일리는 있다고 봐. 요코가 살던 곳에는 왕이 없다니까 몰라도 어쩔 수 없지만. 나라의 위용이나 왕의 위신은 중요해. 거들먹거리는 데에 저항감을 느끼는 것은 좋지만, 왕이 적당히 거들먹거리지 않으면 백성들은 따라갈 마음이 꺾이고, 신료들도 명령에 복종할 마음을 잃지. 이쪽에서는 신분을 경시하는 것은 분쟁의 씨앗이야. 왕은 콧대가 높은 것이 당연하고, 거들먹거리며 행동하는 만큼 무거운 책임이 따르지. 신분에는 신분에 걸맞은 권리와 의무가 따르는 법이야. 거드름 부리지 않는 왕은 책임을 가볍게 여기는 것처럼 보여. 책임을 다하기를 피하려는 것처럼 받아들이기 십상이야. 그러니까 적당히 잘난 얼굴을 하고 있어. 적당히 하면 돼.

왕도 신분 제도도 없었으니까 이런 말을 듣는다고 감이 딱 오지는 않겠지. 차츰 알아갈 거야. 그때까지 경 태보의 시끄러운 잔소리를 듣고 있으라고. 경 태보의 말에 귀를 기울이면 틀리지 않을 거야. 왕이 행복해지는 길은 좋은 왕이 되는 거라고 생각해. 교국에서 안국에 오고 나니 정말 진심으로 그렇게 생각하게 됐어. 좋은 왕은 백성은 위하는 왕이지. 경 태보가 한 말 중에 백성을 위하지 않는 말은 없어. 그러니까 잘 들어둘 가치가 있어.

경 태보와 잘 지내는 것 같아서 다행이야. 관리와 다툴 일이 없는 것도 좋은 일이지. 익숙하지 않은 점은 있겠지만, 일단 해나가는 것이 최선이야. 가까이에도 좋은 사람이 있는 것 같고.

아, 교쿠요라는 이름은 봉산의 여신님 이름이야. 봉산의 여선을 통솔하는 신이래. 예쁜 사람이라고 해. 그래서 기량이 뛰어나고 어여쁜 여자아이는 대개 교쿠요라 불려. 이름으로 짓지는 않아. 불경한 일이거든. 대부분 자字야. 우리 엄마 동생도 교쿠요였대. 엄마가 아버지와 만나기 전에 돌아가셨다니까 나는 만난 적이 없지만.

요코가 좋은 왕이 되면, 틀림없이 경국에 요코라는 이름의 여자아이가 늘 거야. 그렇게 생각하니 기분이 좀 이상하네.

자는 꽤 겹쳐. 남이 멋대로 부르기 시작한 이름이 통칭이 되는 바람에, 그 이름으로 더 잘 통해서 결국 진짜 자가 되는 경우도 많고. 통칭은 의외로 독창성이 없으니까 비슷비슷하지. 그래, 그것 때문에 깜짝 놀랐어. 대학에서 어느새 통칭이 생겼는데 아버지랑 똑같아. 기분 나쁘지는 않지만 좀 쑥스러워.

이름 얘기가 나와서 말인데, 연호를 적락으로 한다고? 난 몰라. 아무 얘기도 듣지 못했다고. 연호는 왕조를 쇄신할 때 왕이 만민의 행복과 나라의 안녕을 기원하며 새로운 시대를 높이 기리기 위해 붙이는 엄숙한 거야. 사적인 감정으로 시답지 않은 이름을 짓는 게 아니야. 정말 이것만큼은 꼭 충고할게.

으음, 그건 그렇고. 무슨 이야기를 할 생각이었는지 잊어버렸다.

학교는 좋은 곳이야. 선생님도 말이 통하는 분이 많고, 기숙생도 착한 녀석들이 많아. 기숙사 설비도 좋고, 장서도 많고, 여기서 지내는 선생님도 많기 때문에 언제든 질문하러 갈 수 있어서 좋아. 밥도 맛있고, 아, 이 얘기는 아까 했나.

연왕께서 여러모로 신경써주셔서, 왕궁에서 살라거나 집을 사주겠다고 하시는 것을 거절하느라 진땀을 빼고 있을 정도야.

고맙지만, 역시 좀 그래. 다른 학생이나 선생님 보기도 그렇고. 그러지 않아도 나는 요코의 덤이고, 종자 같은 존재였으니까. 그래서 그렇게 신경써주는 거면 몸 둘 바를 모르겠어. 기회가 있다면 그분께 넌지시 그리 말해줘.

아, 곰곰이 생각하니 나도 어지간히 불손한 소리를 하는구나. 왕은 구름 위에서도 위의 위에 있는 사람인데, 요코 때문에 익숙해져버렸나. 안 되겠어. ……뭐, 아무래도 상관없나.

덕분에 쾌적하게 지내고 있어. 선생님이 장학금을 추천해주셔서 학비도 기숙사비도 부담이 없어졌어. 이대로 교국이 무너질 것 같으면 엄마를 부를까 해. 어차피 남의 일손을 도우며 사는 거면 어디서 일해도 마찬가지잖아. 사실은 선생님이 기숙사 주방에 고용하겠다고 말씀해주셨거든. 많은 사람이 친절히 대해주니 정말로 고마워. 요코를 만난 뒤로 운이 트인 느낌이야. 정말로 감사하게 생각해. 고마워.

즉위식이 결정되었다는 이야기는 연 태보께 들었어. 괜찮다면 데려가주겠다고 말씀하시기에 두말없이 신세를 질까 해. 요코가 얼마나 왕다워졌는지 궁금하니까. 지인이 왕이 되다니 좀처럼 없는 일이기도 하고.

그런 연유로 여행을 가는 만큼 열심히 공부해둬야지. 더욱더 분발할게. 요코도 힘내.

그럼 다음에 보자.

새가 조용해졌다. 요코가 손가락 끝으로 콕콕 찌르자 같은 말을 또다시 되풀이했다.

그리운 목소리다. 함께 여행한 지 얼마 되지 않았지만, 많은 일이 있었고, 무척이나 오래전의 일처럼 여겨졌다.

폭신한 회갈색 털과 리듬을 타는 꼬리. 살랑살랑 흔들리는 은빛 수염.

키득키득 웃는데, 달칵 하고 작은 소리가 들렸다. 놀라서 돌아보자 어느새 여관 한 사람이 들어와 탁자 위에 다기를 늘어놓고 있었다.

"교쿠요."

교쿠요는 고개를 들고 웃었다.

"말을 건넸사온데 들리지 않으신 듯하여."

"아아, 미안."

"라쿠슌 님께 온 소식인가요? 잘 지내시나 보군요. 죄송합니다, 듣고 말았어요."

"아니야."

요코는 웃고서 새에게 은 알갱이를 주었다.

"내가 알아차리지 못한 거니까. 교쿠요는 재능 있고 예쁜 사람에게 붙이는 자래."

교쿠요가 소리 내서 웃었다.

"그런 말씀을 하시면 저는 라쿠슌 님을 뵐 수가 없잖아요. 언젠가는 만날 수 있을까 기대했는데 아쉬워요."

"하지만 교쿠요는 미인이라는 소리를 들었을 거 아냐?"

"젊을 적에는 그렇게 말해준 이도 있었지요."

그녀는 나이든 얼굴에 화사한 미소를 지었다.

"조금 쉬시겠습니까?"

"쉴래."

요코가 대답하고 자리에서 일어났다. 탑상(긴 의자)으로 옮겨가 크게 기지개를 켰다.

"앉아만 있으니까 허리와 다리가 나른해."

"긴장한 채 일하시니까 그래요."

"관직명이 머릿속에 전혀 들어오지 않아."

"한 번에 외울 수 있는 것이 아니랍니다."

"교쿠요도 시간이 걸렸어?"

"걸렸지요."

교쿠요가 고개를 끄덕였다.

"지금도 전부 외우지는 못해요. 사람을 기억하지 못하면 관직명도 외울 수 없지요. 사람의 얼굴을 외우면 어떤 직책이고 누구의 밑에서 일하고, 부리는 하관은 누구인지 어떤 일을 하는지 대강 기억할 수 있지만요."

"그런 건가."

요코가 한숨을 내쉬었다.

"빨리 관리의 얼굴도 외우고 싶은데. 관리는 내가 부제에 출입하는 것을 싫어하니까……."

일정 이상의 관리는 조의에서 만나니까 익힐 수 있지만, 그보다 아래 직급의 관리는 애초에 대면할 기회 자체가 없다. 부제로 가면 만날 수 있지만, 어느 관부의 장도 요코가 부제에 출입하는 것을 탐탁하게 여기지 않는다.

"왕은 부제에는 발걸음하지 않는 법이니까요."

"응, 다들 그렇게 말해. 전례가 없다고. 하지만 단순히 방해하지 말라는 것처럼 들리던걸."

"그러셨습니까."

교쿠요는 그렇게만 대답했다. 실제로 어느 관리고 자신의 품을 감시받고 싶어 하지 않음을 그녀는 알고 있다. 저마다 왕에게 보이고 싶지 않은 것을 관부에 끌어안고 있다. 경국은 파란의 나라다. 선왕의 재위는 짧았고, 그 이전에도 자주 왕이 바뀌었다. 관리 대부분은 선왕 시대뿐만 아니라 그 이전부터 조정에 있었다. 그중에는 세 왕을 모신 관리도 있다. 관리는 전횡이 몸에 배었다. 왕이 있든 없든 자신의 관부를 사유물로 삼고 지배하는 것을 당연하게 여겼다.

"아, 맞아."

요코가 외쳤다.

"미안, 교쿠요. 교쿠요를 춘관에 넣는 건은 역시 춘관장에게 거절당했어."

"어머나, 정말로 그런 말씀을 하셨습니까?"

"교쿠요는 정말로 학제를 잘 알잖아. 그러니까 그런 쪽 관직에, 못해도 하관으로라도 넣을 수 없을까 물어보았어. 그랬더니 웃더라고."

요코는 무거운 한숨을 내쉬었다.

"다들 덮어놓고 웃어. 여관이 몹시 마음에 드신 듯하오나 개인적인 감정으로 관위를 좌지우지할 수는 없습니다, 라는 거야. 꼭 어린아이를 훈계해서 타이르는 것 같은 말투로 진지하게 상대해주지도 않아."

"저는 주상을 곁에서 모시는 역할이 마음에 든답니다."

"나도 교쿠요가 있어주면 기쁘지만. 하지만 적재적소라는 말이 있잖아."

"그러면 제가 곁에서 시중드는 일의 적재가 되면 되지요? 지금까지 하던 일과는 분야가 다르지만, 그만큼 새로운 일이 많아서 즐겁답니다."

"교쿠요는 긍정적이구나……."

"천성이 참견쟁이예요."

"그랬군."

요코가 쓴웃음을 지었다.

"하지만 라쿠슌 님께는 분쟁이 없다고 말씀하셨군요."

교쿠요의 말에 요코는 교쿠요를 빤히 보았다.

"용서해주셔요. 들을 생각은 없었는데 듣고 말았습니다."

"응, 그건 괜찮아. 분쟁은 일으키지 않았어. 아직 대놓고 관리와 충돌한 적은 없으니까. 어느 관리도 내 말 따위 진지하게 상대해주지 않는걸."

"그런 이야기를 솔직히 하시면 되지 않나요."

"딱히 거짓말은 하지 않았어. 관리와 화기애애하게 지낸다는 말도 안 했고. 그렇게 말하면 거짓말이 되겠지."

"하오나……."

교쿠요는 입을 열었다가 말을 삼켰다. 경국의 왕은 고립되어 있다. 조정을 멋대로 분할하고 저마다 자기 세력을 사유물로 삼은 관리들. 그들은 새로운 왕을 두려워하는 낌새조차 없다. 전적으로 우습게 보고 옥좌에 딸린 장식물처럼 취급하려 한다.

"관리들이 냉랭하다, 분쟁을 일으킬 수조차 없을 정도로 처음부터 상대도 해주지 않는다는 이야기를 라쿠슌에게 한들 소용없잖아?"

"하오나…… 친구 사이시죠? 친구이니 약한 모습을 보이지 못할 수도 있지만, 조금 더 솔직해지셔도 괜찮지 않을까요."

요코는 천장을 올려다보았다.

"맞아, 그래. 솔직하지 못한 게 사실일지도 몰라. 솔직히 말하면 관리는 상대도 해주지 않고, 철저히 배척당하는 상태라고 말해야 할까. ……하지만 그러고 싶지 않아. 그렇다고 약한 모습을 보여주고 싶지 않은 것은 아니지만. 그야, 너무 모자란 부분이나 한심한 모습은 안 봤으면 하지. 미움받거나 경멸당하고 싶지 않으니까. 그래도 라쿠슌은 실망하거나 경멸하기 전에 반드시 조언이나 간언을 해줄 사람이고……."

"걱정을 끼치고 싶지 않으신가요?"

"그것도 있나. 맞아, 확실히 걱정은 끼치고 싶지 않아. 하지만 그런 게 아니야. 그래, 아마도 과장하고 싶은 걸 거야."

교쿠요는 눈을 깜빡였다.

"과장……요? 친구인데요?"

"그렇다고 겉만 그럴싸하게 꾸미고 싶은 것은 아니지만."

요코는 웃으며 말하고는 찻잔을 쥐었다. 복잡한 심경이 엿보이는 얼굴로 잠시 입을 다문다.

"라쿠슌도 아무 문제 없이 지낼 리 없을 거야."

교쿠요가 어리둥절해하자 요코는 얼굴을 들고 웃었다.

"잘 지내고 있다고는 하지만 진짜 그런지 따져보면, 그럴 리는 없을 거야. 교국에 어머니도 남기고 왔어. 교국이 엉망이 될 상황인데 걱정되지 않을 리가 있겠어. 이쪽 세상에는 전화도 없으니 간단히 상황을 물을 수도 없는 노릇이고. 잘 지내는지, 무사한지, 그것조차 알 수 없는데 평화롭게 대학 생활을 보낼 수 있을까?"

"아마…… 걱정이 되시겠지요."

"내가 상황을 알린 덕에 마음놓았다고 하지만, 안심할 수 있을 리가 없어. 아무래도 어머니는 안국으로 부를 것 같지만. 부른 뒤에도 큰일 아닐까. 나라를 버리고 도망친 난민인 셈이잖아. 설령 어머니가 없더라도 나고 자란 나라 일인걸. 황폐해졌다는 이야기를 들으면 복잡하겠지. 그렇지 않을까."

"그렇겠지요. 예, 저도 그랬습니다."

"그렇지? 대학도 쉽지 않을 거야. 라쿠슌은 결코 충분한 교육을 받지 못했고, 대부분 독학인 것 같으니까."

"하지만 연 태보께서 성적은 좋았다고 하셨지요."

"그렇기는 한데. 줄곧 독학했다는 얘기는 학교와 그다지 친숙하지 않다는 소리 아닌가. 동급생이나 교사와의 인간관계도 있고. 안국은 그만큼 훌륭한 나라니 틀림없이 대학 수준도 높을 거야. 교국의 상상밖에 모르는 학생이 안국 대학에 덜컥 들어가서 당황하지 않을 수 있을까."

"하기야…… 그러네요."

"모르는 나라에서, 모르는 도시에서 완전히 다른 환경에서 산다는 건 쉽지 않은 일이야. 게다가 라쿠슌은 반수잖아."

"안국은 교국과 경국과는 달라요."

"제도로 보면 그렇지."

요코는 긍정했다. 안국에서는 반수도 대학에 들어갈 수 있다. 취직할 수도 있고, 관리로 등용도 가능하다. 하지만 맨 처음 안국의 현영궁을 방문했을 때, 현영궁의 천관은 라쿠슌에게 의복을 내밀었다.

"제도상으로 평등하다고 해서 감정적으로도 그렇다고 볼 수는 없잖아. 현영궁의 천관이 라쿠슌에게 어른용 옷을 내밀며 입으라고 한 것은 그런 차림으로 있지 말라는 소리였겠지. 예법에 어긋나기 때문인지도 모르고 몰상식한 행동이었는지도 몰라. 어쨌든 간에 쥐 모습으로 궁궐 안을 어슬렁거려서는 안 된다는 뜻일 거야."

"예……. 맞습니다."

"대학에서도 마찬가지 아닐까. 나라 안에서 손꼽는 인재가 모이는 최고 학부이니까. 대학을 졸업하면 국관이지? 나라의 위상과 직결된 국관 양성 기관이잖아. 쥐 모습으로 어슬렁거리는 것을 절대로 환영하지는 않을 거야. 설령 편견이 없거나 우습게 보지 않더라도, 라쿠슌은 그 모습으로는 아이로 보이고……. 역시 여러모로 힘들 거야."

"그럴지도 모르지요."

"하지만 라쿠슌은 그런 소리는 한마디도 하지 않았어. 느끼지 못한 것이 아니겠지. 누구든 불합리한 취급을 받으면 생각이 많아지는 법이야. 인간은 맞으면 아프고, 간지럽히면 웃는 생물이니까. 그렇지 않은 인간은 없어."

괴로운 일, 분한 일이 있는 게 당연하다. 하지만 라쿠슌은 그것을 일일이 말해서 남에게 동정을 구하지 않는다.

"아무렇지 않을 리 없어, 절대로. 익숙한 것도 아닐 거야. 괴로운 일에 익숙해지는 사람은 역시 없으니까. 물으면 자주 겪으니까 괜찮다고 할지도 모르지만. 태연할 리가 없어. 괴롭지 않은 것이 아니라, 괴로움을 극복하는 방법을 알 뿐이겠지."

"그러네요."

요코는 턱을 괬다.

"그런 점이 굉장해."

요코는 그렇게 말하고서 교쿠요를 보고 웃었다.

"교쿠요도. 나라를 부당하게 쫓겨나 괴롭지 않은 백성은 없을 거야. 하지만 마침 기회가 생겼으니 여러 학교를 둘러보기로 했다고 했지. 괴로운 일을 극복하고 자신을 앞으로 떠밀 수 있다니 대단해."

"저는 낙천가니까요."

"그런가 봐."

요코가 웃었다.

"하지만 나는 긍정적인 교쿠요를 보면 대단해 보여. 라쿠슌이 잘 지낸다고 하면 그렇구나, 그럼 나도 힘내야겠다는 생각을 하게 돼. 정말로 순풍에 돛을 달았을 리는 없다는 것을 아니까, 그래도 괜찮다면서 허리를 꼿꼿하게 편 모습을 보면 나도 당당해지자, 기운 내서 열심히 해야겠다고 마음을 먹어."

교쿠요는 미소 지었다.

"용기가 옮는 거군요."

"그런 것 같아. 그러니까 긍정적인 마음을 먹을 수 있어. 신료들과는 잘 지내지 못하고 있는 게 사실이지만, 그렇다고 적대하고 있는 것은 아니니까, 최악의 상태라고 부르기는 멀었다고 생각하게 돼. 괜찮아, 적어도 괜찮다고 말할 수 있을 만큼 괜찮아. 그러니까 괜찮다고 했고, 그렇게 말하면 스스로도 극복할 수 있을 듯한 기분이야."

"이해합니다."

"이건 틀림없이 허세지만, 허세면 뭐 어때? 누가 그러라고 강요해서 무리하고 있는 것도 아니잖아. 허세든 과장이든, 씩씩하고 싶으니까."

"그러네요."

그렇게 말하더니 교쿠요가 웃는다.

"그런데 라쿠슌 님은 주상의 허세 정도는 꿰뚫어 보지 않았을까요."

"나도 알아. 서로 똑같아. 그러니까 그걸로 됐어."

"네, 그렇군요."

교쿠요는 미소 지었다. 요코도 웃음으로 답하는데, 그때 다른 여관이 달려왔다.

"쉬고 계시는데 죄송합니다."

"무슨 일이지?"

"태보께서 화급히 아뢸 일이 있다 하십니다."

평복한 여관을 보고 교쿠요가 일어난다.

"의대를 준비하겠습니다."

요코는 고개를 끄덕이고 여관을 돌아보았다.

"지금 가마."

이리 야심한 시각에 게이키가 올 정도이니 또 무슨 일이 일어난 것이리라. 위왕의 잔당이 소동을 일으켰거나 제후 제관 사이에 불온한 움직임이라도 있는 것인가. 어떤 일이든 내일을 기다리지 못하고, 다른 관리도 거치지 않은 일이라면 어지간히 중대한 일임은 틀림없다. 미간을 찌푸리고 생각에 잠겼는데 교쿠요가 눈앞에 옷을 내밀었다.

"무슨 일이 있었는지 듣기 전에 고민하는 것은 헛된 수고랍니다."

"아아, 응."

"이럴 때야말로 허세를 부리고 당당하게 가슴을 펴세요."

"그래야겠어."

겉옷에 팔을 꿰면서 요코가 웃었다.

경국은 안녕과는 거리가 멀다. 문제는 산적해 있다. 앞뒤 구분도 못 하는 상태이니 무조건 주어진 일을 처리해나가는 수밖에 없었다. 그래도 절대 괴롭지는 않을 것이다. 지탱해주고, 지켜봐주는 여러 손이 있는 덕이다.

"다녀올게. 차 고마웠어."

"돌아오시면 드실 수 있게 단것을 준비하겠습니다. 피곤하실 테니까요."

"응, 부탁해."

말을 남기고 나가는 요코를 새가 지켜보고 있었다.

화서

華胥

001

"화서의 꿈을 보여주마."

남자는 그리 말했다.

겨우 여덟 살밖에 되지 않은 사이린采麟(재국의 기린)을 안아 올려, 읍녕揖寧 장한궁長閑宮에서 운해 너머로 보이는 하계를 가리킨다.

석양이 비쳤다. 이제 막 등극한 젊은 왕의 옆모습은 구릿빛으로 물든 운해의 반사광으로 빛났다. 새로 등극한 왕, 시쇼砥尙가 가리킨 곳에는 부왕扶王의 방종으로 엉망이 된 국토밖에 없었지만, 사이린은 주인이 하는 말에 일말의 의심도 품지 않았다. 그가 꿈을 보여준다 하였으니, 틀림없이 그리될 것이다.

재주국才州國에는 보물이 있다. 바로 화서화타華胥華朶다. 보옥으로 만든 복숭아 가지를 머리맡에 꽂고 잠들면 꽃이 피어 화서의 꿈을 보여준다고 한다. 옛날, 황제黃帝가 어찌 세상을 다스려야 하는지 방향을 잃었을 때, 꿈속에서 화서씨의 나라를 찾아가 이상 세계를 보고 도를 깨우쳤던 것처럼 신비한 화타는 나라가 갖춰야 할 모습을 꿈의 형태로 보여준다고 전해진다. 시쇼는 화서의 꿈을 보여주겠노라고 했다. 이 세상에 화서의 나라를 만들어 사이린에게 줄 것이다.

그 증거라며 시쇼는 사이린의 손에 비취로 된 가지를 쥐여주었다.

"화타를 그대에게 주지. 밤마다 현실이 꿈과 가까워지는 모습을 확인할 수 있을 거야."

사이린은 고개를 끄덕이고 보물을 끌어안았다. 시쇼는 크고, 희망과 확신에 가득하며 고귀해 보였다. 사이린을 안아 올린 힘센 팔, 늠름한 옆얼굴. 의지를 담은 두 눈동자는 희망찬 앞날을 응시했다. 긍지로 가슴이 벅차올랐다. 찬란한 낮과 평화로운 밤의 틈새에 영원히 머무르고 싶었다.

—화서의 꿈을 보여주마.

끌어안은 화타에 볼을 댔다. 미칠 듯이 애달픈 까닭은 무얼까. 눈을 감으면 지금도 황금빛 해안가에 서 있던 자신과 시쇼의 모습이 선하다. 기억 속에서도 눈이 부셔서 끊임없이 눈물이 흘렀다.

—화서의 꿈을…….

빛이 번져 아무것도 보이지 않는다. 하지만 약속했다.

"아무런 걱정 하지 않아도 돼. 그렇지, 슈카朱夏?"

사이린의 물음에 슈카는 간신히 미소를 지었다.

호화롭기 그지없는 침소였다. 비단 이불에 파묻혀 몸을 일으킨 소녀는 새하얀 얼굴을 갸웃하며 슈카를 쳐다보았다. 간절한 눈빛을 하고, 깜빡이지도 않는다. 여윈 볼에는 마른 나뭇가지에 긁힌 상처가 몇 줄기나 남아 있었다.

"그럼요, 태보."

소녀는 안도한 듯이 미소 짓고 나뭇가지에 볼을 비볐다. 안타까운 생채기가 한줄기 더 생겼다.

하얀 볼을 할퀸 것은 무슨 나무인지도 모를 마른 나뭇가지다. 보옥으로 만든 것이 당연히 마를 리 없다. 화서화타는 사이린이 왕제王弟인 준코馴行에게 하사했다. 준코가 간절히 바라서 사이린에게 하사받은 뒤, 황제黃帝와 마찬가지로 나라를 어떻게 다스릴지 고민하는 왕에게 바쳤다.

'그마저도 잊으신 거야.'

슈카는 무릎 위에 쥔 제 손으로 시선을 떨어뜨렸다. 양손은 가늘게 떨렸다.

건강이 좋지 않다는 이야기는 들었다. 그것을 이유로 사람들 눈에 띄는 일이 줄어들더니 보름째 모습을 드러내지 않았다. 불온한 소문이 파다했다. 기린인 재보가 위중한 병에 들 리가 없다. 이토록 오래도록 병상에 누워 있다면 병명은 단 하나밖에 없다.

기린은 왕을 선택한다. 선택한 왕이 도의를 잃고, 백성을 괴롭히고 국토를 메마르게 하면 책임은 왕을 고른 기린이 진다. 기린을 통해 왕을 고른 하늘은 기린의 생명을 빼앗음으로써 왕을 옥좌에서 추방한다. 왕이 도를 잃은 까닭에 생긴 병이기에 이를 실도失道라 한다.

재보의 실도는 왕조의 끝을 의미한다. 사이린의 이상이 실제로 무엇 때문인지 알기 위해 제관은 동분서주했다. 그러나 신료들은 궁에 틀어박힌 채 나오지 않는 사이린의 상태를 살필 방도가 없다. 곁을 모시는 시종에게 병문안을 요청해도 허락하지 않았고, 재보의 주치의인 황의黃醫마저도 병상을 함구했다. 절박해진 총재와 육관장이 다 함께 재보가 계시는 인중전에 밀어닥쳐 간신히 슈카만이 면회를 허락받았다.

육관의 장長인 총재가 아니라 어째서 자신만 허락되었는지 슈카는 의문을 품었다. 이미 사이린은 병상을 나올 수조차 없었다.

침소에 들어야 하므로, 유일하게 여자인 슈카에게 면회를 허락했음을 침실로 안내받고서야 깨달았다.

'병들었어…….'

시쇼의 왕조는 무너지고 있다. 사이린의 균열을 보면 명백했다.

"대사도大司徒."

말도 없이 고개를 숙인 슈카를 여관이 채근했다. 퇴출할 시간이라고 말없이 고하고 있다.

슈카는 고개를 끄덕이고 여전히 마른 나뭇가지를 껴안고 우는 사이린의 손을 만졌다.

"태보, 저는 이만 물러나겠습니다. 푹 쉬세요."

사이린은 겁먹은 듯이 고개를 들었다.

"슈카도 나를 버릴 거야……?"

"태보를 버릴 수 있는 사람이 이 나라에 있겠습니까."

"하지만 주상은 버리셨어. 나도, 재국도, 백성도."

"당치도 않습니다. 그럴 리가 있겠습니까. 지금은 갈피를 잡지 못하고 계실 뿐입니다. 곧 원래 주상으로 돌아오실 거예요."

고통스러운 미소를 지은 슈카를 향해 사이린은 세차게 고개를 내저었다.

"거짓말이야. 전부 거짓말이야. 꿈을 보여주겠노라 하셨거늘."

"보여주실 겁니다. 긴 치세 중에는 우여곡절이 있는 법이지요. 그뿐입니다."

사이린이 거짓말이라고 소리친다. 마르고 생기를 잃은 얼굴에 절박한 눈빛만이 생생하다. 감히 표현하자면 증오를 드러낸 것처럼 보였다. 자비를 구현해낸 것 같던 소녀가 이런 표정을 짓는 것이 슈카는 믿기지 않았다.

"화서의 나라라니……."

쉰 목소리는 저주처럼 들렸다. 그러면서도 마지막 희망에 매달리듯이 여전히 나뭇가지를 가슴에 꼭 끌어안고 놓지 않는다.

"태보, 그만 쉬세요."

"처음부터 전부 꿈이었어……. 점점 멀어지기만 해."

사이린은 만류하듯이 슈카의 팔을 잡는다.

"살려줘. 괴로워. 온몸이 찢기는 것 같아……."

슈카는 해줄 말이 없었다. 병들어 마른 손가락이 팔을 파고든다.

"태보, 그만 쉬세요."

여관이 끼어들었다. 슈카를 쳐다보고 퇴출을 재촉했다.

"대사도께서도 이제 더이상은……."

고개를 끄덕이고 침소를 나가는 슈카의 등에 가는 비명이 꽂혔다.

“거짓말, 거짓말쟁이! 단 한 번도 꿈이 이 나라와 겹친 적은 없었어!”

슈카는 비명에 채찍질당하는 심정으로 방을 나왔다.

어쩌다 이 지경이 난 것인가.

시쇼는 근교에 평판이 자자하던 걸물이었다. 파격적인 속도로 대학까지 진학해, 불과 이 년 만에 교사들에게 수료 면허를 얻었다. 대학을 마친 자는 일반적으로 국부에 들어간다. 부리府吏나 서도胥徒 같은 하급 관리부터 시작하는 것이 아니라 바로 하사下士로 등용되는 것이 관례다. 장래를 촉망받던 시쇼의 앞날은 약속되어 있었다. 그러나 그는 왕을 혐오하여 국정에 가담하지 않고 그대로 하야했다.

당시 재국은 부왕 치세 말기라 나라가 기울고 있었다. 어리석은 계책이 이어지고, 법은 잇따라 안 좋게 바뀌었다. 부왕은 관리와 백성의 지탄을 받고 절제를 잃더니 주색에 빠져, 이윽고 정무를 돌보지 않게 되었다. 왕에게 간언한 고관 대부분은 미움을 사 경질되었다. 그렇게 하야한 관리의 비호를 얻어 식객이 되자 시쇼는 읍녕에서 동지를 모아 부왕을 규탄하는 목소리를 높였다. 시쇼 곁에는 마찬가지로 부왕의 실정에 분개한 젊은이들이 모여들었다. 슈카도 그중 한 사람이었다.

시쇼가 이끄는 도당은 이내 민중의 지지를 얻어 스스로 고두高斗라고 칭하며, 부왕의 시대에는 백성의 선두에 서서 나라의 부당함과 싸우고, 부왕이 붕어한 뒤에는 황폐해진 국토와 싸웠다. 그리고 시쇼는 사당에 황기黃旗(기린이 왕을 고를 준비가 되었음을 알리는 깃발)가 오르자마자 승산해 주위의 기대대로 사이린의 선택을 받았다.

누가 보아도 당연한 등극이었다. 사이린뿐만 아니라 시쇼를 아는 모든 사람이 새로운 왕을 믿었다. 설마 그 왕조가 스무 해 남짓으로 침몰할 줄이야.

슈카는 도망치듯이 정원을 지나 전전前殿으로 돌아갔다. 전전에서는 육관장이 긴장한 모습으로 슈카가 돌아오기를 기다렸다. 몇 명이 슈카를 발견하고 일어났다. 슈카는 참지 못하고 시선을 피했다.

육관장은 모두 고두 출신, 대부분 슈카와 마찬가지로 젊어서 조정에 들어왔다. 슈카는 함께 이상을 내걸고 기울어가는 정세와 씨름하던 동료들 한 사람 한 사람의 됨됨이를 잘 알고 있었고, 그들이 새로운 왕에게 보내는 신뢰와 새 왕조에 거는 뜻도 내 일처럼 알았다. 그들에게 차마 최악의 사태가 일어났다는 말을 할 수 없었다.

그런 슈카의 모습으로 사태를 알아챘는지, 그들의 낯빛에 쓰디쓴 기운이 가득했다. 일어났던 이들은 힘이 다한 듯이 주저앉았다.

침묵과 지나치게 무거운 한숨, 이내 그중 한 사람이 일어나 나직하게 퇴출을 재촉했다. 슈카의 남편인 총재 에이슈쿠榮祝였다.

“여기서 주저앉아도 사태는 달라지지 않아. 확인하고 싶었던 것은 확인했네. 궁금한 점이 밝혀졌으니 본격적으로 대처를 생각해야지.”

에이슈쿠는 소리칠 기력마저 잃은 것 같은 육관장을 둘러보았다.

“벌써 그렇게 기운이 빠져서 쓰나. 이제부터 우리 신료들이 버텨야 할 때야.”

에이슈쿠의 질타에 육관장은 침통한 얼굴로 고개를 끄덕이고 일어났다. 신료들이 퇴출하고 슈카와 에이슈쿠만 남았다. 에이슈쿠도 다소 늦게 전전을 나갔다. 슈카가 뒤따라 나란히 서자 에이슈쿠는 나직하게 물었다.

“쾌유하실 것 같던가.”

“그야 당연히…….”

병이 나을 거라고 대답하고 싶었지만 소리 내서 말하지 못했다. 과거 실도에 이른 재보가 치유된 적은 지극히 적다고 들었다.

시쇼는 나라의 명운과 다를 바 없는 왕이다. 에이슈쿠에게는 사촌이자 몇십 년지기 친구이기도 하다. 에이슈쿠와 시쇼는 형제처럼 자랐다. 시쇼가 고향을 떠나도 둘도 없는 친구였으며, 읍녕에서 고두를 만들자 맨 먼저 달려갔고, 그 이후로 함께 도道를 내걸고 재난과 싸웠다. 승산길에도 동행해 새 왕조가 성립할 때부터 지금까지 줄곧 시쇼를 지원했다. 그런 에이슈쿠에게 시쇼의 천명은 다했다고 고백하지 못했지만, 그렇다고 잠깐의 위안밖에 되지 못할 말은 더욱 할 수 없었다.

슈카의 망설임을 꿰뚫어 본 것처럼 에이슈쿠는 회랑에서 걸음을 멈추더니 짧게 신음하며 이마를 짚었다. 슈카는 할말을 잃은 채 괴로움에 고개를 떨어뜨린 에이슈쿠의 등을 가만히 쓰다듬었다. 회랑 바깥, 정원에는 복사꽃이 한가득 피어 수없이 많은 꽃잎이 바람에 흩날렸다. 무릉도원 같지만 서글펐다.

'화서의 꿈…….'

정말로 꿈 같은 것이었는지도 모른다.

삼십 년쯤 전에 슈카는 부왕의 통치에 분개하던 소학少學의 학생에 불과했다. 소학에 들어가기 위해서 읍녕에 왔다가 고두에 가담해 에이슈쿠를 만나고 시쇼를 만났다. 그들은 고두에서 같은 꿈을 키웠다. 모름지기 나라는 이래야 한다는 아름다운 꿈. 모두 그 꿈을 믿었고, 꿈을 관철하려면 화서씨의 나라를 구현해야 한다고 생각했다. 밤을 새워 토론한 미래, 민중 속에 앞장서,

부왕의 타락과 붕어한 뒤 찾아온 재난과 싸운 빛나는 과거. 가슴 벅찼던 시대에 슈카는 에이슈쿠와 함께 줄곧 시쇼를 지지하리라고 맹세했다. 슈카는 스물두 살, 에이슈쿠는 스물여섯 살, 그리고 시쇼는 스물다섯 살. 불과 삼 년 후에 시쇼는 옥좌에 올랐다.

돌이켜보면 그 시대야말로 꿈이었던 것 같다. 안타까울 정도로 눈부시고 젊었던 자신들.

조금 뒤 에이슈쿠는 고개를 들었다.

"슈카, 어쩌면 좋을까."

"태보가 치유되실지는 시쇼가 도를 되찾을 수 있을지에 달렸어요. 어떻게든 간언하는 수밖에는……."

"무엇을 어찌 간언한다는 말인가?"

에이슈쿠의 물음에 슈카는 대답이 막혔다.

"간언해야 할 것이 있다면 알려줘. 시쇼의 무엇이 잘못된 거지?"

슈카는 고개를 가로저었다.

그것을 알 수 있다면야.

"무엇을 간해야 할지도 모르는데 간언하라는 말인가? 시쇼에게……?"

슈카는 이 물음에도 대답하지 못했다. 시쇼가 부왕처럼 정무를 내팽개치고 주색잡기에 빠지거나 백성에게 포악하게 굴었다면 어째서 실도했는지 납득할 테고, 간언할 길도 있다. 하나, 시쇼는 등극하고부터 성심성의를 다했다. 슈카의 눈으로 본 바로는 시쇼는 등극 당시부터 조금도 달라지지 않았다. 늘 나라가 갖추어야 할 모습을 응시하고 바른길을 관철하려 했다.

시쇼만 본다면 실도할 리 만무했다. 그러나 국토로 눈을 돌리면 사이린이 실도한 것이 당연했다. 조정 구석구석은 조금도 수습되지 않았고, 국토는 엉망이고 백성은 곤궁했다. 재위 이십여 년밖에 되지 않은 왕을 나무라고, 욕하는 백성의 목소리가 들린다. 사이린이 아프다는 말이 곧바로 실도라는 소문으로 이어진 까닭은 그 탓이었다. 이 나라는 명백히 기울고 있다.

시쇼도 알고 있다. 작년까지는 초조한 기색이 짙었고, 새해를 넘기고 사이린이 자주 이상을 호소하게 되자 낭패한 낌새마저 보였다. 그러나 시쇼는 이것을 하늘이 내린 시련이라고 받아들이고 극복하려 했다. 지금 이상으로 도를 따라 노력하면 결국 사이린의 건강도 좋아지고 나라가 회복하리라고 천명하고, 이는 하늘이 자신들에게 역경을 뛰어넘을 힘이 있는지 시험하는 것이라고 신료들을 격려했다. 그런데…….

슈카는 에이슈쿠에게서 시선을 돌리고 꿈처럼 떨어지는 복사꽃 꽃잎을 바라보았다. 꿈이 걷힌다. 정원의 봄이 떨어지며 멀어지듯이.

이튿날 육관의 조의朝議는 숨막히는 분위기 속에서 시작되었다. 조당朝堂에 모인 육관은 차마 서로의 얼굴을 보지 못하고 침묵했다. 함구령을 내렸음에도 사이린이 실도한 소식은 내밀히 퍼졌다. 그 증거로, 대신들을 유일하게 사이린과 면회한 슈카를 흘끔흘끔 쳐다보았다.

간밤에 에이슈쿠는 끝내 관저로 돌아오지 않았다. 집무에 쫓겨서인지, 시쇼를 만나러 가기라도 한 것인지. 슈카는 조당 한쪽에서 맥이 빠진 모습으로 고개를 숙인 에이슈쿠를 찾아냈다.

마침내 모두 모였다는 뜻을 고하자 징이 울렸다. 조당에 늘어선 관리들은 숙연히 조당을 나가 외전으로 향했다. 그 짧지 않은 거리 동안 역시 입을 여는 이는 없었다. 외전이 가까워지면서 대열을 뒤덮은 긴장감은 커져갔다. 외전으로 들어가 제관이 정렬하고 그 자리에 무릎을 꿇었을 때에는 긴장된 공기가 피부를 찔러 아플 지경이었다.

다들 옥좌에서 시선을 피했다. 징의 소리가 달라진 것을 신호로 주렴이 쳐지자 관리들이 숨을 삼켰다. 주렴 너머로 하늘이 저버린 왕이 모습을 드러낸다. 작은 움직임이 만드는 옷 스치는 소리마저 날카롭게 울리는 가운데 다시 한번 징이 울리고, 평복한 제관 앞에 주렴이 걷혔다. 슈카는 바닥에 이마를 댄 머리를 올리고 싶지 않았다. 시쇼의 얼굴을 보기가 무엇보다 괴로웠다.

고개를 들라는 태재太宰의 호령이 떨어졌다. 이를 신호로 조정 신료들은 고개를 들고 옥좌의 왕과 대면해야 한다. 괴로워하며 든 시선 끝, 칠흑의 옥좌에 시쇼가 있었다.

슈카는 가슴이 철렁했다. 검은 대구大裘로 몸을 감싸고 금색 병풍을 배경으로 나전과 옥으로 장식한 옥좌에 앉은 시쇼는 여전히 훌륭했다. 듬직한 체구, 영민함이 엿보이는 얼굴, 제관을 내려다보는 시쇼의 두 눈에는 여전히 강력한 패기가 넘치고 눈부신 위엄이 느껴졌다.

태재의 호령으로 삼고례三叩禮를 올리고, 윤허를 받아 일어선 에이슈쿠가 논의할 사항을 낭독하기 전에 시쇼는 손을 들었다. 에이슈쿠의 말을 가로막고 제관을 둘러본다. 깊고, 잘 울리는 목소리로 외쳤다.

"태보는 요즘 몸이 좋지 않아 오늘도 이 자리에 오지 못하였다."

시쇼는 고두 시절부터 조금도 달라지지 않은 늠름한 얼굴로 제관을 바라보았다.

"태보의 건강에 대해 불온한 소문을 들었다. 조정이 답보 상태이니 제관이 불안해하는 것도 당연하다. 하지만 몇 번이나 말했듯이 나는 이것을 정체라고도 후퇴라고 생각하지 않는다."

집어삼킬 듯한 제관의 시선이 시쇼 위에 모였다.

"나라를 다스리는 일이 기분 좋게 앞으로만 나아갈 만큼 쉬운 일이겠는가. 고초나 불안은 응당 존재하는 것이고, 때로 제자리걸음하기도 한다. 그런 일도 없는 것이 이상하다. 정사가 평평한 길이라면 정치의 방향을 잃고 도를 잃는 왕이 있을 턱이 없지. 원래부터 이는 고난의 길이다. 하지만……."

시쇼는 힘있게 말했다.

"나에게는 나라가 나아가야 할 모습이 보인다. 이상을 믿기에 승산했고 천명을 얻었다. 그리고 이상을 향해 오늘까지 길을 깔아왔다. 이상을 잃으면 도를 잃기도 할 것이다. 그러나 나는 분명히 나라가 갖추어야 할 모습을 알고 있다. 이상향을 향해 어긋남 없이 길을 깔아왔다. 아무리 오르기 힘든 길이라도 그 길이 바른길이 틀림없다는 절대적인 확신이 있다. 나에게 불신을 느낀다면 내가 길을 잃었기 때문이 아니다. 그대들이 이상을 향한 오르막길을 오르는 괴로움에 져서 흔들리는 것이다."

슈카는 흠칫 놀라 숨을 삼켰다. 그 말대로 이상이 흔들리고 있었다. 도저히 구제할 길 없는 현실 탓이다. 아무리 발버둥쳐도 달라지지 않는 현실, 요지부동인 까닭은 처음에 내걸었던 이상이 잘못되었기 때문이 아닌지 의심했다.

그것을 꿰뚫어 본 것처럼 시쇼의 눈이 맨 앞줄에 있는 슈카에게 박혔다. 그는 살며시 미소 지었다.

"나는 조금도 흔들리지 않는다. 나에게는 여전히 보인다. 그대들에게도 사실은 줄곧 보였을 것이다."

시쇼는 그렇게 말하고 외전에 무릎 꿇은 신하들을 둘러보았다.

"실망이나 곤란에 좌절해서 흔들려서는 안 된다."

확신에 가득찬, 너무나도 힘있는 목소리에 세게 맞은 것처럼 슈카 옆에 있던 대사구大司寇가 평복했다. 마찬가지로 머리를 조아리는 관리의 옷 스치는 소리가 슈카 좌우에서 터져 나왔다. 당황해서 이리저리 헤매던 시선 끝에 에이슈쿠만 피곤함에 찌든 얼굴에 큰 실의를 띠고 있었다. 고개를 돌리고 한숨을 내쉬고, 제관을 돌아보았다. 시선을 슈카에게 던진 에이슈쿠가 힘없이 고개를 가로저었다. 슈카는 서글프게 고개를 떨구었다.

이해가 갔다. 에이슈쿠는 간밤에 시쇼를 찾아간 것이다. 아마도 밤을 새워 재국의 현 상황, 사이린의 상태를 이야기했겠지. 하룻밤의 대화로 시쇼가 이른 결론이 이것이다. 슈카는 절망적인 심정으로 이해했다.

시쇼를 향한 의문과 이상에 대한 의혹은 실망과 괴로움 때문에 생겨난 것이었다.

'그렇지만…….'

슈카는 사이린을 만났다. 그것이 실도가 아니면 무엇인가. 자비의 구현인 소녀가 병상에서 시쇼를 저주한다. 미워하기라도 하는 듯한 눈빛이었다.

슈카는 새카만 응어리가 마음속 밑바닥에 맺힌 심정으로 조의를 견디었다. 시쇼의 눈앞에 있기가 너무나 괴로웠다. 그러나 조의를 마치고 시쇼가 눈앞에서 사라지면 불안하고 서글프다. 기분을 주체하지 못하고, 실의에 빠져 관저로 돌아갔다.

"돌아오셨습니까. 음? 괜찮으세요?"

안채로 돌아온 슈카를 맞이한 세이키靑喜는 입을 열자마자 그렇게 물었다. 문지기에게 돌아왔다는 소식을 전해 듣고 준비한 것이리라. 양손으로 다기를 받쳐들고 허리를 쑥 구부려 슈카의 얼굴을 들여다보았다.

"나갈 때보다 훨씬 안색이 나빠지셨어요."

"괜찮아. 조금 피곤할 뿐이야."

"그러세요?"

미심쩍게 말한 세이키는 탁자 위에 다기를 놓더니 공기가 나쁘다, 빛이 너무 강하다는 둥의 소리를 중얼거리면서 부지런히 돌아다니며 창문을 열고, 촛대의 등불을 줄이고 병풍을 움직여 실내를 정리했다. 몸집이 작은 세이키가 쪼르르 돌아다니는 모습은 이름대로 청희靑喜(참새) 같았다. 슈카는 그제야 한숨을 돌렸다. 세이키는 언제나 이상하게 슈카를 안심시켰다.

"그러니까 밤샘은 안 된다고 늘 말씀드리지 않았습니까. 간밤에도 늦게 주무셨죠? 제가 분명히 불빛을 봤습니다."

"그 말은 너도 밤을 새웠다는 소리 아니니?"

"저는 괜찮아요. 누님이 일하러 가신 뒤에 일을 내팽개치고 얼마든지 낮잠을 잘 수 있으니까요."

슈카는 가볍게 웃었다. 슈카를 누나라고 부르지만, 세이키는 슈카의 동생이 아니고 에이슈쿠의 동생도 아니다. 세이키는 부왕이 붕어한 뒤 혼잡해진 세상에 부모를 잃은 고아였다. 어려서 부모를 잃은 세이키를 거두어 가까이 두고 기른 이가 에이슈쿠의 모친인 신시愼思다. 신시는 시쇼의 숙모이기도 하다. 온화한 인격자로 일찍 모친을 여읜 조카에게 어머니 역할을 하고, 시쇼에게 크나큰 영향을 주었다. 그 공으로 시쇼가 등극한 뒤에는 선적을 받아 삼공三公의 차석인 태부太傅에 앉았다. 신시의 교육을 받은 세이키는 소년 시절부터 고두에 드나들고, 에이슈쿠의 신변 수발을 들었다. 에이슈쿠를 형님이라 부르고, 훗날에는 슈카를 누님이라 부르고 열아홉 살에 에이슈쿠를 보필하는 하관이 되어 선적에 들어갔다. 그 뒤로 줄곧 관저를 꾸려나가고 있다.

"형님은 돌아오실까요."

세이키는 걱정스럽게 문을 살폈다.

"글쎄, 때가 때이니……."

"오늘 상태는 어땠어요?"

"조의가 시작될 때까지는 괴로운 분위기였지만…… 시쇼가 신료들을 잘 달래주었어."

슈카는 애달프게 웃었다. 조의 상황을 들려주자 세이키의 눈썹이 난처한 듯이 처졌다.

"주상께서는 여전히 확신이 있으시군요."

"확신이 있어서 더 안 좋아……."

시쇼의 영민함에 활기를 되찾은 제관 속에서 슈카 홀로 계속 의기소침해 있었다. 패기가 가득한 시쇼의 모습과 그를 믿는 관리가 갑갑하고 괴로웠다.

시쇼는 소위 표풍飄風의 왕이었다. 표풍의 왕은 걸물이거나 그렇지 않거나 둘 중 하나라고들 한다. 적어도 쇼카와 고두의 동지들은 시쇼를 걸물이라 믿어 의심치 않았다. 맨 먼저 승산하는 것은 당연했고, 마땅히 선택을 받을 만했다. 시쇼의 질풍 같은 등극은 그들에게 자명한 이치였다. 백성 또한 고두와 시쇼를 지지했다. 시쇼는 환희 속에서 옥좌에 올랐다. 새로운 조정은 빠르게 정돈되었다. 고두에는 새로운 조정을 지탱할 인재가 가득했다. 같은 이상을 품은 동지들이다. 나아가야 할 길은 분명하고, 조정의 발판은 완벽하게 갖추어져 있었다. 옥좌가 비어 나라가 어지러워지는 것은 최소한으로 막았고, 새로운 조정은 눈 깜짝할 사이에 정비를 마치고 가동했다. 다들 새 왕조의 빛나는 막이 열렸다고 믿었다.

그러나 재국은 자신들이 생각한 것처럼 움직이지 않았다. 왕조는 처음부터 수없이 좌절했다.

시쇼는 가장 먼저 정무를 방기한 부왕의 치세하에 국권을 제멋대로 휘두르고 국고를 탕진하던 간신을 일소하려 했다. 관리 대부분을 파면하자 나라를 꾸려나갈 수 없게 되었다. 슈카가 보기에 이는 시쇼의 탓이 아니었다.

간신들을 파면한 탓에 일할 관리가 부족했다. 그뿐이라면 차라리 나았다. 간신들에게 아첨하여 이익을 취하던 관리와 하관 대부분이 보란듯이 휴직하거나 집무를 거부했다. 반항하는 관리를 모조리 파면하면, 관리의 절대 수가 부족해져서 나라를 운용하지 못한다. 굴욕을 견디고, 파면한 관리를 대부분 복직시킬 수밖에 없었다. 그러자 이번에는 백성이 나무란다. 어찌해서 한번 파면한 간신을 등용하느냐고 비난의 목소리가 성난 파도처럼 밀려들었다. 파면당했다가 돌아온 고관들은 시쇼에게 감사하는 것이 아니라 오히려 이전보다 더 거만했다. 그리고 지금도 나라 구석구석에서 사리사욕을 위해 백성을 희생시키고 있다.

이런 예로 보면 결코 시쇼가 도를 그르친 것은 아니다. 도를 그르친 사람은 비난받아도 부끄러워할 줄 모르는 간신들이다. 하지만 시쇼에게도 잘못이 있다. 결과적으로 관리의 정리조차 제대로 하지 못했다. 슈카는 부왕의 말세에서 나라는 한 걸음도 전진하지 못한 것 같다고 생각할 때가 있다. 사실상 백성의 삶은 그 당시에서 조금도 나아지지 않았다. 오히려 오랫동안 축적한 것을 조금씩 허물고 있었다. 부왕이 잃었던 것이라면 시쇼 또한 잃어도 할말이 없다. 그런데 시쇼는 여전히 확신이 있다고 단언한다.

"잘못을 바로잡아야 하는데. 확신이 있다는 것은 되돌리지 못하겠다는 소리야."

"그러네요……. 그래도 역시 시쇼 님이에요. 이 상황에서 관리를 진정시키다니, 아무나 할 수 있는 일이 아니에요. 상대방에게 불신을 느끼는 것은 사실 자신이 길을 잃은 것이라. 맞는 말이에요."

세이키가 납득하며 통통한 볼에 보조개가 팰 정도로 웃었다.

"역시 평범한 사람과는 다르군요. 그런 시쇼 님께서 이대로 가만히 도를 그르치고만 계시지는 않을 거예요. 틀림없어요."

"맞아."

슈카는 초조하게 웃었다.

002

슈카의 걱정은 아랑곳없이 관리 대부분은 시쇼의 확신에 가득 찬 언동에 망설임을 떨치고 일어선 듯했다. 사이린이 실도했다는 소식은 착오일 것이다. 설사 착오가 아니더라도 더 노력하면 반드시 재국은 다시 일어나고 사이린의 병도 나으리라는 낙관적인 분위기가 조정에 가득했다. 국부는 활기를 되찾았지만, 슈카는 그것이 괴로웠다.

한편 시쇼는 이전보다 더욱 정력적으로 국부를 지휘했다. 패기만은 대단했지만 정사는 오히려 혼란에 빠졌다. 본인이 단언하는 것만큼 시쇼의 언동에는 확신이 보이지 않았다. 오히려 급속하게 갈피를 못 잡게 되었는지, 낮에 한 말을 저녁에 반대로 바꾸는 일이 자꾸 일어났다. 슈카에게는 사이린 실도 소식을 들은 시쇼가 크게 당황해 자신을 주체하지 못하는 증좌로 보였다.

고의인지 무의식인지 시쇼는 여전히 자신이 내몰려 있다는 사실을 자각하지 못한 것처럼 행동했다. 누군가 시쇼에게 사리에 어둡다고 지적하면, 반드시 혹독한 질책이 뒤따랐다. 그러나 법을 이랬다저랬다 휘두르는 데 난처해진 대사구가 시쇼에게 간하였는데 격분한 시쇼가 격렬하게 욕설을 퍼부은 끝에 경질해버린 사건에 이르러 신료들은 드디어 회피하던 것을 다시금 인정해야

했다. 시쇼는 역시 도를 잃었다.

또다시 신료들이 의기소침해진 가운데, 동틀 녘 세이키가 슈카를 들깨웠다.

"세이키?"

"모처럼 쉬시는데 죄송하지만 얼른 일어나세요. 소재小宰께서 오셨습니다."

놀란 슈카가 침상에서 몸을 일으켰다. 이런 미명에 가까운 시각에 천관청 차관이 일부러 집을 방문하다니.

"무슨 일이라더냐?"

"내밀히 할 이야기가 있답니다. 몹시 허둥거리셨어요. 저는 소재께서 진정하시도록 시중을 들 테니 되도록 빨리 오세요. 객청으로 모셨습니다."

"에이슈쿠는?"

"누님이 잠드신 뒤에 돌아오셨습니다. 또 서재에서 잠드셨어요. 준비하는 데에는 누님이 더 시간이 걸리겠죠. 안됐기는 하지만 적당히 시간을 가늠해서 깨울게요."

"그래."

슈카는 고개를 끄덕이고 허둥지둥 몸단장을 했다. 옷차림을 정돈하는 손이 떨린다. 머릿속에서 사이린이 떠올랐다. 설마 벌써…….

어지럼증마저 느끼면서 침실을 나와 객청으로 달려갔다. 소재의 창백한 얼굴을 보고 무슨 일이냐고 물으려던 순간, 에이슈쿠가 달려 들어왔다.

"무슨 일인가."

소재는 눈에 띄게 떨면서 무릎을 꿇고 인사를 올렸다.

"총재, 서둘러 좌내부左內府로 가주십시오."

"태보께…… 무슨 일이 생긴 것이냐?"

에이슈쿠 역시 같은 생각을 했던 모양이다. 그러나 소재는 고개를 가로저었다.

"태보가 아니라 태사太師가……. 태상太上께서 돌아가셨습니다."

슈카는 놀라서 에이슈쿠와 얼굴을 마주보았다. 시쇼는 등극과 동시에 친형제와 친족을 선적에 올리고 작위를 주어 왕궁으로 불러올렸다. 시쇼의 부친, 다이쇼大昌는 인격자로 유명하고, 그의 동생들도 여동생인 신시를 필두로 덕망 높은 사람들이 모여 있었다. 남동생인 준코도 고두 시절부터 시쇼를 지지한 인물이다. 시쇼는 그런 친족들에게 작위를 주고 부친인 다이쇼를 삼공의 수장인 태사로 맞이했고, 신시를 차석인 태부에 앉히고, 준코를 말석인 태보太保에 앉혔다. 그들은 관례대로 왕의 친족이 사는 동궁에 자궁自宮을 받았으니, 동궁에 사는 다이쇼에게 재난이

닥칠 리가 없고, 선적에 든 이상 급환도 걸릴 리가 없었다.

"그런 말도 안 되는…… 어찌하여……."

"그것이…… 어떤 자가 태사의 목을……."

슈카는 놀라서 소리를 지르고, 에이슈쿠는 깜짝 놀라 소재를 다그쳤다.

"불가능하네! 설마 태사가 시해당했다고 하는 겐가."

"예."

소재가 평복했다.

미명에 일어난 일이었다. 신시가 왕궁 심층부인 장명궁에서 숙직하던 하관에게 달려왔다. 전에 없이 당황한 기색으로 정전 상태가 이상하다고 했다.

신시는 시쇼의 부친, 다이쇼와 함께 장명궁에 살았다. 정전인 장명전에는 다이쇼, 별전에는 신시의 방이 있는데 그녀는 이상한 기척을 느끼고 눈을 떴다. 소리를 들었는지도 모르고, 예감이 들었는지도 모른다. 본인도 석연치 않았지만 이유도 없이 잠에서 깨서 아무래도 다이쇼가 사는 정전 쪽이 신경쓰여 장명전을 찾아갔다. 그리고 방에 들어가 이것을 발견했다. 신시는 따라온 하관에게 말하며 그것을 가리켰다.

하관은 방을 들여다보고 기겁했다. 실내는 가구가 어지럽게 쓰러져 있는 가운데 피바다고, 바닥에는 핏물이 고여 있었다. 피

웅덩이 속에 목이 거의 떨어진 다이쇼의 시신이 쓰러져 있었다.

"어머니께서 발견하셨나? 어머니는?"

"크게 놀라셨지만 괜찮으십니다."

하관은 동료를 깨워 신시를 맡기고, 동궁 문전에 대기하던 하관夏官을 부르러 가려 했지만, 당시 장명궁 문은 열려 있었고 문전에서 불침번을 서던 문지기 두 명이 다이쇼와 마찬가지로 살해된 채 발견되었다.

"그럼 누가 드나들었는지 모르는 건가. 동궁에 계시는 다른 분들은 어떻지?"

"모두 자신의 궁에 계셨습니다. 다만, 태보太保께서 보이지 않습니다."

"태보라면 준코 님이?"

"예."

소재는 백지장 같은 얼굴을 들었다.

"하관이 찾고 있으나 모습이 보이지 않습니다. 준코 님의 거처인 가영궁嘉永宮 하관에게 물은바, 태사께 가겠다는 말을 남기고 외출하신 뒤로 돌아오지 않았다 합니다."

의미심장한 침묵이 흘렀다. 왕의 아버지가 죽고 동생이 실종되었다. 이것은 무엇을 뜻하는가.

"설마……."

슈카가 나직하게 말하며 에이슈쿠를 쳐다보고는 이내 고개를 내저었다. 그럴 리가 없다. 준코는 형인 시쇼와는 대조적으로 말수가 무척 적고 얌전한 성격이었다. 그런 준코가 남을 해치다니. 심지어 다이쇼는 준코의 친아버지이기도 한데, 그를 살해할 리가 없다.

슈카의 생각을 꿰뚫어 보았는지 에이슈쿠가 고개를 끄덕였다.

"조사부터 해야지. 주상께서는 아시는가?"

"보고드렸습니다. 일이 일인지라 우선 주상과 육관장에게만 내밀히 소식이 전해지도록 지시했습니다. 주상은 태부, 태재와 함께 좌내부에서 총재를 기다리고 계십니다. 지금 당장 이야기를 나누고 싶다 하십니다."

"바로 가겠다."

에이슈쿠는 대답하고 서둘러 준비하고서 내전 좌내부로 향했다. 슈카는 에이슈쿠를 전송하고 넋을 놓고 안채 바닥에 주저앉았다.

어찌된 일이야.

왕조가 기울고 신하가 어쩔 줄 몰라 하는 이 시기에 불길한 사건이 일어났다. 하필이며 왕의 친부가 살해당하고 동생이 자취를 감추다니. 그들이 사는 동궁은 수비가 철통같은 왕궁에서도 가장 안쪽에 있다. 왕과 동궁에 사는 사람, 일상의 시중을 드는 천관을 제외하고는 아무도 들어갈 수 없는 금역, 신시는 에이슈쿠의 친어머니지만 에이슈쿠조차 동궁에 모친을 찾아간 적은 한 번도 없었다. 그들의 신변을 경호하는 하관도 동궁 문까지만 지킨다. 문만 지키면 될 만큼 그곳은 왕궁 깊숙한 곳에 있다.

'어찌하여…….'

차가운 바닥에 웅크리고 있는데 세이키가 향기를 풍기며 눈앞에 다기를 내밀었다.

"오늘은 아주 낮은 곳에 계시는군요."

"세이키……."

"자세를 낮추시는 것은 좋은 일이지만, 몸이 얼어요."

세이키는 보조개를 짓고, 슈카의 손을 끌어 의자에 앉혔다.

"자, 진정하세요. 모반은 아닌 것 같으니까요."

"모반은…… 아니다?"

"모반으로 태사를 친다고 뭐가 달라지겠습니까?"

"그래……. 맞아."

슈카는 중얼거리고서 찻잔을 잡았다. 손바닥에 감싼 찻잔이 따뜻하다.

"네 말대로 이래서는 모반이 될 수 없어. 그렇다면 누군가 사적인 원한으로 저질렀다는 소리일까. 대체 누가?"

"글쎄요. 하지만 기본적으로 동궁에 드나들 수 있는 사람은 동궁에 사는 분들을 제외하면 섬기는 천관과 동궁부를 지키는 하관, 병졸뿐이네요."

"그중 누군가라고?"

"그리되겠지만 정말로 그럴까요. 태사는 개인적인 원한을 살 만한 분이 아니시고……. 게다가 아시다시피 동궁에 검을 들이는 것은 허용되지 않으니까요. 동궁문을 지키는 하관은 검을 차고 있지만 검을 찬 채 문 안쪽으로 들어갈 수는 없어요. 주상마저 검을 차고 들어가지 못하시죠. 동궁에 사는 분들을 제외하고는요."

슈카는 찻잔을 떨어뜨릴 뻔했다.

"세이키, 설마……!"

"동궁 분들은 아니에요. 이야기는 끝까지 들으셔야지요."

"아……. 응, 그러네."

"누군가 궁을 찾아왔으니 장명궁 문지기가 살해당한 것 아닙니까. 문지기는 문전에서 불침번을 서잖아요. 하지만 동궁에 사는 분이 아니면 장명궁을 방문하기 전에 먼저 동궁 문을 지나야 하지요? 동궁 문에서 모습을 보였다면 장명궁 문지기에게 들키는 정도는 별일 아닐 거예요."

"세이키, 그러면 역시 동궁에 사는 누군가가 돼."

세이키는 부드럽게 웃었다.

"그러니까 이야기는 끝까지 들으시라니까요. 동궁 바깥의 누군가라면 반드시 동궁 문을 지날 테고, 그곳에는 많은 불침번이 있으니 모습을 들키지 않고 지날 수 없죠. 애당초 야심한 밤이라 수문졸에게 문을 열어달라고 부탁해야 하니까요. 그러면 동궁에 사는 분이라는 이야기가 되지만, 동궁의 궁은 각각 독립되어 있어요. 별개의 문이 있습니다. 어느 문이나 문지기가 있고, 야간에는 문을 닫고 숙직을 하지요. 동궁의 누군가가 장명궁을 찾아가려면 먼저 자택의 문을 나가야 하지 않겠습니까?"

"그렇게 되겠구나……."

"그렇지요? 하지만 난동을 부린 누군가는 자신의 문지기 입을 어떻게 막을 겁니까?"

"그야…… 장명궁 문지기와 마찬가지로……."

"죽이면 큰일이죠. 당연히 해치우면 문지기들은 영원히 입을 열지 못하겠지만 문지기가 살해당한 것 자체가 그곳에 사는 분이 나갔다는 증거가 되어버리지 않습니까."

"맞아."

슈카가 납득했다.

"그럼…… 누구야? 동궁 사람이 아니고, 동궁 바깥 사람도 아니라니."

"순리대로 생각하면 자취를 감춘 준코 님이 가장 의심스럽겠지만, 저도 준코 님은 아닌 것 같아요."

세이키는 그렇게 말하고 나서 문득 고개를 갸웃했다. 그 얼굴에 형용할 수 없는 기묘한 표정이 떠올랐다.

"왜 그러니?"

"아니…… 아무것도 아닙니다. 이상한 생각이 들었을 뿐이에요. 아마 아무 관계도 없을 겁니다."

"그게 뭔데?"

세이키는 머뭇거리다 정말로 관계없을 거라고 못을 박고 나서 난처한 듯이 웃었다.

"아뇨, 문이 하나 더 있다는 게 생각나서요."

"하나 더?"

"예. 동궁 안쪽에."

슈카는 눈을 부릅떴다. 분명히 있다. 후궁에서 동궁으로 들어가는 문이 있다. 그 문을 지나면 동궁문을 지나지 않고 동궁으로 들어갈 수 있다.

"시쇼……."

분명히 시쇼만은 가능하다. 시쇼는 야간에 왕의 거궁居宮인 정침에서 쉬는데, 정침 안쪽은 후궁이다. 처첩을 거느리지 않은 시쇼의 후궁은 텅 비었다. 그리고 후궁 안쪽에는 틀림없이 동궁으로 가는 문이 있다. 후궁은 안 쓰는 모든 궁을 닫았고 드나드는 문도 닫혀 있으니 문지기가 없을 것이다. 다시 말해 정침에 있던 사람이라면 쪽문의 빗장만 풀면 누구에게도 들키지 않고 동궁으로 들어갈 수 있다.

"아아, 그렇게 새파랗게 질릴 거 없어요. 그러시 마세요, 이런 건 시답잖은 소리일 뿐이니까요."

"그렇지만……."

슈카의 머릿속에 생각이 스쳤다. 시쇼는 대사구의 충언에 격분해 그를 매도하고 경질했다. 요즘 시쇼는 의기양양한 행동에 반해 명백히 도가 지나쳤다. 만약 다이쇼가 시쇼를 나무란 끝에 말다툼이 되었다면…….

"안 돼요, 안 돼. 애초에 동궁이든 후궁이든 격벽으로 가로막혀 있을 뿐이잖아요. 왕궁에서는 기수를 타면 안 되지만, 관례가 그렇게 되어 있을 따름이지 타지 못하는 것은 아니니까요. 날 수 있는 기수가 있다면 격벽 따위 별것도 아니에요. 왕궁을 둘러싼 운해를 넘으면 타국 사람일지라도 동궁에 들어갈 수 있다고요. 격벽과 문은 기분상으로만 동궁을 가로막고 있지 실제로는 장애물이 못 돼요."

"그래……. 그래."

세이키는 시원스레 고개를 끄덕이고서 낯빛이 흐려졌다.

"그보다 태보台輔가 걱정이네요. 왕궁에서 이런 일이 벌어지다니, 몸에 해가 가지 않아야 할 텐데."

003

이튿날, 다이쇼의 죽음을 천관이 공표했으나 사인은 언급하지 않았다. 죽을 리가 없는 태사의 부보에 관리는 당혹스럽고 불안한 기색이 짙어졌다. 그날 조의 자리에 시쇼는 끝내 모습을 드러내지 않았다. 이튿날도 조의에 나타나지 않다가 저녁이 되어 갑자기 사이린이 다스리는 절주부節州府에 만취한 상태로 나타나 신료들은 크게 당황시켰다. 그리고 그날 밤, 슈카와 세이키가 함께 좌내부에 불려갔다.

좌내부에서 천관과 같이 기다리던 에이슈쿠는 지칠 대로 지친 얼굴이었다. 다이쇼의 부보 이후 에이슈쿠는 관저로 돌아가지 못했다. 에이슈쿠뿐만 아니라 천관과 하관, 추관은 그날부터 줄곧 내전과 외전을 오가며 제대로 눈도 붙일 새가 없는 상황이었다. 에이슈쿠는 당연히 피곤할 만했지만, 슈카는 오랜만에 본 남편의 여윈 모습에 적잖이 놀랐다.

"두 사람에게 묻고 싶은 것이 있어. 특히 세이키, 너."

"저요?"

에이슈쿠는 세이키를 의자에 앉히고 탁자를 끼고 맞은편에 앉았다. 주위에는 태재와 소재 들이 서 있었다.

“태사께서 돌아가신 날, 네가 준코 님과 이야기를 나누었다고 들었다만.”

세이키는 눈을 깜빡였다.

“준코 님과, 아, 예. 송하원松下園에서 뵈었습니다. 형님께 갈아입을 옷을 전하러 이쪽에 들렀다가 돌아가는 길에 뵙고 정자에서 잠깐 이야기를 나누었어요.”

“무슨 이야기였지?”

슈카는 불안에 휩쓸려 말에 끼어들었다.

“그게 대체 어떻다는 겁니까? 그 뒤에 준코 님은…….”

“행방은 아직 모른다. 준코 님은 그날 밤중에 태사, 태부와 함께 삼공부를 나가 가영궁으로 돌아오셨다가 바로 나가셨어. 준코 님의 시종 말로는 장명궁에 간다, 언제 돌아올지 모르니 시간이 되면 문을 닫아도 된다는 말씀을 하고 나가셨다고 한다. 그리고 그대로 궁으로 돌아오지 않으셨어. 동궁 문도 지나지 않았고, 도무지 행방을 찾을 수가 없어.”

다이쇼의 유체는 누군가 등뒤에서 한칼에 베었음을 시사했다. 평범한 사람이라면 마땅히 치명상이었을 깊은 상처였지만, 다행인지 불행인지 다이쇼는 선인仙人이었다. 베이고도 도망쳤고, 칼

부림이 뒤따랐다. 다이쇼는 크고 작은 상처를 여섯 군데 입었고, 쓰러진 다이쇼의 목에 내려쳐진 한칼이 왕부의 목숨을 빼앗은 듯하다고 에이슈쿠는 얼굴을 찡그리고 이야기했다.

"그 탓이겠지. 장명전 안이 온통 피바다에 참담한 상황이었어. 방안은 물론이고 회랑에도 피 웅덩이가 생겼어. 하지만 그것을 보고 대사마大司馬가 이상하다고 하더군. 한 사람의 혈흔치고는 너무 많은 것 같다고."

"설마 준코 님까지……."

"모르겠어. 방에 있던 깔개가 사라졌으니 범인이 준코 님까지 살해하고 운반했을 가능성도 있다. 어쩌면 반대로 준코 님은 범인을 처치하고 자신이 저지른 죄에 당황해 도망쳤을 가능성도 있지. 또는 준코 님이 태사를 덮치고, 자신을 도운 이의 입을 막기 위해 해쳤을 수도 있다."

"그럴 리가요. 준코 님은 그런 분이 아니십니다!"

슈카가 외치자 에이슈쿠는 깊은 한숨을 내쉬었다.

"슈카, 준코 님은 주상께 역심이 있다는 소문이 있었어."

"뭐라고요?"

슈카가 소리쳤다.

"설마."

"나도 못 믿겠어. 그러니까 단순히 소문이라고 믿었지. 너무

잘난 형을 질투하여 원망하다, 주상께 문제가 생긴 시기에 무슨 짓을 저지르지 않겠느냐는 이야기였는데, 천박한 억측이라고 제대로 듣지도 않았어. 한데……."

에이슈쿠는 말을 끊었다. 그리고 다시 세이키를 바라보았다.

"그래서 너에게 꼭 묻고 싶다. 송하원에서 준코 님과 무슨 이야기를 했지? 평소와 다른 모습은 보이지 않더냐?"

"아니요."

세이키는 입을 열었다가 갑자기 다물었다.

"아뇨, 그러고 보니 그날 준코 님은 평소와는 조금 다르셨습니다."

분명히 변사가 있던 날, 해가 질 무렵이었다고 세이키는 증언했다. 내전의 좌내부에서 돌아가는 길에 송하원을 지나는데 회랑 한쪽 정자에 앉아 있는 준코를 만났다. 준코는 생각에 잠겨 있는 눈치였다. 말을 걸기 꺼려졌지만 그렇다고 무시하지도 못하고, 무릎을 꿇고 인사만 했다. 그러자 준코가 먼저 말을 걸었다고 한다.

"세이키, 오랜만이로구나. 이런 곳에서 무얼 하느냐."

준코는 심각했던 얼굴을 누그러뜨리고 세이키에게 물었다. 태보太保인 준코는 작위로는 세이키보다 아득히 높은 곳에 있지만,

같은 수양어머니, 태부인 신시 밑에서 자랐다. 그래서 고두 시절부터 무척 편한 사이였다.

"오랜만입니다. 형님께 갈아입을 옷을 전하러 다녀오는 길이에요."

세이키의 대답에 준코는 "그래" 하며 중얼거리더니 이내 표정이 어두워졌다.

"에이슈쿠는 날마다 좌내부에서 지낸다더구나. 속이 많이 상했겠지."

"주상 일이라면 걱정이 많아지는 분이니까요."

세이키가 웃었다. 준코도 슬쩍 웃고, 풀이 죽은 침통한 모습으로 깊은 한숨을 내쉬었다. 준코는 빈상에 마르고 왜소한 남자지만 이날은 평소보다 낯빛도 나쁘고 한층 더 작고 볼품없어 보였다.

"주상이 조금 더 냉정하게 에이슈쿠의 말에 귀를 기울여주시면 좋으련만. 요즘은 완전히 도를 잃으셨어."

"주상도 조금 초조해지신 거겠지요."

"그런 것이라면 좋겠구나."

준코는 나직하게 말했다.

"주상이 자신이 처한 상황을 알고서 초조해하시는 것이라면 위안이 되겠다만. 내 눈에는 아무래도 그렇게 보이지 않아……."

날이 갈수록 불안해지는구나. 이런 불손한 마음이 드는 것은 나뿐일까."

"불안하시다고요?"

준코는 진지한 표정으로 고개를 끄덕였다.

"태보台輔가 몸져누워 계시니 주상이 나아가는 길 어딘가에 문제가 있는 것이 아닐까. 그런데 고집스럽게 확신이 있다고 말씀하시지."

"아아……. 네, 그러네요."

"주상이 도리에 어긋났다고 보지는 않아. 하지만 비도非道가 아닌 것이 곧 정도正道라는 법은 없지. 주상이 틀림없이 정도를 걷고 계신다면 태보께서 몸져누울 리가 없고, 나라가 수습되지 않을 턱이 없어……."

"예에."

세이키는 대답을 흘렸다.

"주상도 아시니까 괴로워하시고, 또 고민하셨겠지. 아버지나 숙모께도 몇 번이고 상담하시고 나 같은 사람한테까지 의견을 구하셨어. 그런데 요새는 확신이 있다고 하신다. 그것도 저리 고집스럽게."

시쇼가 작년 말까지 심히 고민하며 자주 신시 등이 있는 삼공부나 동궁을 찾는다는 이야기를 세이키도 들었다.

삼공은 사이린과 함께 왕을 보필한다. 관리로서의 지위는 재보 밑이지만, 재보를 보조하는 것은 아니고 어디까지나 왕의 상담역이자 교사이다. 그런 삼공을 빈번히 찾으며, 거궁까지 걸음을 한 것만으로도 시쇼가 얼마나 고민했는지 알 수 있다. 그런데 시쇼는 갑자기 긍정적으로 변했다. 해가 바뀌고 사이린이 자주 건강 이상을 호소하고, 설마 최악의 상황인 그 병의 징조가 아니냐는 목소리가 여기저기서 들린 무렵부터다.

세이키는 고민하다가 문득 준코를 올려다보았다.

“준코 님이 일전에 태보께 받은 화서화타를 주상께 헌상하셨다고요.”

시쇼의 고민은 한마디로 말해 이상의 시비를 가리는 것이리라. 이상을 향해 길을 깔았다고 생각했건만 나라는 한 걸음도 이상에 가까워지지 않았다. 그러면 화서화타가 바로잡아줄 것이다. 시쇼의 꿈속에 나라의 이상적인 모습을 비추어줄 것이다.

준코는 고개를 끄덕였다.

“전혀 갈피를 잡지 못하시는 듯했으니 조금이라도 도움이 되었으면 했지. 화서화타라면 그 망설임을 없애주지 않을까 했다만…….”

“주상은 화서화타를 쓰지 않으셨던 걸까요.”

“글쎄. 다만, 내가 그것을 드렸을 때 기분이 몹시 상하신 듯했어. 태보께 드린 것을 빼앗아 형에게 수치를 주느냐고 혼이 났으니……."

"저런."

"아무튼 받아주시기는 했어. 어쩌면 태보께 돌려주셨는지도 모르겠군."

"그러지는 않으신 것 같아요. 지난번에 누님께서 태보를 만나셨을 때 화서화타를 가지고 계시지 않았다고 하셨으니까요."

그 대신에 안고 있던 나뭇가지. 바싹 마른 나뭇가지가 사이린의 볼에 생채기를 내는 것이 너무나 가여워서 슬펐다고 했다.

"그랬나. 그럼 역시 화서화타를 썼기에 태도가 달라지신 건지도 모르겠군. 시기도 딱 맞아."

세이키가 눈을 깜빡였다.

"그게…… 무슨……? 주상의 이상은 틀리지 않았다고 화서화타가 보증했다는 말씀이십니까?"

"그럴 리가 없지."

준코는 웬일로 딱 잘라 말했다.

"그렇지 않았기에 형님은 저런 태도로 나올 수밖에 없지 않았겠나."

"예……?"

"형님은 여태껏 틀린 적이 없어. 언제든 형님이 옳았지. 나는 그것이 불안하구나. 한 번도 틀리지 않은 사람이 단 한 번, 그것도 국정이라는 거사에서 과오를 저질렀을 때, 잘못을 인정할 수가 있을까."

'아아, 그렇구나.'

세이키는 납득했다. 시쇼는 지금까지 자신의 잘못으로 좌절을 겪어본 적이 없을 것이다. 자기 잘못의 증좌와 대치하자, 도리어 자신의 정의를 고집하는 상황은 충분히 있을 법했다.

세이키는 한숨을 쉬었다. 자연스레 무거운 한숨이 새어 나왔다. 좌절을 인정하지 못한다면 시쇼는 돌이킬 도리가 없다. 이대로 가다가는 언젠가 시쇼의 명운이 다하고 만다. 에이슈쿠와 슈카에게는 벗이고, 세이키에게도 존경하는 도당의 우두머리이며, 함께 신시 밑에서 자란 사이인 시쇼가 사이린과 함께 불귀의 객이 된다.

"어쩌다 이렇게 되었을까요. 주상께 무슨 잘못이 있는 건가요."

"너는 형님의 정도를 조금도 의심한 적이 없니?"

준코의 물음이 뜻밖이라 세이키는 고개를 갸웃했다.

"없어요. 준코 님은 있으세요?"

세이키가 묻자 준코는 잠시 망설이듯이 입을 다물었다. 이내 자기 옆을 가리키며 앉으라고 권한다. 세이키는 정자 구석에 앉았다.

"나는 형님이 지향하는 것이 정말로 이상적인 나라의 모습인지 의문스러워. 솔직히 말하면 줄곧 그렇게 느꼈단다."

준코는 그렇게 말하며 울 것 같은 표정으로 웃었다.

"새삼 이런 소리를 하다니 비겁해 보이겠지. 스스로도 비열하다고 생각한다. 그래도 나는……."

"그렇게 생각하지는 않지만……."

준코는 걸물인 형을 줄곧 숭배해왔다. 시쇼가 고두를 만들자마자 형 곁으로 달려가 형에 비해 우둔한 동생이라는 비웃음을 당하면서도 반발하지 않고 시쇼를 위해 고생을 마다않고 애썼다. 그런 준코가 형에게 이론異論을 외칠 수 있었겠는가.

"그래."

준코는 안도한 듯이 고개를 떨어뜨렸다.

"나는 작은 의문을 느꼈어. 형이 이상적인 모습으로 이야기하는 나라는 지나치게 훌륭하게 보였어. 이 정원처럼."

준코는 정자 출입구로 보이는 송하원 풍경을 가리켰다.

"깊은 계곡 풍경이야. 초록색으로 뒤덮인 석가산이 있고 완벽하게 아름다운 돌이 만드는 봉우리가 있고, 벼랑 위에는 샘이 솟아 맑은 흐름을 이루지. 심산유곡의 경치를 만든 것이겠지?"

"아……. 그렇겠지요."

"하지만 저 봉우리는 처마 높이만큼도 되지 않아. 모든 것이 실제보다 작지. 어차피 인간이 만든 경치란다. 작기 때문에 사람 손으로 만들 수 있고, 이렇게 정비할 수가 있지. 시냇물 쪽으로 뻗은 소나무는 모두 가지를 깔끔하게 다듬었어. 잡초 한 포기도 없거니와 티끌이 흐름을 더럽히는 일도 없지. 이 경치에서는 흉한 것을 모조리 배제했지."

준코는 일어나서 출입구 너머를 바라보고는 세이키를 돌아보았다.

"이 풍경 안에는 나처럼 특출난 재주도 없고 본때도 없는 사람이 있을 곳이 없어."

"준코 님, 그런 말씀은……."

"위로할 필요는 없다, 세이키. 나도 제 기량 정도는 잘 안다. 분명히 형님은 걸물이지. 늘 바르고 그르치는 법이 없어. 나 같은 사람과는 전혀 다르지. 형님은 언제나 나에게 이상의 재국을 말씀하셨다. 정말로 훌륭한 나라였지만, 나는 조금 적적했단다. 형님이 말씀하시는 재국에는 나 같은 사람이 있을 곳이 없는 것 같았거든."

준코는 손을 꽉 쥐었다.

"하지만 세상에는 나 같은 사람이 많지 않겠느냐."

"하오나……. 그래도……."

"형님은 무척 훌륭해. 너도 에이슈쿠도 고두에 있던 사람들은 모두 훌륭해서 나에게는 눈이 부셨지. 하지만 백성 대부분은 나 같은 사람이야. 다른 사람이 보기에는 잔챙이에 우둔하고 꼴사나운."

"준코 님, 형님도 누님도 절대로……."

준코는 고개를 거세게 가로저었다.

"현실의 인간에게는 흠이 있단다. 부족함이 있지. 모두가 형님처럼 완벽하지 않아. 나는 형님이 말씀하시는 이상이 이 정원을 만들려는 것처럼 들렸다. 하나, 나라를 만든다는 것은 진짜 심산유곡을 만드는 것이 아니잖니. 현실은 이런 작은 돌이 아니야. 진짜 암벽을 움직이고 아름다운 봉우리를 만들고, 물을 움직여 수목을 움직이고 경치를 정비하는 것을 과연 인간이 할 수 있을까."

"그건…… 확실히 무리겠지요."

"나에게는 형님이 말씀하시는 재국이 아름다운 몽환처럼 들렸어. 하지만 그것이야말로 이상이라 부르는 것이리라고 생각했지. 이상의 재국은 만들 수 없어. 형님도 그 사실을 알고, 늘 염두에 두고 한 걸음이라도 다가가려고 애쓰는 게 아닐까. 이상이란 그런 것이기에 아무리 높아도 되고, 높기 때문에 이상이라 할 수 있겠다고 말이야."

"예……."

"하지만 형님은 정말로 그것을 실현하고자 하신다. 그런 나라는 나한테는 감옥이야."

"준코 님."

"그렇지 않느냐? 형님이 마음속에 그리는 나라에는 어리석고 무능한 사람이 있을 곳이 없어. 관리는 모두 도를 분별할 줄 알고, 결코 사욕에 빠지지 않으며 근면하고 유능해야 하지. 백성은 모두 도를 지키고 선량하고 겸허하며 부지런해야 해. 그렇지 않은 자의 존재는 처음부터 들어가 있지 않으니까. 그럼 그렇지 못한 백성은 어디로 가면 될까? 나라에서 쫓겨나나, 처형당하나, 아니면 절대로 나쁜 마음이나 나태함이 고개를 내밀지 않도록 감시받고 교정당하는가?"

"그게 그러니까……."

"형님이 지향하는 나라가 그렇다면 나에게는 감옥이나 다름없다. 나에게 이상적인 나라는 그런 곳이 아니야. 다소의 태만이나 교활한 행동이나 어리석음이나 무능을 포용하는 여유가 있는 나라지. 요즘 나는 진짜 이상향이란 그래야 하지 않을까 싶구나."

"그럴 수도 있겠군요."

"하지만 지금도 형님은 자신이 정한 이상을 현실로 만들기 위해 매진하고 계셔. 실현될 리 없는 이상의 국가를 향해 돌진하면서 조금도 의심하지 않고 있어. 나는 형님이 틀렸다고 생각한다. 그리 간언하였지만 조금도 귀를 기울여주시지 않는구나……."

세이키가 쳐다본 준코의 옆모습은 비장한 표정을 짓고 있었다.

"그런 말씀을 하고 준코 님은 입을 다물어버리셨어요. 그래서 찜찜한 채로 퇴출했는데 그 뒤로 뵙지 못했습니다."

세이키의 말에 에이슈쿠는 무거운 침묵을 지켰다. 세이키는 멋쩍게 에이슈쿠를 올려다보았다. 슈카가 이야기에 끼어들었다.

"분명히 준코 님의 말씀은 주상에 대한 비판이기는 하나, 만에 하나 준코 님께서 주상께 역심을 품고 있었더라도 태사를 해칠 필요가 어디에 있나요?"

"그것은 그렇다만……."

그보다 오히려……. 슈카는 입 밖으로 나오려는 말을 가까스로 눌러 삼켰다.

준코는 삼공부에서 돌아오자마자 장명궁으로 갔다. 태사이자 부친인 다이쇼에게 자기 생각을 전하러 갔으니 혹시 의논하려 한 것은 아닐까. 다이쇼가 준코의 말에 일리가 있다고 인정하는 자리에 시쇼가 스스로 오든 다이쇼와 준코가 부르든 하여 모습을 드러낸다. 두 사람은 시쇼를 나무랐고 언쟁이 오갔다. 격앙한 시쇼는 다이쇼를 해치고 간신히 달아난 준코는 시쇼가 두려워 왕궁에서 도망친다.

"그래……. 준코 님이라고는 생각할 수 없어요. 태사는 목이 잘렸다 하지 않았나요."

에이슈쿠는 어리둥절해하며 고개를 끄덕였다.

"준코 님께서 그러실 수 있을까요? 준코 님은 고두 시절부터 제대로 무기를 잡으신 적이 없었어요. 당신도 기억하죠?"

민중과 함께 싸워야 할 때도 준코는 무서워서 무기를 들려 하지 않았다. 일부에서는 그런 준코를 뒤에서 손가락질하고 한심하다고 비웃었다.

"그래, 그랬지."

"제대로 무기를 든 적도 없고, 검술도 모르는 준코 님이 한칼에 치명상을 입히고, 목을 칠 수가 있을까요."

에이슈쿠는 생각에 잠겼다.

"틀림없이 검술을 아는 자의 소행이겠지……."

"준코 님이 아니에요, 에이슈쿠. 준코 님은 불가능해요."

에이슈쿠는 그럴지도 모른다고 수긍하고 허공을 응시했다.

"하면 누가?"

에이슈쿠는 나직하게 되묻다 눈을 부릅떴다. 깜짝 놀라 슈카를 바라보았다. 슈카는 작게 고개를 끄덕였다. 에이슈쿠도 그 무시무시한 가능성을 깨달은 것이다.

에이슈쿠는 당황하며 다른 사람들을 살피고서 깊고 무거운 한숨을 내쉬었다. 슈카 또한 실의를 담아 한숨을 내쉬었다. 그때였다.

방문이 벌컥 열렸다. 갑옷을 입은 금군 병졸들이 쏟아져 들어왔다. 선두에 선 좌군의 사수師帥가 일동을 향해 서장을 내밀었다.

"총재 및 대사도, 태재 및 소재는 모반이 의심되어 신병을 구속한다."

004

슈카는 경악했다. 에이슈쿠와 다른 이들도 마찬가지였다. 그게 어찌된 일이냐고 한목소리로 외친 항의도 허망하게 전원이 오라를 받고 좌내부에 있는 방에 처넣어졌다. 대사구가 경질된 뒤 여전히 자리가 비어 있는 장을 대신해 추관을 지휘하는 소사구가 찾아오고서야 사정을 알았다.

"모반 음모를 꾸민 준코가 그 사실을 아신 태사를 살해하고, 궁성에서 달아난 것으로 의심된다. 그리고 대사도."

소사구가 무표정하게 부르자 슈카는 오라를 진 채 고개를 들었다.

"그대는 준코와 친분을 맺고, 태보台輔와 짜고 실도라는 소문을 날조한 것이 밝혀졌다."

슈카는 아연실색하여 입을 열었다.

"잠시만요. 태보가 편찮으신 것이 연극이란 말인가요."

사이린이 몸 상태를 위조하고, 그런 사이린과 결탁한 슈카가 면회 뒤 실도라고 증언했다. 그리 말하고 싶은 것인가. 사이린마저 모반에 협력했다고? 어느 세상에 자국의 왕에게 반기를 드는 기린이 있는가. 외치려던 슈카의 입을 소사구는 짧은 말로 가로막았다.

"반발은 용납 못 한다."

어조는 강했지만 그의 얼굴에는 괴로움의 기색이 깊었다. 소사구도 그런 터무니없는 이야기를 믿지 않는 것이다.

"총재는 자신의 하관을 시켜 준코와 밀통하도록 했겠지. 하관이 때때로 준코와 밀회하는 모습이 목격되었다."

"제 말을 들어주십시오."

세이키가 외쳤지만 완전히 묵살당했다.

"태재, 소재 및 당일 동궁 문을 경호한 금군 좌군 장군은 모두 준코의 흉행을 돕고 도주를 도왔다. 또한 총재와 결탁해 태사의 억울한 죽음을 마치 생각지도 못한 급사처럼 위장해, 흉행 자체를 없던 일로 꾸미고자 했다. 이 또한 이미 밝혀졌다."

소사구는 눈을 내리뜬 채 마치 책을 읽듯이 담담히 죄상을 고했다.

"한 사람도 빠짐없이 추관의 통지가 있을 때까지 자택에서 칩거하라. 온정으로 오라를 푸는 것은 허락하지만, 관저는 병졸이 봉쇄한다. 저택을 나가서는 안 되고 다른 이와의 연락도 불허함을 명심하라."

그렇게 고한 소사구는 사람들을 흘끔 보고 사죄하듯이 고개를 숙였다. 에이슈쿠가 석연치 않은 표정의 병졸들에게 끌려나가면서 조용히 말했다.

"한 가지만 묻고 싶네."

소사구는 고개를 돌린 채 대답이 없다.

"이것이 주상의 결론인가……."

소사구는 대답 없이 그저 고개만 깊이 떨구었다.

그들은 오라를 진 채 연조 남쪽에 있는 관저로 연행되어, 안채에 들어가서야 간신히 오라를 풀었다. 문은 바깥에서 걸어 잠겼고 갑옷을 입고 무기를 든 병졸에게 포위당했다.

"형님, 누님, 죄송합니다."

방으로 들어오자마자 세이키가 울 것 같은 목소리로 말했다.

"제가 준코 님과 이야기를 나눈 탓이에요. 큰일에 휘말리게 해버렸어요."

"세이키, 그렇지 않아."

슈카는 바닥에 주저앉은 세이키의 어깨를 안았다.

"네 탓일 리가 없지 않니."

"하오나……."

슈카는 고개를 가로젓고 에이슈쿠를 쳐다보았다.

"에이슈쿠, 이 사태는……."

슈카는 입을 열었지만 묻지 않아도 알고 있었다. 시쇼는 준코가 모반했다고 믿고 있다. 다이쇼가 살해당한 밤에 진짜 무슨 일이 있었는지는 모른다. 어쩌면 슈카의 의심대로 시쇼가 다이쇼와 준코를 해쳤는지도 모르고, 두 사람의 간언이 역린을 건드린 탓인지도 모른다. 아니면 시쇼는 사건과 관계가 없고 준코가 다이쇼를 해치고 도망쳤다고 믿는 것인가. 어찌되었든 시쇼는 준코의 행동을 소문대로 모반이라고 판단했다. 준코와 세이키가 이야기를 나눈 탓에 에이슈쿠는 공범으로 의심받고, 아내이자 사이린과 유일하게 면회한 슈카 또한 공범을 의심받게 되었다.

"시쇼는 어찌하여……."

에이슈쿠는 방심한 듯이 의자에 무너져내렸다.

"태보까지 의심하다니 말도 안 돼요. 시쇼는 제정신이 아니에요."

"제정신일 리가 없지."

에이슈쿠는 나직하게 중얼거렸다.

"실도한 왕이니까."

슈카는 숨을 삼켰다.

"모반은 사형이다……. 우리는 각오해야 해."

"정말로 시쇼가 우리를요? 시쇼는 이런 것을 진심으로 믿고 있을까요? 준코 님이 모반이라뇨. 나나 당신이 거기에 가담하다뇨."

"태보를 의심할 수 있다면 다른 누구도 의심을 피하지 못하겠지."

에이슈쿠는 힘없이 말하고 슈카와 세이키를 바라보았다.

"슈카, 시쇼의 말이 맞았어."

"말이 맞았다고요?"

"상대방을 믿지 못하는 경우 대개 그건 상대방이 아니라 자신에게 확신을 잃은 거야. 시쇼는 준코를 의심하는 것이 아니겠지. 그저 자신이 도를 잃은 것을 알았기 때문에 준코 님의 모반도 가능하지 않을까 싶었던 걸 거야……."

"그럴 수가……."

"현 상황에 가장 괴롭고 동요한 사람은 당연히 시쇼 아니겠나. 시쇼에게는 높은 이상과 자부심이 있었어. 그런데도 실패해버렸지. 시쇼는 실패를 인정하지 않는 척 가장했지만, 적어도 재국이 화서의 나라가 아님은 통감하고 있겠지. 더 좋은 나라로 만들 수 있었을 거야. 좋은 왕이 될 수 있었을 거야. 그것을 가장 끔찍하게 여길 사람은 당사자인 시쇼가 아닌가."

"그렇겠죠……."

"시쇼는 자신이 마치 부왕扶王 같다는 생각을 할 수밖에 없었을 테고, 그렇다면 역심을 품은 자가 있어도 무리가 아니라고 느꼈겠지. 자신을 심히 경멸하고 미워하고 있겠지. 차라리 처형하고 싶다고 생각할지도 몰라. 준코나 나나 당신도."

슈카는 손으로 얼굴을 덮었다. 하지만 시쇼가 진짜로 경멸하고 미워하는 사람은 자기 자신이다.

"시쇼의 명운은 정말로 다하고 있군."

슈카는 고개를 들었다.

"우리는 어찌될까요……. 아니, 태보는요?"

"글쎄."

에이슈쿠는 나직하게 말을 흘렸다.

"처형당한다면 적어도 우리는 시쇼의 파멸을 보지 않아도 돼……."

이튿날, 방에 웅크리고 있던 그들 곁으로 다시 소사구가 찾아왔다. 방으로 들어온 뒤 병졸에게 바깥에서 문을 닫게 한 소사구는 비탄이 가득한 얼굴로 슈카를 보았다.

"이렇게 되다니, 정말로 면목이 없습니다."

작게 말한 소사구는 창백한 얼굴로 서장을 내밀었다.

"주상은 태보를 주국으로 보내실 겁니다."

"말도 안 돼. 태보는 건강이……."

슈카의 말에 소사구는 비통하게 고개를 저었다.

"아마도……. 그래서 보내시는 것이겠지요. 주상은 더는 곁을 지킬 수가 없는 겁니다."

"아아."

슈카가 신음했다. 시쇼는 병든 사이린의 존재를 견디지 못하는 것이다.

"두 분께서 태보를 전송하라 하십니다."

소사구는 세이키를 바라보았다.

"수종隨從은 필요한 만큼 데려가는 것을 허락합니다. 고수의 봉하奉賀까지 태보를 전송해주십시오. 주국 분들이 맞으러 와주신답니다. 태보를 사자에게 확실히 넘기고 신변을 정리한 뒤 두 분은 읍녕으로 돌아오시랍니다."

슈카는 어리둥절한 표정을 지었다. 소사구는 고개를 끄덕였다.

"돌아오신 다음에 정법에 따라 모반을 문초하여 처형을 내린

답니다. 주상은 두 분께 돌아와서는 안 된다고 하신 겁니다."

슈카는 말을 잃었다. 이것이 오랜 동료를 향한 시쇼의 온정이다. 사이린을 데리고 주국으로 가서 돌아오지 말라고 한다. 돌아오면 모반이란 죄목을 들어 관례대로 처형해야만 하니까.

목숨을 아깝게 여겨주었다는 생각에 눈물이 흘렀다. 시쇼는 여전히 에이슈쿠와 슈카에게 우애를 느끼는 것이다. 그런데도 모반죄를 물어야 한다. 그럴 리가 없다고 일축할 수 없는 시쇼의 심정을 생각하자 너무나도 비통했다. 간언에 귀를 기울이고, 약한 소리를 하며 의논하고, 손을 잡고 왕조를 다시 일으킬 수조차 없을 만큼, 이미 시쇼는 내몰렸다. 모반 따위 있을 리 없다고 단언할 수 있을 만큼 자신을 믿지 못했다. 아마도 경멸하겠지, 멸시하고 미워하겠지, 그 탓에 모반이겠거니 생각하면서도 사형을 내리는 것은 견딜 수 없노라고.

소사구는 떨리는 손으로 선지宣旨를 에이슈쿠에게 쥐여주었다.

"부디…… 주상의 마음을 헤아리시고 부디 돌아오지 마십시오. 재국을 떠나 조정 말기를 기다리시기가 필시 괴로우시겠으나, 두 분이 돌아오시면 주상은 더욱 괴로운 죄를 짊어지셔야 합니다."

"알겠다."

에이슈쿠는 나직하게 대답하고 소사구의 손을 잡았다.

"그대가 괴로운 역할을 맡았군. 고충은 헤아리고도 남네. 진심으로 고마워."

소사구는 깊이 고개를 숙였다.

"불손하지만 주상을 대신하여 앞날의 행운을 빕니다."

또다시 하루가 지나고, 심야에 슈카는 궁성 문이 있는 고문皐門에서 사이린과 재회했다.

"태보……. 몸은 어떠십니까."

하관夏官이 짊어지고 와서 내려놓은 가마를 들여다보고 슈카는 무릎을 꿇었지만, 슈카를 향한 사이린의 시선에는 감정의 빛이 보이지 않았다. 에이슈쿠는 수척해진 얼굴을 처음 보고 경악한 모양이었다. 가마 안에 축 늘어져 누워 있는 소녀는 텅 빈 눈을 하고 한 손으로 마른 나뭇가지를 꼭 쥐고 있었다. 사이린은 이목을 꺼리듯이 그대로 낡은 마차로 옮겨졌다. 사이린을 돌보기 위해 붙인 여관은 고작 세 명, 슈카 일행 역시 마찬가지로 초라하게 꾸민 마차에 탔다. 연좌제가 미칠 것을 염려해 세이키 외에 여섯 명 있던 하관下官을 모두 데리고 왔다. 그들은 말없이 세 번째 마차에 탔다.

심야의 고문은 꼭 닫혀 있었다. 주위에는 보는 사람도 없고, 그저 병졸이 마차 세 대를 포위하고 있을 뿐이었다. 고삐를 쥔 사람은 모두 하관夏官, 호위인지 감시자인지, 둘 다인지 마차마다 각각 병졸 다섯 명이 따랐다. 이윽고 고문이 조용히 열렸다. 소사구가 유일하게 지켜보는 가운데 일행은 궁성을 나섰다. 더없이 쓸쓸한 출발이었다.

고수까지는 마차로 한 달 이상, 사이린과 동행하므로 숙소는 일절 잡을 수 없다. 일행은 마차 안에서 잤고, 마차는 야간에도 고수로 향했다. 덮개로 뒤덮은 마차는 초라한 겉모습과 달리 내부는 나름대로 갖출 것을 갖추었다. 하지만 그렇다고 편할 리가 없으니 힘들기만 한 여정이었다.

더욱 괴로운 것은 사이린의 병이 깊다는 점이었다. 사이린은 마차 안 침상에 허탈한 듯이 누운 채, 때로 정신이 들면 백성이 가여워 울고, 울다 지치면 시쇼를 원망하며 비통한 소리를 질렀다. 일렬로 달리는 여정 속에서 타고 있는 마차는 달라도 사이린의 비명과도 닮은 목소리는 슈카 일행의 귀까지 똑똑히 들렸다. 여정이 후반부에 접어들면서부터는 시중을 드는 여관마저 고역을 견디다 못해 울음을 터뜨렸다. 초췌해질 대로 초췌해진 여관을 대신해 때로는 슈카가 시중을 들어야 했다. 시중을 들 때는 귀를 막을 수도 없고 눈을 피할 방도도 없다.

"전부 죽어버릴 거야. 국토가 피로 더럽혀지겠지, 슈카."

"태보, 그 같은 말씀은……."

"아니. 주상은 재국을 버리셨는걸. 앞으로 무시무시한 시대가 올 거야. 요마가 들끓고, 들끓는 요마의 습격 이상으로 주상이 백성을 찢어발기고 말 거야. 나도……."

사이린은 두 손으로 마른 가지를 쥐었다.

"나도 슈카노, 모두 살해당하겠지. 주상은 그렇게 재국을 죽일 거야."

"당치도 않습니다."

슈카는 어떻게든 사이린을 달래려고 괴로운 거짓말을 되풀이했다.

"주상은 태보의 건강을 걱정하고 계십니다. 어떻게 태보께 위해를 가할 수가 있나요. 주국에서 푹 쉬라는 것입니다. 부디 마음을 편히 먹으시고……."

"아니야. 주상은 버렸어. 우리를 포기해버렸어……. 그대는 모르겠어? 주상은 많은 백성을 죽일 거야. 하나도 남김없이 전부 빼앗아서 버려버릴 거야."

쓰러져 우는 사이린의 손을 잡고 슈카는 마냥 다독였다.

"태보, 부디……."

"참으로 명군 같은 얼굴을 하고……. 하지만 무엇 하나 베풀지 않은 채 재국을 버리실 거야. 화서의 나라를 보여주신다 했거늘……!"

"태보……."

"나는 주상을 믿고 기다렸어, 슈카. 밤마다 꾸는 꿈속의 재국과 가까워지고 있다고. 하지만 멀어지기만 할 뿐이었어. 재국은 조금도 화서의 나라처럼 되지는 않았어. 한 걸음도 가까워지지 않은 채 멀어졌어……. 그렇게 약속하셨거늘!"

와락 엎드렸던 사이린은 흠칫 놀라 고개를 들었다.

"아아……. 또 왕기가 흐려져……."

"태보."

이름을 부르자 이번에는 슈카에게 매달린다.

"부탁이야, 읍녕으로 돌려보내줘. 주상을 도와야 해. 어째서 슈카는 주상을 버리는 거야? 주상은 홀로 침몰하려 하고 계셔."

사이린은 시쇼를 향한 사모와 증오로 마음이 찢긴 것처럼 보였다. 시쇼가 얼마나 훌륭한 왕이고, 시쇼를 고른 자신이 얼마나 행복한지를 말하던 입으로 시쇼를 욕한다. 백성을 버렸다며 시쇼를 책망하나 싶으면 시쇼를 버렸다면서 슈카를 나무란다.

"이건 너무해……."

여관과 교대해 시중을 들 때마다 슈카는 마차로 돌아와 울었다.

"누님……."

걱정스럽게 등에 손을 얹는 세이키를 슈카가 올려다보았다.

"시쇼가 태보를 눈에 띄지 않는 곳으로 보내고 싶어 한 심정은 잘 알았어. 도저히 보고 있을 수가 없어."

사이린의 병은 과오의 증좌다. 시쇼만의 과오가 아니다. 슈카처럼 시쇼에게 중용되어 조정에 자리를 얻은 관리 모두가 불러온 결과가 사이린의 실도였다. 피의 부정에 취했을 때처럼 단순히 병들어 쇠약해질 뿐이라면 이토록 괴롭지 않았을지도 모른다. 그러나 사이린의 모습은 무참했다. 시선을 돌리지 않고는 배길 수 없었다. 틀림없이 이것이 도를 잃는다는 것이리라. 사이린의 상태는 슈카 스스로가 저지른 무참한 실패를 좋든 싫든 들이댔다.

"저것이 우리가 한 일의 결과야. 대체 어째서……?"

슈카는 세이키와 에이슈쿠를 번갈아 보았다. 슈카는 여전히 자신들이 저지른 잘못이 보이지 않았다.

"우리가 이상만을 좇은 것은 사실이에요. 정도正道는 분명했고, 도를 추구하는 것이 이상이라고 생각했죠. 그것을 내세우기만 하면 모든 일이 뜻대로 움직이라 믿었던 것은 부정할 수 없어요."

자신들이 이상으로 그린 국부에는 직분으로 이익을 슬쩍하며 사욕을 채우는 관리가 존재해서는 안 되었다. 그래서 그런 관리를 배제했다. 그들을 배제하자 나라가 흔들렸다. 때문에 그들을 복직시킬 수밖에 없었다. 결과적으로는 틀림없는 실패였다. 하지만 그것이 자신들과 시쇼의 죄일까.

부정한 관리의 죄를 밝히고 징벌하면 본인들이 죄를 자각할 것이라고, 죄에 손댄 자신을 반성하고 부끄러워하며 벌을 받는 그들의 모습을 보고 같은 죄를 안은 자는 마음을 바꾸리라고 의심없이 믿었다. 죄를 물어도 부끄러워하지 않고, 벌을 받아도 뉘우치지 않는 자가 있으리라는 생각은 머릿속에 없었다. 그것이 현실이며 자신들이 현실에 대한 인식이 물렀던 탓에 실패했다고 한다면, 그 말이 맞을지도 모른다.

"하지만 그것이 우리의 죄야? 준코 님이 말씀하신 것처럼 우리는 감옥을 만들어버린 거야? 하지만 우리는 백성에게 정도를 강요하고 따르지 않는 사람을 학살하지 않았어."

전횡하는 관리에게도 경질은 했지만 극형을 내리지는 않았다. 죄를 심판할 때는 온정을 베풀고, 인도仁道에 어긋날 만한 짓은 하지 않았다. 그런데 나라는 피폐해지는 사이린과 마찬가지로 망가져갔다.

이렇게 길을 가다 보면 싫어도 눈에 들어오고 만다. 백성은 누가 봐도 가난했다. 가난의 이유 절반은 지방 관리의 착취 때문이지만, 나머지 절반은 슈카 탓이었다. 땅을 다스리는 직책을 맡았으면서 슈카는 백성의 삶을 충분히 윤택하게 해주지 못했다. 부왕의 시대, 관리 대부분은 자기 배 채우는 것을 우선하고 땅을 돌보지 않았다. 백성이 뿔뿔이 흩어져 엉망이 된 농지, 보수되지 않은 채 막힌 수로, 끊긴 채 방치된 둑과 관리의 착취에 망가진 시정. 슈카는 그것들을 본디 갖추어야 할 상태로 되돌려야 했다. 해야 할 일은 너무나도 자명했지만, 국고에는 그것을 실현할 여유가 없었다. 악랄한 관리의 착취에 곤궁한 백성에게 조세를 더 거둘 수는 없다. 시쇼가 백성을 가엾이 여겨 과세를 줄이자 국고는 충분히 땅을 다스릴 만한 여유가 사라졌다.

사이린의 병, 엉망이 된 국토, 백성의 곤궁. 여정은 슈카에게 자신의 잘못을 고스란히 들이밀었다. 그래서 슈카는 마침내 고수산이 보이자 깊은 안도의 한숨을 내쉬었다.

005

재국의 동쪽 국경 도시, 봉하. 재국에서 주국으로 나가는 문 앞에는 주국의 관리와 병졸이 기다리고 있었다. 슈카 일행은 그곳에서 마차를 내려 재국 병졸이 지켜보는 가운데 걸어서 문이 난 길을 나아가 국경을 넘었다. 무리의 선두에 선 소녀가 정중하게 인사했다.

"무사히 도착하셔서 진정 기쁘옵니다. 저는 종왕宗王의 공주인 분키文姬라 합니다. 채 태보采台輔를 맞으러 나왔습니다."

"황공합니다."

에이슈쿠가 인사했다. 에이슈쿠는 자신과 슈카의 신분을 밝히고 맞이해준 분키에게 감사 인사를 했다.

분키가 고개를 끄덕인다.

"총재께서도 많이 피곤하시지요. 채 태보도 피곤하신 듯하오니 봉하와 가까운 사명산沙明山에 궁을 준비하였습니다. 그리로 가시지요."

분키가 가리킨 곳에는 기수와 기수에 얹은 가마가 준비되어 있었다. 봉하에서 사명까지는 기수로 얼마 걸리지 않는다. 사명산은 운해를 꿰뚫은 능운산으로, 기슭에 있는 성문으로 들어가 굴을 지나자 운해 위였다. 그곳에는 아담한 행궁과 드넓은 정원이 펼쳐졌다.

"피서를 위한 행궁입니다. 조금 쌀쌀할지도 모르지만, 채 태보의 몸을 생각하면 봉하와 가까운 편이 좋겠다 판단했습니다."

사이린을 정전으로 보내며 여관에게 인도하고 나서 분키는 슈카 일행에게 그리 설명했다.

"감사합니다."

슈카가 인사를 하자 분키는 생긋 미소 지었다.

"조금이라도 도움이 되어야 할 텐데요. 뭐든 부족함이나 불편함이 있으시다면 사양하지 마시고 말씀해주세요. 채 태보께서 가엾게도 마음을 놓지 못하실까 하여 총재 부부께는 정전 옆 곁채를 준비했는데, 괜찮으신가요."

"당연하지요. 하나부터 열까지 마음을 써주셔서 황송합니다."

배려는 행궁 구석구석까지 미쳐 있었다. 곳곳에 꽃을 장식하고 많은 하관이 있었으며, 맨몸으로 온 것이나 다름없던 슈카 일행을 위해 입을 것은 물론이고 생활에 필요한 자잘한 물건까지 빠짐없이 갖추어져 있었다.

"일단은 부디 푹 쉬세요. 저는 되도록 눈에 띄지 않는 곳에 있을 터이니, 당분간은 이곳을 집이라 생각하시고 쉬십시오."

슈카는 머리를 조아리고 고마움을 전했다.

슈카와 에이슈쿠는 몸도 마음도 휴식이 필요했다. 분키는 그런 일행을 진심을 다해 위로해주었다. 줄질한 듯이 뾰족한 슈카의 마음에 그것은 비할 바 없이 사무쳤지만 동시에 몹시 서글펐다. 타국에서 온 사람에게 이만큼을 베풀 수 있는 주국의 반석 같은 여유가 가슴 아팠다.

겨우 스무 해 남짓.

"고작 그 정도로 조정이 침몰할 줄이야……."

슈카는 주어진 방의 창 너머로 정원을 바라보며 쓸쓸히 중얼거렸다.

"주국 분께서 보시기에 참으로 한심할 테지요."

정성스레 과일을 가져온 분키는 난처한 듯이 미소 지었다.

"그리 말씀하시면 아니 됩니다. 조정은 뜻대로 움직이지 않는 법이에요. 특히 혁명한 지 얼마 안 되었을수록 어렵죠."

"그러할까요……."

"그럼요."

분키는 듬직하게 단언하며 웃는다.

"그보다 슈카 님, 에이슈쿠 님은 앞으로 어쩌실 작정인가요? 두 분은 훌륭한 관리시라고 들었습니다. 주상께서는 가능하다면 주국을 돕기를 바라십니다."

"어머나."

슈카가 소리쳤다. 순간 마음속에 스친 환희를 부정할 수 없다. 재국에는 더이상 있을 자리가 없다. 관리로서의 슈카는 죽었다. 앞으로 어쩌면 좋은가. 슈카는 불안할 수밖에 없었고, 동시에 할 일을 충분히 이루지 못한 관리로서의 자신에게 후회가 남았다. 주국 같은 풍요롭고 여유 있는 나라에서 다시 한번 관리를 시작할 수 있다면 얼마나 다행일까.

그러나 에이슈쿠는 냉담한 목소리로 말했다.

"말씀은 고맙지만 그럴 수야 없지요. 저희에게는 재국을 망가뜨린 책임이 있습니다. 염치없이 귀국의 신세를 질 수는 없습니다."

"하지만 에이슈쿠."

에이슈쿠는 단호하게 고개를 저었다.

"슈카, 그러면 안 돼. 나는 슬슬 하직 인사를 드리려고 해."

"뭐?"

슈카는 소리쳤다.

"시쇼가 돌아오면 안 된다고."

"분명히 그랬지. 그렇다고 해서 온정에 기대 재국을 버릴 수는 없는 노릇이야. 우리가 재국으로 돌아가면 모반죄로 처벌당하는 건 잘 안다. 하나, 반드시 사형이 내리리라는 법은 없지. 도망치라고 해준 시쇼라면, 어쩌면 목숨만이라도 살려줄지도 모르지."

"하지만……."

"만약 사형을 내리더라도 죗값일 뿐이야."

"우리는 역모 따위……."

"하지 않았다고 할 수 있을까. 우리는 혁명으로 높은 지위를 얻었으면서 시쇼와 조정을 돕지 못했어. 뻔히 보면서도 백성을 고생시키고, 불의를 저지르고 주상께 불충을 저질렀지 않나. 그렇다면 역모를 저질렀다는 비난은 결코 부당하지 않겠지. 역모

죄로 사형을 내린다면 하는 수 없어."

"에이슈쿠……."

"만에 하나 시쇼가 우리 목숨을 아까워해준다면 아직 시쇼를 위해 할 일이 있을지도 몰라. 도를 되찾기는 어렵겠지만, 절대로 불가능하다고 못박힌 것도 아니겠지. 그것을 위해 일할 수 있다면 좋고, 그렇지 않더라도 살아남는다면 시쇼가 파멸한 뒤에 백성을 떠받칠 사람이 재국에는 필요할 거야. 공위의 재국을 지키는 것으로 백성에게 지은 죄를 갚아야 해. 내 말이 틀렸나?"

슈카는 침묵했다.

"시쇼는 태보를 바래다주고 돌아오라고 했어. 적어도 선지에는 그리 적혀 있었지. 그렇다면 우리는 돌아가야 한다. 세이키, 어찌 생각하니?"

에이슈쿠는 방 한쪽에 가만히 있던 세이키를 돌아보았다. 세이키는 가볍게 한숨을 쉬었다.

"왠지 형님이라면 그렇게 말씀하시지 않을까 했습니다."

"너는 여기에 남아도 된다."

"농담이시죠. 형님 혼자 돌아가신다 해도 무조건 함께 갈 겁니다. 제가 없으면 형님은 늦잠 자다 형장에도 늦으실 테니까요."

에이슈쿠는 슬쩍 웃고, 슈카를 보았다. 안 된다는 분키의 목소리를 들으면서 슈카는 고개를 끄덕였다.

에이슈쿠의 말이 맞다. 자신들은 재국을 기울게 했다. 이상에만 구애되어 현실을 우습게 본 자신들의 어리석음 탓인지도 모른다. 여기서 목숨이 아깝다고 해서, 여태 백성을 희생하면서까지 관철한 것을 버릴 수 없었다.

우리에게는 정도에 목숨을 바칠 의무가 있다.

분키는 만류했지만 슈카 일행은 사이린의 신변을 정리하고 나서 사명궁을 퇴거했다. 시중을 드는 여관과 하관 들은 사명궁에 남겨두었다. 아무쪼록 사이린을 부탁한다는 말을 남기고 사명산을 내려온 사람은 슈카, 에이슈쿠, 세이키 세 사람, 분키는 마지못해 기수를 구해주었다. 슈카 일행은 세 사람의 수종이 고삐를 쥔 기수를 타고 불과 이틀 만에 읍녕으로 돌아왔다. 수종들은 읍녕으로 들어가는 성문 앞에서 세 사람을 내려주고 무사하라는 말을 남기고 떠났다. 성문을 통과해 왕궁으로 돌아오는 데에는 별 어려움이 없었다. 슈카 일행은 사이린을 배웅하고 돌아오기로 되어 있었기 때문이다.

세 사람은 오문을 지나 연조로 돌아가, 내전으로 가서 귀환 인사를 했다. 돌아온 그들을 보는 시쇼의 눈빛은 음울했다.

"총재, 대사도, 어찌하여……."

울 것 같은 목소리로 말한 사람은 슈카와 에이슈쿠를 보내준 소사구였다. 소사구는 일행을 관저로 데리고 가면서 비통한 목소리로 작게 물었다.

"손놓고 벌을 받으실 작정이십니까."

"주상이 결정하실 일이다. 그리되어도 하는 수 없지."

에이슈쿠의 말에 소사구는 고개를 떨구었다.

"태재와 소재는……."

"추관의 통지를 기다리고 계십니다. 추관은 되도록 결론을 뒤로 미루려고 이런저런 이유를 달아 결정을 미루고 있습니다. 주상도 서두르라고 하지 않으신 터라……."

"주상의 상태는 어떠한가."

소사구는 말없이 고개를 가로저었다.

"안색이 많이 안 좋으신 듯하던데."

"술이 지나치신 것 같습니다. 만취해서 조의에 나오시는 일도 잦습니다. 조의 동안에도 마음은 딴 데 있는 눈치라, 이따금 의미를 알 수 없는 말씀을 하시거나 느닷없이 고함을 지르시기도 해서 조의는 제대로 이루어지지 못하고 있습니다."

"그 지경에 이르다니."

슈카는 한숨지었다. 시쇼 또한 병들었다. 시쇼의 조정은 격렬한 기세로 침몰하려 하고 있다.

세 사람은 소사구를 따라 오랜만에 관저로 돌아왔다. 세 사람이 비운 사이에 누군가 털어 갔는지, 갑작스러운 출발에 대부분의 집기가 남아 있던 관저 안에는 값어치 있는 물건이 죄다 사라지고 없었다.

"이럴 수가……."

말문이 막힌 소사구를 에이슈쿠가 다독였다.

"마음 쓸 것 없다. 그보다 관리들도 상당히 무절제해진 듯하군. 우리의 개인 물건 따위 어떻게 되든 상관없지만, 왕궁의 보물을 도둑맞지 않도록 신경써야겠어. 그 물건들은 앞으로 재국을 구하실 새로운 왕의 물건이니까."

에이슈쿠의 말에 소사구는 얼굴을 일그러뜨리고 깊이 허리를 숙였다.

006

슈카 일행은 자택에서 얌전히 신문訊問을 기다렸다. 안채에서 보이는 정원은 완연한 초여름 빛깔을 띠었다. 등용되어 관저를 하사받았으나 슈카는 입때껏 제대로 정원을 바라볼 틈도 없었다. 정신없이 달린 스무 해 남짓, 조의 자리에서야 겨우 에이슈쿠와 얼굴을 마주할 수 있는 나날이 이어지고, 어느새 그것을 당연하게 여겼다. 세이키까지 세 사람이 함께 차분히 정원을 바라본 일 따위 단 한 번도 없었다. 단단히 각오한 덕인지, 슈카는 그런 생각을 할 만큼 평온했다.

그렇게 기다리기를 이틀, 오후에 소사구가 달려왔다.

"총재, 혹시 괜찮으시면 이것으로 갈아입으시고 같이 가주시겠습니까."

소사구가 내민 것은 궁노비가 입는 옷이었다.

"무슨 일이지?"

"준코 님이 발견되었습니다."

"뭐라?"

슈카가 되물었다.

"준코가? 어디에서?"

"수양전水陽殿입니다. 돌아가셨습니다……."

슈카는 숨을 삼켰다. 소사구가 설명했다. 슈카의 저택에 도둑이 들었다는 보고를 받은 천관은 에이슈쿠의 조언에 따라 왕궁 어물을 확인했다. 조사해보니 근자에 왕궁에는 시쇼의 왕조에 앞날이 없다고 단념한 간신들의 약탈이 횡행하고 있었다. 아무리 그래도 왕궁 깊숙한 곳, 노침이나 연침까지 미치는 일은 없었지만 천관과 추관은 협의하여 순찰을 강화하기로 했다. 그리고 후궁 안쪽, 북궁 주전인 수양전을 둘러보던 천관이 코를 찌르는 썩은 내를 맡고 찾아냈다.

준코의 유체는 깔개에 싸여 수양전 곁채에 처박혀 있었다. 죽은 지 날짜가 상당히 경과하여 원형도 거의 남아 있지 않을 정도로 부패했지만 의복을 보아 준코임은 명백했다.

"징명전에서 사라진 깔개가 틀림없습니다. 유체의 상태로 보면 준코 님은 역시 태사가 돌아가신 것과 비슷한 시기에 누군가에게 살해당한 듯합니다. 안에는 화서화타가 함께 싸여 있었습니다."

"화서화타가?"

"예. 가지가 부러지고 없었습니다. 품에 넣고 있다가 칼을 맞았을 때 부러졌는지도 모르겠군요. 어찌되었든 북궁에는 사람이 거의 드나들 수 없어요. 그럴 수 있는 분은……."

"주상……."

소사구는 말없이 고개를 끄덕였다.

"사태가 사태인 만큼 주상께 아뢰기도 어렵고, 태재, 소재도 계시지 않고 앞으로 어찌하면 좋은지 모르겠습니다. 누군가 지휘를 해주시지 않으면……."

"어머니, 태부는 말씀이 있었나?"

"보고했습니다. 태부께서 은밀히 총재에게 지휘를 부탁해보라고……."

"그러한가."

에이슈쿠는 소사구에게 옷을 받아들었다.

"내 가지……. 기다리게."

에이슈쿠가 침실로 향한 뒤에 방 한쪽에서 세이키가 머뭇거리며 물었다.

"저어…… 소사구, 한 가지 여쭈어도 될까요?"

"뭐지?"

"화서화타의 부러진 가지는 발견했나요?"

"못 찾았네."

소사구는 의아해하며 대답했다. 세이키는 고민하는 눈치더니 침실에서 궁노비 차림을 하고 나온 에이슈쿠를 불러 세웠다.

"형님, 준코 님의 몸을 자세히 살펴주십시오. 어쩌면 부러진 가지 끝은 준코 님 몸안에 있을지도 몰라요. 가세요. 조심하시고요."

"왜 그런 소리를 했니?"

에이슈쿠를 전송한 뒤 슈카가 묻자 세이키는 난처해하며 목을 움츠렸다.

"그냥 그러지 않을까 생각했을 뿐이에요."

"그러지 말고, 세이키. 앉아. 이유를 들려줘."

세이키는 불편한 듯이 의자에 앉아 야단맞은 아이처럼 굳었다.

"그러니까…… 준코 님의 시신이 몹시 상해 있었다고 했죠. 태사가 당했을 때 태보도 당하신 것 같다고 했고요. 핏자국이 한 사람 것치고는 많다는 이야기도 있지 않았습니까. 그럼 역시 준코 님의 피가 섞여 있던 탓일 거예요."

"응……. 그렇겠지. 그런데?"

"하지만 준코 님께 못된 짓을 한 사람은 왜 태사의 시신을 그 자리에 남기고 준코 님의 유체만을 운반했을까요? 물론 이유야 얼마든지 생각할 수 있지만, 화서화타가 함께 발견되었고 부러진 가지로 보아 그 탓이 아니었을까 합니다. 어떤 이유로 준코 님이 화서화타에 찔린 것이 아닐까요. 그때 가지가 부러져 준코 님의 몸속에 남았어요. 그래서 준코 님의 시신을 숨겨야 하지 않았을까요."

"왜? 부러진 가지를 뽑아도 되고, 뽑을 수 없다면 화서화타를 그대로 방치하면 되지 않아?"

"그렇죠. 그러니까…… 준코 님의 시신을 숨긴 것은 화서화타가 그곳에 있었다는 사실을 알리고 싶지 않았기 때문이라고 봅니다만……."

"어째서?"

세이키는 힘없이 고개를 떨어뜨렸다.

"화서화타는 원래 태보의 것을 준코 님이 시쇼 님께 헌상했어요. 시쇼 님께서 가지고 계셨을 겁니다."

"맞아."

"저는 그날 준코 님을 뵈었습니다. 준코 님은 그때 화서화타를 시쇼 님께 드렸다고 하셨고, 헌상한 뒤에 화서화타가 어찌되었는지 모르는 눈치셨어요. 적어도 그날까지 준코 님은 화서화타를 보지 못하셨습니다. 그럼 화서화타는 언제 준코 님께 전달되었을까요?"

"그날 밤에 시쇼가 가지고 동궁을 찾았다……?"

"그럴 겁니다. 확실하지는 않지만요. 시쇼 님이 하관에게 명령해 전할 수도 있을 테니까요. 다만, 그날 시쇼 님이 화서화타를 가지고 동궁으로 걸음하셨다면 시쇼 님은 절대로 화서화타가 그곳에 있다는 사실을 알리고 싶지 않았겠지요. 시쇼 님만은 다름 아닌 자신이 화서화타를 가져간 사실을 알고 계셨을 테니까요."

"그럼…… 정말로 시쇼인 거야?"

"아마도 그렇겠지요."

세이키는 서럽게 대답했다.

"어찌하여 시쇼가 그런 짓을 한 거지."

"무슨 까닭일까요. 더 이상한 점은 시쇼 님은 어째서 당당하게 자신이 하셨다고 말씀하시지 않는가 하는 점입니다."

"뭐?"

슈카가 고개를 들었다.

"시쇼 님은 이 나라의 왕이에요. 설령 시쇼 님이 태사, 태보太保를 해치신들 주상을 심판대에 올릴 사람이 어디에 있겠습니까?"

"아마도…… 시쇼가 결벽증이 있기 때문이겠지. 시쇼는 자신이 그런 잔인무도한 짓을 저지른 것을 알리고 싶지 않았을 거야. 그러지 않아도 조정이 기운 이 시기에."

"그래도 숨길 필요가 있었을까요. 준코 님이 모반했다는 소문도 있었잖아요. 그런 소문이 없더라도 준코 님이 배반하여 베어 버렸다고 하면 끝날 일이에요."

"모반이 있으면 백성이고 관리고 시쇼의 군주로서의 자격을 의심할 거야."

"하지만 주상은 준코 님이 역심으로 태사를 해치고, 누님, 형님과 공모하여 모반을 꾸몄다고 말씀하셨어요. 그리고 그 죄로 우리를 재판할 작정이셨어요."

"그건 그렇지만……."

"모반이 있었다고 할 수는 없었던 것이 아닐까 합니다. 자신이 저지른 죄가 두려워 없었던 일로 하려면 시신을 숨기기보다 오히려 모반이라고 말씀하실 거예요. 유체를 숨겼다 하지만 시쇼 님은 자신의 죄를 알고 계십니다. 자신의 탓이 아니라고, 준코 님이 잘못했다고 하면 자신의 죄를 회피할 수 있을 테니까요."

그 말이 맞다. 슈카는 고개를 끄덕였다.

"그럼…… 왜?"

"모르겠습니다. 하지만 저는 화서화타가 신경쓰입니다. 어째서 시쇼 님은 화서화타를 동궁으로 가지고 가셨을까요. 아니, 화서화타뿐만 아니에요."

슈카는 눈을 깜빡였다.

"그뿐만이 아니라고?"

"네. 시쇼 님은 화서화타와 검을 들고 동궁에 가셨습니다. 애초에 노침과 연침에서는 수문졸과 호위관 외에는 검을 지니지 않는 것이 관례입니다. 주상조차 자신의 거궁인 정침에서만 검을 찰 수 있어요. 인중전과 동궁에서는 주상이나 호위라도 검을 지니고 갈 수 없습니다."

슈카는 흠칫 놀랐다.

"시쇼 님은 동궁에 가실 때 일부러 검을 지니고 가신 겁니다. 처음부터 두 분을 벨 작정이었는지는 알 수 없지만요."

시쇼는 동궁에 가겠다고 결심했다. 검을 들고 화서화타를 쥐고. 그것이 살의의 발로라고 단정지을 수는 없다. 하지만 적어도 분노의 발로는 아니었을까. 어딘가로 갈 때 무기를 들고 간다면 두려움이나 분노 탓이리라. 두려움이었을 리가 없다. 적어도 그날 밤 장명전에 있던 사람은 야윈 노인과 볼품없는 왜소한 남자일 뿐이었다. 둘 다 검을 들어본 적도 없다. 시쇼에게는 위협이 될 리 만무한 인물이다.

"시쇼는 분개했어. 분노에 휩싸여 검과 화서화타를 들고 동궁으로 향했어……."

"그랬겠지요. 어째서 화서화타가 시쇼 님의 분노와 관계가 있는지가 문제예요."

"시쇼는 태보의 물건을 빼앗아 창피를 주었다고 하시면서 준코에게 화냈잖아?"

"그거야 준코 님이 화서화타를 헌상했을 때 이야기죠. 그때라면 모를까 지금 와서 화를 내실까요?"

슈카는 고민하다 퍼뜩 깨달았다.

"시쇼가 화서화타를 쓴 것 아닐까? 그리고 자신의 이상으로 삼은 재국이 이상의 나라가 아닌 것을 알았어. 그래서……."

세이키는 한숨을 쉬었다.

"그럴지도 몰라요……. 잘 모르겠어요. 이유는 모르겠지만 화서화타와 무슨 관계가 있는 것 같아요. 준코 님이 화서화타를 헌상한 것이 시작이지 않았을까 싶어요."

그런지도 모른다며 슈카는 가슴을 짚었다.

"에이슈쿠의 죄이기도 하구나."

"형님의 죄라고요? 어째서죠?"

"애초에 그것을 권한 사람은 에이슈쿠였으니까."

슈카의 말에 세이키는 어리둥절해서 눈을 동그랗게 떴다.

"형님께서요? 형님이 권하신 겁니까?"

"응……. 아마 그럴 거야. 우연히 지나가다 에이슈쿠와 준코가 하는 이야기를 들었을 뿐이야. 그 무렵 준코는 시쇼에게 유익한 조언을 하나도 해주지 못하고, 아무런 도움도 되지 못하는 것을 무척 애끓어했어. 한심한 동생이라 시쇼가 자신을 포기해버리지 않을까 걱정하니까 에이슈쿠가 권한 것 같아."

슈카는 우연히 정원의 나무 그늘 너머로 지나가다 들었을 뿐이라 전반적인 내용은 모른다. 그러나 에이슈쿠가 화서화타를 헌상하면 조금은 도움이 될지도 모른다, 이 일은 비밀에 부칠 테니까 준코가 생각해낸 것으로 하라고 권하는 것만 들었다.

"이런……."

세이키는 얼굴이 굳었다. 슈카는 눈살을 찌푸렸다.

"뭐가 잘못됐니?"

"아…… 아뇨, 아무것도 아니에요. 그냥 좀 놀라서……."

"그 얼굴은 아무것도 아닌 얼굴이 아니야. 세이키, 뭐야."

세이키는 몹시 망설이는 눈치였다. 몇 번이고 도망칠 곳을 찾듯이 방을 둘러보고 슈카의 얼굴과 번갈아 보았다.

"말해줘. 지금은 비상시야."

"저기…… 그러니까 준코 님께서 단호하게 부정하셔서……."

"무슨 말이야?"

"그러니까요."

세이키는 한숨을 푹 쉬었다.

"제가 뵈었을 때요. 시쇼 님은 화서화타를 써서 자신의 이상이 옳다는 것을 확인하셔서 확신이 있는 건지 얘기했어요. 그랬더니 준코 님은 아주 단호하게 그럴 리가 없다고 부정하셨어요. 저는 그게 무척 기묘했어요."

"어째서?"

"준코 님은 언제든 형님의 의견을 존중하셨지 않습니까. 시쇼 님이 백이라고 말하면 백이라던 분이고, 형님과 자신을 비교해 언제든 자신이 열등하다고 생각하시는 분인데…… 그런 분이 그리 단호하게 말씀하시니 이상하더라고요."

"이상하기는 하구나."

"근거는 전혀 없지만 어쩌면 준코 님께서 화서화타를 쓰신 것이 아닐까요."

슈코는 입이 벌어졌다. 가능성 있는 이야기다. 준코는 조언하지 못하는 자신에게 낙담했다. 사이린에게 화서화타를 얻어 시쇼에게 헌상하기 전에 사용해보는 상황은 너무나 그럴싸했다. 화서의 나라가 어떤 것인지 알 수 있다면 쓸모 있는 조언도 할 수 있으리라. 화서화타는 채采라는 국씨國氏를 가진 사람밖에 쓸 수 없지만, 왕제인 준코는 당연히 국씨를 가졌다.

"그럼…… 준코는 화서의 나라를 보고 그것이 재국과는, 시쇼가 지향하는 재국과는 다르다는 것을 확인한 거구나?"

"그런 것 같아요. 그래서 그렇게 단호하게 부정하시나 했지요. 그렇다면 좀 이상해서요."

"이상해?"

"예. 준코 님이 화서의 나라를 보고 재국과는 다르다고 생각하셨다면, 시쇼 님이 화서화타를 써서 만족하실 리는 절대로 없어야 하죠. 시쇼 님은 정말로 화서화타를 쓰지 않으셨을까요?"

"그건……."

"시쇼 님은 정말로 어찌할 바를 모르고 계셨어요. 날마다 동궁을 찾아가 태사나 어머님과 깊은 이야기를 나누셨죠. 시쇼 님도 자신이 앉은 의자가 무너질 것 같다는 사실은 알고 계셨을 겁니다. 지금 도를 바로잡지 않으면 이대로 끝나버린다는 것은 알고 계셨어요. 그 상황에서 대답을 알려주는 보옥을 내밀면 그것을 쓰지 않고 배길 수 있을까요."

"그건 어려울지도……."

"그렇죠? 하지만 화서화타를 쓰면 시쇼 님은 크게 절망하시든, 갑자기 정사의 방향을 전환하시든 둘 중 하나였을 거예요. 하지만 모두 아니었지요. 시쇼 님은 갑자기 확신에 찼어요. 준코 님 기억에 따르면 화서화타를 시쇼 님께 헌상한 딱 그 무렵부터요."

"시쇼는 화서화타를 쓴 거야? 그래서 확신을……. 아니, 그럴 리가 없지."

"그럴 겁니다. 하지만…… 태보가 계시지요. 태보는 몇 번이고 몇 번이고 말씀하셨어요. 한 번도 꿈속의 재국과 현실의 재국이 겹친 적이 없었다, 멀어지기만 했다고. 그 말은 화서화타의 꿈으로 본 화서의 나라와 재국은 조금도 가까워지지 않았다는 이야기죠."

"그렇겠지."

슈카는 고개를 숙였다. 그토록 과오가 깊었다고 생각하면 너무나 한심하고 괴로웠다.

"하지만 정말로 단 한 번도 없을 수가 있나요?"

슈카는 세이키를 쳐다보았다.

"등극하신 당초에 시쇼 님은 천의를 얻으셨지요? 왕조의 첫 걸음부터 아예 잘못된 방향으로 내디뎠다니, 그렇게까지 잘못된 길을 들어섰다면 스무 해 남짓이지만 옥좌가 버텼겠습니까. 애초에 천명이 내릴까요."

"그 정도로 심하지는 않았을 거야. 분명히 우리는 많은 일을 실패했지만 잘되는 것처럼 보인 시기도 있었고, 실패하지 않은 일도 어느 정도 있었을 거야. 그렇게 생각하고 싶을 뿐인지도 모르지만."

"그렇죠? 화서화타는 뭔가 이상해요. 화서화타는 화서의 나라를 꿈으로 보여준다고 하지만, 애초에 그 말이 틀린 것이 아닐까요?"

"모르겠어. 그게 무슨 말이니."

"화서화타는 사용하는 사람마다 보여주는 꿈이 다른 것 아닐까요."

"그럴 리가 있나."

슈카가 반박했다.

"하지만 그렇게 생각하면 납득이 가요. 태보는 화서화타를 사용하셨어요. 하지만 태보가 본 화서의 나라는 태보만의 것이지요. 그러니까 시쇼 님이 지향한 세상과는 겹친 적이 없었어요. 준코 님도 사용하셨지요. 그리고 준코 님께서 본 화서의 나라 또한 준코 님만의 것이라 태보께서 보신 화서의 나라와도 다르고, 재국의 상태와도 달랐습니다."

“설마……. 그리고 시쇼도 사용했다고? 시쇼는 시쇼가 꿈꾸는 화서의 나라를 보았어. 그 나라는 시쇼가 지향한 나라와 일치했고. 그래서 시쇼는 갑자기 확신에 찼다고……?”

세이키는 고개를 끄덕였다.

“화서화타가 보여주는 화서의 나라는 이상향의 이름이 아니었을 겁니다. 나라가 갖추어야 할 모습을 보여주는 것이 아니에요. 시쇼 님이 본 화서의 나라는 시쇼 님이 이상으로 그리는 나라였겠죠. 시쇼 님은 시쇼 님이 이상으로 삼은 나라를 꿈에서 보았고, 태보는 태보가 이상으로 삼은 나라를 보았어요. 아마도 자비로 가득한 나라였겠지요. 기린이 꾸는 꿈이니까요. 한 조각의 무자비도 낄 여지가 없었을 겁니다. 그렇다면 현실의 재국과 겹칠 리가 없겠지요. 그런 걸 겁니다. 화서화타는 바른길을 비추지 않아요. 사용한 사람의 이상을 형태로 만들어 꿈으로 보여줄 따름이에요.”

이 가설로 확실히 모양새는 맞는다. 슈카는 인정해야 했다.

“하지만 그런 보물에 무슨 의미가 있지?”

“의미라면 있지요. 인간은 의외로 자신이 무엇을 바라는지 모르는 법이니까요.”

“설마.”

슈카는 실소했다. 세이키는 난처해하며 눈꼬리를 내렸다.

"누님은 망설이신 적이 없으셨어요? 자신을 도통 모르겠던 적은요?"

"그건……."

"누님은 주국에서 재국으로 돌아오셨지요. 하지만 누님은 주국의 공주께서 주국에서 일하지 않겠느냐고 하셨을 때, 무척 기뻐 보이셨어요. 주국에 남고 싶었던 것 아닌가요? 그러나 이렇게 재국으로 돌아왔죠. 어째서죠?"

"그건…… 에이슈쿠의 주장에 일리가 있다고 생각했기 때문이야. 분명히 나는 잠시 주국에 남고 싶었어. 하지만 에이슈쿠의 말대로 재국이 이렇게까지 기운 책임은 나에게도 있어. 정도를 내걸어 부왕을 규탄하고 시쇼와 함께 조정을 이룩했지. 그런데 여기서 정도를 어떻게 버리겠어."

"그건 버려서는 안 된다고 자신에게 의무 지웠다는 의미인가요? 아니면 버릴 수 없다는 의미인가요?"

슈카는 당황했다. 세이키의 질문은 너무나 미묘하다.

"버려서는 안 된다고 자신에게 의무 지운 것이라고 한다면 그럴지도 몰라. 나는 여기서 정도를 버리는 짓은 하고 싶지 않아. 해서는 안 된다고 생각해."

"해서는 안 된다라는 말은 자신에 대한 금지군요? 그건 포기라는 선택에 유혹을 느끼기 때문에 금지해야 했던 것 아닌가요?"

"그렇지 않아. 버리지 않는 인간이고 싶어. 포기하면 반드시 후회할 거야. 자신이 싫어질 거야. 그런 인간이 되기는 싫어."

"그 말은 역시 유혹을 느낀다는 소리로군요?"

슈카는 말을 잃었다. 어쩐지 자신이 무척이나 더러운 생물 같아서 견딜 수 없었다. 세이키가 미소 지었다.

"아아, 그런 얼굴 하지 마세요. 누님의 마음을 비난하려는 것이 아니에요. 도를 버리고 주국에서 다시 시작하고 싶다고 생각하는 것은 인간으로서 당연한 일이에요. 유혹을 느끼지 않을 리가 없죠. 그것을 억누르고 제대로 도를 지켰으니 누님은 훌륭하세요. 처음부터 유혹을 느끼지 않는 사람이 도를 지킬 수 있는 것은 당연하니까, 훌륭하고 자시고도 없어요. 죄에 유혹을 느끼는 사람이 죄를 단호히 물리칠 수 있다면 그편이 몇십 배나 훌륭한 일이에요. 그렇죠?"

"그럴까……."

"그럼요. 하지만 말이죠, 그렇게 사람은 자신의 진심에 둔감한 법이에요. 저는 그렇게 생각해요. 정말로 바라는 것은 이것인데 그래서는 안 된다고 느끼거나, 그것을 바라면 더 나빠지지 않을까 불안해하고, 불안해하는 자신이 불쾌해서 불안 따위 없는 척하는 경우도 있을 테고, 처음부터 당연히 이것을 바라야 한다고 믿어 의심치 않는데 마음속 훨씬 깊은 곳에서 납득하지 못하는 경우도 있겠지요. 인간은 복잡해요. 여러 생각이 얽히고설켜 봉인하거나 비틀려서 정말로 바라는 일을 숨겨버리죠."

"그럴지도 몰라."

"그럴 때 화서화타가 있으면 도움이 되겠죠. 그런 망설임이나 얽힌 것을 전부 제거하고 자신이 정말로 바라는 나라의 모습을 보여준다면, 어설프게 망설이지 않아도 되니까요. 저는 화서화타란 그런 물건일 거라고 생각해요. 이상을 걸러 불순한 것을 제거해주는 물건요."

슈카는 고개를 끄덕였다. 세이키는 미소 지었지만 이내 낯빛이 어두워졌다.

"형님께서 그 사실을 아셨는지가 문제로군요."

"에이슈쿠가 알았을 리가 없어. 화서화타는 줄곧 이상적인 나라를 보여주는 물건으로 알려져 있었으니까."

"그러면 좋겠지만……."

세이키는 시선을 피했다.

"만약 형님이 화서화타의 진정한 의미를 아시고 일부러 준코님께 그것을 권하셨다면, 이는 크나큰 죄입니다……."

"죄……."

중얼거리고서 슈카도 깨달았다. 핏기가 가시는 것이 스스로도 느껴졌다.

화서화타가 이상적인 나라를 보여주는 것이 아니라, 단순히 꿈꾸는 자의 이상을 분명히 해줄 뿐임을 알면서 시쇼에게 그것을 주었다면. 시쇼는 아무것도 모르고 화서화타를 써서 자신의 이상은 옳았다고 재확인했더라면, 알면서 실도를 향해 시쇼를 떠민 것이다. 시쇼는 화서화타를 쓰는 바람에 안타깝게도 자신이 나아가야 할 길을 바로잡을 기회를 놓치고 말았다는 이야기다.

007

슈카는 그날 잠들지 못했다. 침상에서 에이슈쿠가 돌아온 소리를 들었지만, 잠든 척하며 나가보지도 않았다. 지금은 에이슈쿠의 얼굴을 볼 수 없었다.

에이슈쿠는 화서화타가 어떤 물건인지 알고 있었을까? 그럴리 없다고 생각했지만, 알고 있었다고 해도 특별히 이상할 건 없었다. 사이린이 꾼 화서의 나라는 단 한 번도 현실의 재국과 겹치지 않았다. 조금도 가까워지지 않는다는 말을 들을 기회가 있었다면, 화서화타에 의혹을 품을 수 있고, 의심해보면 진짜 효과를 알아채는 것도 불가능하지 않다.

만약 알면서 준코에게 주상께 화서화타를 헌상하라고 권했다면? 자신이 준코를 통해 권한 사실을 숨기기 위해 비밀에 부쳤다면? 에이슈쿠는 시쇼가 꾸는 꿈이 시쇼가 나아가야 할 길을 바로잡을 리가 없음을, 확신을 가지고 실도로 향하게 되리라는 것을 알면서 권했다는 소리다. 에이슈쿠는 시쇼가 도를 잃게끔 유도했다.

그런 일이 있을 리가 없다. 에이슈쿠는 시쇼의 벗이자 형제나 다름없는 존재였으니까. 시쇼가 도를 잃으면 그를 지지하던 에이슈쿠에게도 죄가 생긴다. 죄를 두려워한다면 모를까 나서서 죄 짓기를 바랄 이유가 있을까?

그리 생각하면서도 그렇기에 시쇼는 화낸 것이 아닌가 싶었다. 준코는 화서화타를 헌상하고, 시쇼는 화서화타를 사용했다. 그리고 자신의 이상에 확신을 가지고 잘못된 길을 돌진했다. 시쇼는 자기를 바로잡을 마지막 기회를 화서화타 때문에 잃었다. 만약 시쇼가 화서화타의 진정한 의미를 알아챘다면, 모든 것을 알면서 준코가 화서화타를 헌상했다고 오해했다면 검과 화서화타를 쥐고 동궁으로 간 것은 지극히 자연스러운 일이었다.

그래, 준코에게는 역심이 있다는 소문이 있었다. 역심과 화서화타의 진정한 의미가 연결되면 시쇼가 준코에게 속았다고 생각해도 무리가 아니다.

'하지만 그런 소문이 어느 사이에…….'

적어도 슈카는 그런 소문을 들은 적이 없었다. 대체 어디에서 나온 소문일까. 누군가 일부러 그런 소문을 퍼뜨렸을까. 그리고 그 사람이 화서화타의 진정한 의미를 시쇼에게 귀띔했다면…….

'그럴 리가 없어.'

하필이면 에이슈쿠가. 슈카가 반려로 고르고 더도 덜도 없이 경애를 쏟은 상대. 에이슈쿠가 그런 무시무시한 짓을…….

'그럴 리가 없어.'

에이슈쿠가 시쇼에게 죄를 짓게 만들다니. 그런 인품이 아니다. 심지어 에이슈쿠는 재국으로 돌아왔다. 에이슈쿠가 시쇼에게 옥좌를 빼앗아 자신이 앉으려고 했다면, 모반죄로 처형당할지도 모르는 재국으로 굳이 돌아올 필요가 있었을까?

'절대로 아니야.'

새벽녘, 간신히 얕은 잠이 들었던 슈카는 방 쪽이 소란스러워서 눈을 떴다. 무슨 일인가 하고 몸을 일으켰을 때, 세이키가 들어왔다.

"아아, 일어나셨어요."

"무슨 일이…… 있었어?"

"주상의 모습이 보이지 않는답니다."

"뭐?"

슈카가 소리쳤다. 동시에 다리가 후들거렸다.

"어째서……. 어디에……."

"그걸 몰라서 관리들이 찾고 있어요. 시쇼 님의 기수가 사라져서 관리들은 어찌할 바를 모르고 우왕좌왕하고 있어요. 혹시 태보를 만나러 가신 게 아닌가 하고요."

"시쇼가 왜 이제 와서 태보를 만나러 가지? 얘, 세이키, 시쇼는 준코를……."

"모두 의논한 끝에 알렸다고 합니다. 시쇼 님은 새파랗게 질려서 주저앉으셨다는군요. 격렬한 기세로 사람을 물리시고 그 뒤로 자취를 감추셔서 다들 더 걱정하시고 계세요."

"그랬구나."

슈카가 중얼거리고서 양손을 꽉 쥐었다.

"에이슈쿠는?"

"간밤 늦게 돌아오셨습니다. 평소처럼 서재에서 그대로 잠이 드셨다가 지금 들어온 보고로 일어나셨어요. 신료들을 지휘하기 위해 조당으로 향하셨습니다. 누님은 깨우지 않아도 된다고 하셨는데, 일어나시겠어요?"

슈카가 그러겠다고 대답했다. 일어나 방으로 가서 소식이 오기를 기다렸다. 하지만 밤이 되도록 아무 연락도 없고, 이내 관저 바깥까지 술렁거렸다.

“대체 바깥에서 무슨 일이 일어나고 있는 거야?”

궁금하지만 슈카는 바깥으로 나갈 수 없다. 본디 같으면 슈카도 에이슈쿠도 세이키도 관저에서 나가서는 안 된다. 문은 수문졸이 시키고 있다. 에이슈쿠가 여러 차례 나갔으니 드나들어도 눈감아주도록 일러두었겠지만, 그렇다고 해서 가벼이 바깥 상황을 살피러 나갈 수는 없었다.

세이키는 알았다는 듯이 고개를 끄덕이고 방을 나갔다. 이내 돌아와서 아무 일도 아니라고 전했다.

“수문졸에게 작은 선물을 주고 물어보았는데요.”

“뭐?”

“비상시이니 봐주세요. 주상이 없다는 소식이 퍼져서 관리들이 어쩔 줄을 모르고 우왕좌왕하고 있나 봐요. 당장 왕궁을 나가려는 무리도 있고, 돈 될 물건을 물색하는 놈들 때문에도 어수선한 모양이지만 아직 다들 허둥거리고만 있는 것 같아요.”

“그래…….”

슈카는 의자에 털썩 주저앉았다.

“세이키, 나는 불안해……. 그럴 리가 없는 줄 알지만, 시쇼는 정말로 외출한 걸까. 설마…….”

“뒷말은 듣지 않을게요.”

세이키는 딱 잘라 말했다.

"아무것도 확실하지 않으니까요."

그날 밤 에이슈쿠는 돌아오지 않았다. 날이 밝고 다시 이튿날 밤이 되어도 에이슈쿠는 돌아오지 않았다. 바깥의 소란도 그치고 주변은 긴장감이 감도는 것처럼 고요했다.

동틀 무렵이 되어 슈카는 참지 못하고 일어났다.

"나갔다 올게."

에이슈쿠를 만나야 한다. 슈카는 떨었다. 더는 불안해하고만 있을 수 없다. 시쇼는 어디로 간 것인가. 정말로 어디로 사라진 거면 괜찮다. 하지만 그렇지 않다면…….

세이키는 한숨을 쉬고 선반에서 옷을 꺼냈다.

"누님은 칩거중이에요. 되도록 눈에 띄는 행동은 하지 마세요. 궁노비 옷을 빌려 왔어요."

슈카는 고개를 끄덕이고 옷을 받아들었다. 침실에서 옷을 갈아입고 방을 나오자 세이키도 마찬가지로 궁노비 차림을 하고 있었다.

"세이키, 그 차림은……."

"당연히 누님과 함께해야죠. 칩거중인 누님이 나갔다는 사실을 들키면 큰일이니까요. 누군가 검문하려 하면 제가 그 자리를 어떻게든 할 테니 상관하지 말고 이리로 도망쳐 오세요. 수문졸에게는 뇌물을 쥐여줬으니까요. 아셨죠?"

"그래도 세이키……."

"더이상 말하지 마세요. 어서 서두르죠. 날이 밝은 뒤에는 번거로워져요."

슈카는 머뭇머뭇 고개를 끄덕이고 딴청을 피우는 수문졸 사이를 지나 관저를 나갔다. 동트기 전, 궁성은 쥐죽은듯이 기척이 없었다. 만에 하나 아는 사람을 만났을 때를 대비해 고개를 숙이고 세이키가 고른 뒷길을 이용해 서둘러 외전이 있는 조당으로 향했다.

남의 눈을 피하면서 계단을 오르자 문에는 병졸이 안절부절못하며 서 있었다. 그들은 슈카의 얼굴을 잘 알지만, 붙잡으려 하는 이는 없었다.

"슈카."

슈카가 당내로 들어가자 에이슈쿠는 놀라서 고개를 들었다. 그곳에는 소사구를 비롯한 하관장 대사마, 칩거중인 태재, 소재, 경질되었던 대사구까지 모여 있었다.

"주상은요?"

"아직 찾지 못했어."

에이슈쿠는 대답하고 슈카에게 다가왔다.

"멋대로 저택을 나오다니. 아무리 그래도 두 사람 다 나오면……."

"에이슈쿠, 잠깐 할 얘기가 있어요."

슈카의 말에 에이슈쿠는 눈살을 살짝 찌푸렸다. 뒤쪽 관리를 흘끔 보고 고개를 끄덕였다. 에이슈쿠가 이쪽으로 오라며 슈카와 세이키를 조당 좌우에 마련된 곁방으로 재촉했다. 슈카가 곁방으로 들어가고 에이슈쿠가 뒤따르자 세이키는 바깥에 남아 문을 닫았다.

"왜 그러지? 무슨 일이 있었나?"

그렇게 묻는 에이슈쿠를 마주보고 슈카는 양손을 꽉 쥐었다.

"에이슈쿠……. 시쇼는 어디로 갔죠?"

"몰라. 기수가 사라졌으니 태보께 가신 것이 아니냐는 사람도 있어. 우선 사명산에 소식을 알렸고, 시쇼가 나타나면 답신을 달라고 전했지만 아직 대답은 없어."

"당신은 정말로 시쇼의 행방을 모르는 거죠?"

에이슈쿠는 놀란 듯이 눈을 크게 떴다.

"알 리가 없지."

슈카는 그러냐고 대답하고 재차 물었다.

"한 가지만 묻고 싶어요. 준코가 역심을 품었다는 소문은 어디에서 들었죠?"

에이슈쿠의 표정이 살짝 굳었다.

"글쎄……. 어디에서 들었더라……. 왜 그러지?"

"무척 중요한 사항이에요. 떠올려주세요."

에이슈쿠는 시선을 피했다.

"보자……. 누가 귀띔을 했던가, 아니면 하관의 이야기를 우연히 들었던가……."

슈카는 거짓말임을 직감했다. 오랜 세월 함께 인생을 걸어온 사람의 감이었다.

"소문의 출처를 조사해주세요. 아뇨, 조사하고 싶어요. 내가 하게 해주겠죠?"

"갑자기 왜 그래. 당연히 알고 싶다면 알아보겠지만, 우선 시쇼를 찾아서 우리 판결이 날 때까지는……."

"혹시 소문을 퍼뜨린 사람이…… 당신이에요?"

에이슈쿠는 한순간 기가 죽었다가 이내 "그럴 리가 있나" 하고 대답했다. 태연한 모습이었지만 슈카는 에이슈쿠가 당황한 것이 훤히 보였다. 그만한 시간을 함께했다.

"준코에게 화서화타를 헌상하면 어떻겠느냐고 권한 이유가 뭐예요?"

"무슨 소리지?"

"당신이 권했죠? 그때 제가 옆에 있었어요."

에이슈쿠는 눈을 동그랗게 떴다. 정말로 당황했는지 시선이 흔들렸다.

"맞아, 내가 권하기는 했지."

"화서화타가 어떤 물건인지 알면서요?"

"슈카."

에이슈쿠가 슈카를 바라보았다. 그 눈은 절박한 기색을 띠고 있었다.

"당신이 하고 싶은 말이 뭐야. 아까부터 꼭 나를 나무라는 것 같잖아."

"왜 그랬어요?"

눈물이 넘쳐흘렀다. 역시 에이슈쿠가 한 짓이었다.

"어째서 시쇼를 실도로 내몰았어요? 어째서 죄를 부추겼어요?"

에이슈쿠가 고개를 돌리더니 결연히 슈카를 돌아보았다.

"내가 죄를 권한 것이 아니야. 죄를 저지른 것은 다른 누구 탓도 아니고, 시쇼 스스로 선택한 일이야."

"당신이 그렇게 함정을 판 거예요!"

"그렇게 생각하는 건 당신 자유야. 그걸 증명할 수 있나?"

"못 해요. 하고 싶지도 않아요. 나는 당신 죄를 알아요. 그것으로 충분해요."

"내 죄가 아니야, 시쇼의 죄지."

에이슈쿠가 말을 내뱉으며 슈카의 어깨를 잡았다.

"잘 들어, 모든 것은 시쇼가 왕의 그릇이 아니었다는 뜻이야."

"에이슈쿠……."

"우리가 무슨 잘못을 저질렀지? 언제 도를 등졌어. 뼈가 부서지도록 애썼는데 나라가 좀처럼 수습되지 않은 까닭은 뭐지."

"그건……."

"수없이 생각했지만 동지들에게 문제가 있다고 생각할 수 없었어. 그들은 모두 직분을 잘 지키고, 수고를 아끼지 않고 일했어. 도의를 좇아 몸을 바쳐 나라에 헌신했지. 하지만 재국은 무너질 거야. 이유가 뭘까."

"시쇼도 마찬가지예요. 시쇼도……."

"시쇼는 왕이다. 우리와는 달라. 우리에게는 관리로서 기량이 요구되지만 시쇼는 왕으로서의 기량이 요구돼. 시쇼를 천하를 가질 만한 그릇이라고 봤으니 하늘은 시쇼를 왕으로 삼은 것이 아니었나. 그 천명이 다하려 하고 있어. 더이상 시쇼가 왕이 될 그릇이 아니라는 것 말고 다른 이유가 있을까."

에이슈쿠는 목소리를 낮추었다.

"내가 준코가 역심을 품은 것이 아니냐고 하자 조사조차 하지 않고 그대로 믿더군. 잘 들어, 나는 절대로 역심이 있다고 단정하지 않았어. 그저 그럴 가능성도 있다고 제시했을 뿐이야. 하지만 시쇼는 웃어넘길 수가 없었던 것은 물론이요, 준코에게 따져 묻지도 않고, 조사도 하지 않은 채 의심을 믿었지. 준코를 믿지 않고, 의심한 사람은 시쇼야. 그뿐인가, 시쇼는 우리까지 의심했지. 내가 의심을 부추긴 것이 아니라 시쇼가 스스로 의심한 거야."

"에이슈쿠, 그건 변명이 되지 않아요."

"어째서? 내가 준코에게 뭘 했어. 준코에게 화를 내고 검을 뽑아 흉행을 저지른 사람은 시쇼 자신이야. 꿈 하나로 엉망이 되어가는 나라를 못 본 체하고, 자신을 확신할 만큼 시쇼는 오만해졌어. 의심에 가득차고 감정을 조절하지 못하고 격정에 휩싸여 가장 끔찍한 죄를 저질렀지. 그런 사람이 되어버렸어. 그래서 하늘이 시쇼를 포기한 거야."

슈카는 에이슈쿠의 손을 떼쳤다.

"당신은 죄를 떠넘기고 싶었어요."

"태사나 준코에게 흉흉한 짓을 한 것은 내가 아니야!"

"당신은 나라가 기운 죄를 시쇼에게 떠넘겼어요. 우리들에게도 책임이 있다고 하면서 당신은 자신이 잘못했다는 생각을 조금도 하지 않았어요. 자신의 잘못이 아니라고, 전부 시쇼의 탓이었다고 변명하기 위해서 당신은 일부러 시쇼가 죄를 짓도록 떠밀었어요."

"나는……."

"도를 잃은 사람이 자신이 아니면 되는 거였군요? 설령 시쇼가 모반 혐의를 씌워 우리를 형장으로 끌고 가 처형하기로 결정이 나더라도, 누가 도를 잃은 시쇼의 정의를 믿을까요? 죄는 시쇼에게만 있고, 당신은 죽더라도 정의로운 사람으로 있을 수 있죠. 그런 거였군요."

"그것이 진실이다."

"아뇨."

슈카가 고개를 가로저었다.

"시쇼는 당신에게 동생이나 마찬가지였어요. 동시에 벗이고 주인이었어요. 당신은 그런 시쇼를 배신하고, 구하기는커녕 죄를 짓도록 떠밀고, 자신이 정의라고 불리기 위해서 모든 죄를 지우려고 했어요. 그게 죄악이 아니고 뭐죠!"

에이슈쿠가 정색했다.

"당신의 행동 어디에 정의가 있나요. 어디에 도가 있습니까."

에이슈쿠가 말문이 막혔을 때, 격렬하게 문 두드리는 소리가 들렸다. 실례한다고 급하게 말하며 세이키가 문을 밀어젖혔다.

"무슨 일이지?"

"주상께서……."

"찾았어?"

슈카가 달렸다. 세이키의 뒤에는 표정이 일그러진 관리들이 쇄도했다.

"선양禪讓이옵니다!"

슈카가 걸음을 멈추었다.

"지금 뭐라?"

"백치가 말성을 울었습니다. 주상은 스스로 보위를 내려와 선양하셨습니다."

"시쇼……."

비틀거리는 슈카를 세이키가 부축했다. 소식을 듣고 달려왔는지, 옷도 머리카락도 흐트러진 춘관장 대종백大宗伯이 소매로 얼굴을 덮었다.

"선양이기에 유언이 있습니다."

백치는 왕의 즉위와 동시에 한 번 울고, 퇴위와 함께 마지막으로 운다. 선양의 경우에만 보위를 내려놓은 왕이 유언을 남기는 때가 있다.

"유언……?"

"책망은 일을 이루지 못한다고."

대종백은 그 자리에 쓰러져 울었다.

008

그 자리에는 한동안 통곡하는 소리, 오열하는 소리가 가득했다. 여전히 관리들은 시쇼를 이토록 경모하고 있다고 생각하자, 슈카는 가슴이 먹먹했다.

"시쇼……."

사그라질 듯한 목소리가 뒤에서 들렸다. 에이슈쿠가 반쯤 넋이 나가서 중얼거린 말이었다.

"시쇼는 자신의 죄에서 도망치지 않았습니다. 잘못을 바로잡는 쪽을 택했어요……."

슈카가 속삭이자 뒤에서 작은 신음이 들리다. 이내 에이슈쿠는 슈카 옆을 지나 조당을 퇴출했다. 에이슈쿠를 쫓듯이 신료들도 하나둘 일어나 조당을 나간다. 아마도 부보를 전하러 가는 것이리라. 조당 동쪽에 펼쳐진 부제를 향해 나가는 신료들과 상관없이 에이슈쿠의 뒷모습만이 곧장 남쪽으로 내려갔다.

"책망은 일을 이루지 못한다……."

애절한 기색을 띤 목소리에 슈카가 돌아보자 세이키는 얼굴을 구기며 웃고 소매로 눈물을 훔쳤다.

"역시 시쇼 님이로군."

"시쇼는 무슨 말을 하고 싶었을까……?"

"아마도 말씀 그대로의 뜻이겠죠. 남을 나무라고 비난하는 행동으로는 무언가를 이룰 수 없다고요."

"무슨 뜻이야? 나는 결코 시쇼를 나무라거나 비난한 적은……."

"아니요."

세이키가 고개를 가로저었다.

"시쇼 님은 본인 이야기를 하신 것 같아요. 아마도 자신이 이른 결론을 관리들에게도 교훈으로 남기려 하셨겠지요."

"시쇼가? 무엇을? 모르겠어. 무엇을 나무란 거야?"

"부왕입니다."

"뭐?"

슈카가 되물었다.

"아마도 그럴 거예요. 어머님께 들은 말이 떠올랐어요. 아주 오래전, 고두 시절에요. 시쇼 님이 고두를 만드시고 형님이 바로 달려가니까 저도 함께 가고 싶었어요. 그래서 어머님께 그렇게 말한 적이 있어요. 우리도 함께 읍녕으로 가요, 고두에 참가하자고요. 그때 어머님께서 비슷한 말씀을 하셨습니다."

"신시 님께서?"

"책망하기는 쉽지만 비난은 무언가를 바로잡지는 못한다고요."

"나는 시쇼를 신뢰합니다."

신시는 그렇게 말했다.

"하지만 고두에 찬동할 수 없습니다. 시쇼에게도 그리 말했습니다."

"어째서요?"

세이키는 수양어머니에게 물었다.

"스스로 생각하세요. 나는 남을 비난하는 것은 싫습니다. 시쇼에게 해야 할 말은 했습니다. 이제 시쇼가 스스로 생각하고 선택할 일입니다."

"너무해요."

세이키의 말에 수양어머니는 미소 지었다.

"생각을 아끼지 마세요."

"음……. 그럼 이것만 가르쳐주세요. 어째서 어머님은 비난하는 것이 싫으십니까?"

"그럴 자격이 없기 때문이에요. 비난하기만 한다면 나도 얼마든지 할 수 있습니다. 나는 시쇼가 하는 일에 의문을 느낍니다. 틀렸다고 말하기는 쉽지만, 어찌하면 틀리지 않는지 그걸 말해줄 수가 없어요."

"도통 모르겠어요."

"세이키는 이 나라를 어찌 생각합니까? 왕을 어떻게 생각하나요?"

"주상은 도를 벗어났어요. 정말로 눈뜨고 볼 수 없는 상황이잖아요."

"그럼 주상과 태보가 돌아가신다면 세이키는 승산하겠군요?"

"네?"

세이키는 눈을 깜빡이고 허둥지둥 손사래를 쳤다.

"제가…… 승산요? 말도 안 돼요."

"어째서지요?"

"저 같은 사람이 나라를 다스릴 수 있을 리가 없어요. 시쇼 님이나 형님이라면 모를까."

"응? 세이키는 스스로 하지도 못하는 일을 남이 하지 못한다고 해서 나무란 건가요?"

신시는 장난스럽게 말했다. 세이키는 당황해서 의미도 없이 좌우를 둘러보았다.

"어, 아뇨, 그게……."

"주상을 나무랄 자격이 있는 사람은 주상보다 나라를 잘 다스릴 수 있는 사람뿐이지 않을까요."

"그야…… 그럴지도 모르지만."

"시쇼에 대한 생각도 마찬가지예요. 그야 나도 현재의 재국 상황은 처참하다고 생각합니다. 모두 주상 탓이라고 하니 그렇겠지요. 그러니 마땅히 주상께 비난의 목소리를 높이는 이들이 있겠지요. 도당을 짜서 목소리를 높이면 주상의 귀에도 들어갈지도 몰라요. 시쇼가 하는 일은 그런 것이에요. 하지만 나에게는 잘못된 것처럼 보입니다. 그건 아니지 않느냐고 시쇼를 비난하기는 쉽지만, 그럼 어떡하면 좋으냐고 되물으면 나도 답은 모릅니다. 나라를 바로잡고 주상을 바로잡을 필요가 있는 것은 확실합니다. 그 때문에 무엇을 하면 되는지는 몰라요. 다만 시쇼가 하는 일은 틀렸다고 생각합니다. 그것만으로 시쇼를 나무라도 될까요?"

"그건……. 그렇지만……."

"바로잡는다는 것은 그런 것이 아닐까요. 그쪽이 아니라 이쪽이라고 말할 때 비로소 바로잡는 것이 되지 않나요?"

"시쇼 님은 바른길이 보이니까 목소리를 높이신 거지요?"

"그렇겠죠. 나는 일단 아닌 것 같다는 생각을 전했습니다. 이것이 바르다고 제시하지는 못하지만, 당신이 하는 일에 찬동할 수는 없다고요. 그 이야기를 듣고서도 여전히 자신의 도에 확신이 든다면 시쇼의 생각대로 해보면 되겠지요."

"해보면이라니……. 어머님은 생각보다 차가운 분이셨군요."

"그런가요? 나는 정답을 모르니 시쇼가 틀렸다고 단정짓지 않았지요?"

"만약 시쇼 님이 틀렸다면요?"

"시쇼는 틀렸다는 것을 깨달으면 그것을 수용하고 바로잡을 수 있는 사람입니다. 나는 그렇게 믿고 있어요."

신시는 그렇게 말하고 미소 지었다.

"나는 시쇼가 하는 일이 틀렸다고 생각하는 것이 아닙니다. 그저 위화감을 느낄 뿐이에요. 위화감이 드는 이상 도울 수는 없지만 옳은 방향을 제시하지 못하므로, 시쇼를 비난할 자격이 없고 그럴 마음도 없습니다. 그러니까 세이키도 내키는 대로 하세요. 시쇼가 올바르다고 생각하면 가서 돕도록 해요."

"하지만……."

그러면 세이키는 신시가 틀렸다고 판단하는 셈이다. 어쩔 줄 몰라서 신시를 올려다보자 수양어머니는 키득키득 웃었다.

"내 눈치는 볼 필요 없어요. 내가 틀리고 시쇼가 맞는다면 그렇게 해서 나라는 좋은 쪽으로 가겠지요. 중요한 것은 그 점이에요."

"저는 이제야 어머님의 말씀을 아주 조금 이해할 수 있을 것 같아요. 나무라기는 쉬워요. 비난은 누구든 할 수 있어요. 하지만 그저 나무라기만 하고 바른길을 가르치지 않으면 아무것도 생기지 않아요. 바로잡는 것은 무언가를 이루지만 비난은 무언가를 이루는 것이 아니었어요."

"모르겠어, 세이키."

세이키는 쓸쓸하게 미소 지었다.

"있잖아요, 누님. 누님은 말씀하셨죠? 결국 우리는 아무것도 하지 못했다, 부왕의 시절에서 한 걸음도 앞으로 나아가지 않았다고요."

"그래, 인정하고 싶지는 않지만 사실인걸."

"어째서 그렇죠?"

"그걸 알면……."

"이렇게 생각할 수는 없을까요? 우리에게는 나라를 앞으로 나아가게 할 능력이 없었다고요."

슈카는 핏기가 가신 얼굴로 저도 모르게 목소리가 거칠어졌다.

"그 말은…… 그 말은 우리가 무능했다는 거야? 나나 시쇼가 무능했다고?"

세이키는 작게 한숨을 쉬었다.

"능력이 없는 건 나쁜 일이 아니잖아요? 저도 하지 못하는 일이 많아요. 이를테면 검 쓰는 건 전혀 못 하죠. 못 하는 것이 잘못된 일이라고 하면 곤란해요. 사람에게는 맞는 일과 맞지 않는 일이 있으니까요."

"맞지 않았다고 말하고 싶은 거니? 조정을 다스리는 데에 맞지 않았고, 그만한 능력이 없었다고."

슈카가 거칠게 말했다.

"그렇다면 어째서 하늘은 그런 시쇼에게 천명을 내렸지?"

"저는 천제가 아니라서 몰라요. 하지만 천제는 시쇼 님의 높은 이상과 진지한 부분을 높이 산 것 아닐까요."

"요컨대…… 이상은 높지만 실현할 능력이 없었다는 말이 하고 싶은 거구나."

"맞지 않았을 뿐이에요."

"맞지 않는 사람이 국권을 쥐는 것은 악이야. 분명히 사람이 무능한 것은 나쁜 일이 아니야. 하지만 왕이나 정사만은 그렇지 않아. 무능한 왕은 있어서는 안 돼!"

"그러니까……."

세이키는 말을 꺼냈다가 입을 다물고 고개를 숙였다. 그리고 슈카도 깨달았다. 그렇다, 왕만은 무능해서는 안 된다. 정사에 맞지 않는 것은 허락되지 않는다.

"그러니까…… 그래서 시쇼는 천명을 잃었구나……."

슈카는 멍하니 그 자리에 웅크리고 앉았다. "있지요" 하고 세이키의 부드러운 목소리가 쏟아졌다.

"시쇼 님의 유언을 듣고 생각한 게 있어요. 어쩌면 시쇼 님은 근본적으로 무언가를 오해하신 것 아닐까요."

"근본적으로……?"

"책망하는 것은 무언가를 이루지 못해요. 시쇼 님은 처음부터 그 짐을 오해했고, 그 사실을 깨달았기에 굳이 유언을 남기셨구나 했어요."

"모르겠어."

슈카가 고개를 내젓자 세이키는 슈카 앞에 주저앉아 미소 지었다.

"나라를 다스리는 것은 정사를 이루는 것이지요. 시쇼 님은 어떻게 이룰지 생각해야 했어요. 어떤 정치를 펼치면 될지 나라를 어떻게 다스려야 할지를 생각하고, 나라가 갖추어야 할 모습을 추구해야 했던 겁니다. 하지만 시쇼 님은 정말로 그런 생각을 하신 적이 있었을까요."

"설마! 시쇼는 고두 시절부터……."

세이키는 고개를 끄덕였다.

"나라는 이러해야 한다고 외치셨지요. 저도 들을 때마다 넋을 잃었어요. 하지만 이제서야 생각해요. 정말로 시쇼 님의 이상이었을까. 아뇨, 아마도 이상이기는 했겠죠. 하지만 이상은 어쩌면 그저 부왕처럼 해서는 안 된다는 것으로 이루어지지 않았나 싶어요."

슈카는 어안이 벙벙해졌다.

"부왕이 부과한 조세는 무거웠어요. 그래서 시쇼 님은 가볍게 해야 한다고 생각하신 거지요. 그러자 국고는 곤궁해져서 둑 하나 제대로 지을 수 없게 됐어요. 기근이 일어나도 비축이 없어 백성에게 베풀어줄 수도 없었어요. 그렇지요?"

"맞아."

"시쇼 님은 조세란 무엇이고 무엇을 위해 있으며 무겁게 하는 것이 어째서 죄고, 가볍게 하는 것이 어째서 좋은지, 정말로 생각한 적이 있었을까요. 단순히 부왕처럼 하지 않으려고 낮춘 것은 아닐까요. 조세를 낮추면 무슨 일이 일어나는지까지 깊이 생각하고 낸 결론이었을까요……."

슈카는 대답할 말을 잃었다.

"어머님의 말씀이 맞았어요. 남을 나무라기는 쉬워요. 특히 우리처럼 높은 이상을 내걸고 사람을 나무라는 것은 정말로 간단한 일이에요. 하지만 우리는 이상이 정말로 실현 가능한지 진정 이상적인 모습인지를 차근차근 침착하게 생각해본 적이 없었던 것 같아요. 부왕이 무겁게 하는 것을 보고 가벼운 쪽이 좋다고 너무 간단히 그렇게 생각한 것 같아요……."

세이키는 한숨을 쉬었다.

"조세는 가벼운 편이 좋다는 건 틀림없이 이상이겠죠. 하지만 정말로 조세를 가볍게 하면 백성을 풍요롭게 해줄 수도 없게 됩니다. 무겁게 하면 백성은 괴롭고, 가볍게 해도 백성은 괴로워요. 그것을 분별하고 충분히 곱씹고 나서 낸 결론이 대답이어야 했던 것 아닐까요. 그런 의미에서 우리는 대답을 찾은 적이 없었다고 봅니다."

슈카는 그제야 세이키가 하려는 말을 깨달았다. 그러니까 신시는 몇 번이고 시쇼에게 말한 것이다. 조세를 결정한다면 백성의 현재 상황을 보고 적정한 수치를 내는 것이 정도가 아니냐고. 그것이 얼마냐고 묻자 신시는 입을 다물었다. 그렇다. 아마도 신시도 이게 바른 가격이라고 제시할 수 없었을 것이다. 신시는 시험 삼아 이 정도로 해보면 어떻겠냐고 제안했지만, 시쇼는 거부했다. 무거운 세금에 신음하던 백성에게 더는 조세를 부과할 수 없다고 했다.

"시쇼 님께 이상적인 나라는 유일하고 절대적이었을 겁니다. 도를 따라간 이상의 끝에 답이 있고, 그것 말고 다른 답은 있을 수 없었어요. 시쇼 님 마음속에는 시험 삼아 해본다거나 '일단 지금은'이란 말조차 없었던 것 같아요. 타협을 일절 받아들지 않을 만큼 시쇼 님은 자신이 품은 화서의 꿈에 절대적인 확신이 있었습니다. 하지만 그 확신은 부왕을 나무라는 것으로 키운 꿈이었어요."

"네 말이 맞아."

슈카가 중얼거렸다.

그들의 눈앞에는 기운 왕조가 있었다. 그들은 그저 부왕을 비난하면 됐다. 슈카는 부왕의 무거운 조세에 비난의 목소리를 높였지만, 심사숙고한 끝에 나온 말이 아니었다. 단순히 눈앞의 백성이 무거운 조세에 허덕이는 것에 의분을 느꼈을 뿐이다. 어째서 가볍게 하지 않느냐고 소리를 높이고, 가볍게 해야 한다고 확신했지만, 그들은 조세를 많이 낮추어도 백성이 곤란해질 줄은 꿈도 꾸지 못했다.

그렇다. 정도는 자명해 보였다. 부왕이 도를 잃었으니 부왕의 행동은 곧 악이라는 것이 명백했기 때문이다. 그들은 밤을 새워 부왕을 질책하고 이상적인 국가에 대해 이야기하고 화서의 꿈을 키웠다. 분명히 그 꿈은 부왕을 나무라면서 커졌다. 처음에는 애매하기만 했던 것이 부왕의 시정에 한 가지 흠을 발견할 때마다 구체적으로 바뀌었다. 부왕이 했다면 하지 않으면 된다. 그렇게 단순하게 연결 지으면 정도를 이끌어내기란 손쉽다.

값싼 확신에 근거해 스무 해 남짓 시쇼와 함께 쌓아온 왕조는 부왕의 왕조보다도 물렀다.

"맞아, 우리는 무능했어……."

나라가 무엇인지 조금도 알지 못했다. 나라를 다스리기에 충분한 지식도 생각도 지침도 없었다.

"그래……. 정말로 초짜였어. 정치 따위 아무것도 몰랐어. 모르는데 안다는 착각에 빠져 있었어. 부왕을 비난할 수 있으니, 우리는 부왕보다 정치가 무엇인지 안다고 생각했어……."

슈카가 가슴을 부여잡고 그 자리에 엎드렸을 때, 가벼운 발걸음이 들렸다. 창백해진 신시가 방으로 달려 들어왔다.

"슈카, 세이키! 시쇼가 숨을 거두었다고……."

슈카는 고개를 끄덕였다.

"백치가 말성을 울었다 합니다. 선양이기에 유언이 있었습니다……. 책망은 일을 이루지 못한다고."

신시는 눈을 부릅뜨더니 고개를 떨구고 손으로 얼굴을 덮었다.

"그랬군요……. 시쇼는 자신을 바로잡은 거로군요……."

신시는 중얼거리고는 고개를 들었다.

"훌륭한 아이였습니다. 정말로 너무나 훌륭해요."

신시의 표정과 목소리는 모든 것을 꿰뚫어 본 듯했다. 그렇다, 세이키에게 책망으로는 바로잡을 수 없다고 가르친 신시라면 시쇼가 저지른 잘못은 처음부터 잘 알고 있었으리라. 그렇기에 신시는 처음부터 고두에 참가하지 않았다.

"신시 님은 아셨군요. 저희가 조정을 맡을 자격도 없을 만큼 무능했다는 걸요. 쉬이 부왕을 비난하면서 다 아는 줄 알았죠……."

슈카의 말에 신시는 놀라서 슈카를 바라보았다.

"저희 모습이 얼마나 어리석어 보이고, 답답하셨어요."

"저런."

신시는 나직하게 신음하고 슈카 앞에 무릎을 꿇었다.

"그럴 리가 없지 않습니까."

"하지만……."

슈카는 치미는 오열을 삼켰다. 새삼 자신이 수치스럽고 분통이 터졌다. 슈카는 무능했을 뿐 아니라, 자신이 무능하다는 사실을 한심할 정도로 모르고 있었다.

"그렇게 책망해서는 안 됩니다. 그럼 슈카는 어떻게 해야 했는지, 이제 안다는 건가요?"

"조정을 맡지 말았어야 했어요. 그럴 자격이 있는 사람에게 맡겨야 했어요."

"그게 누구죠? 공위의 재국에는 왕과 관리가 필요했지요? 되도록 서둘러야 했어요."

"그건……."

신시가 슈카의 손을 잡았다.

"남도 자신도 그렇게 나무라서는 안 됩니다. 시쇼가 남긴 말이 맞아요. 답을 모른 채 그저 나무라기만 해서는 아무것도 생기지 않아요."

"하오나……."

슈카는 울음을 터뜨렸다. 자신의 무능함이 분하고, 그 사실을 깨닫지 못한 어리석음이 한층 더 분통했다. 몸 둘 바를 모를 만큼 괴롭고 백성들에게 미안했다.

"저도 조정에 참가했어요. 그리고 바른 일이 무엇인지 끝내 알지 못했습니다. 조세 하나, 관리의 정비 하나를 들어도 어떻게 해야 할지 전혀 몰랐어요. 그토록 정사에 무지하고 무능한 줄 알면서 태부의 자리를 받아들였습니다. 하지만 어떤 왕이든 처음에는 그렇지요?"

슈카가 고개를 들고 눈을 깜빡였다.

"종왕도 한때는 시정의 여관 주인이었다고 들었습니다. 그런 종왕이 정사가 무엇인지 알 리 있었을까요. 슈카도 시쇼도, 저도 몰랐던 것을 부끄러워할 필요는 없어요. 당신이 부끄러워하고 후회할 일이 있다면 단 한 가지, 확신을 의심하지 않았던 점입니다."

"저희는……."

"하지만 이미 의심을 품었군요? 자신들이 무능하지 않은지,

잘못하지 않았는지 아셨군요? 그러면 바로잡을 수 있어요. 시쇼처럼요."

"신시 님……."

"시쇼는 왕이었습니다. 이 잘못을 바로잡을 방법은 두 가지밖에 없었어요. 여기서 자신의 부족함과 어리석음을 딛고 고쳐가든가 스스로 그럴 그릇이 못 된다고 인정하고 단호히 보위에서 물러나든가. 시쇼는 후자를 택했습니다. 마음은 다시 시작하기를 바랐지요. 그러나 시쇼는 후자를 골라 끝까지 정도를 지켰습니다. 시쇼는 자신이 옥좌에 있는 것을 허락하지 않았어요."

"무능해서……?"

"아버지와 동생을 제 손으로 죽였기 때문입니다."

슈카는 신음하며 손으로 얼굴을 덮었다.

"아아……. 알고 계셨어요?"

"조금만 생각하면 알 수 있는 일입니다. 그리고 시쇼에게 그것을 부추긴 사람이 누구인지도."

슈카는 흠칫 놀라 신시를 바라보았다. 신시가 얼굴을 일그러뜨렸다.

"그만큼 내몰려 있었겠지요. 그러나 에이슈쿠가 한 짓은 용서받을 수 없습니다. 어미로서 가엾게 생각합니다. 그곳에 이르기 전에 바로잡아주지 못한 자신이 밉고, 에이슈쿠에게 미안합니다…….”

“어머님.”

“그러니 하다못해 우리는 그 아이가 자신을 바로잡을 수 있도록 기도해요. 더이상 죄를 더하고 수치를 더하다, 그토록 지키려 한 정도에서 영원히 벗어나버리지 않도록.”

신시가 무슨 생각을 하는지 깨닫고 슈카는 비명을 질렀다.

“아니야, 하지만……!”

에이슈쿠는 조당을 나가 홀로 곧장 남쪽으로 내려갔다.

당황해서 일어나려던 슈카의 팔을 신시가 붙잡았다.

“정신 차리세요. 지금 여기서 정말로 가여워해야 하는 것을 실념해서는 안 됩니다. 우리의 어깨에는 여전히 백성이 놓여 있어요. 지금 막 왕을 잃은 백성이 있습니다.”

신시의 눈에는 눈물이 차올랐지만 그보다도 강한 결연한 기운이 차 있었다.

“시쇼는 태보를 재국에 남겨주었습니다. 공위는 길게 이어지지 않겠지요. 시쇼는 마지막까지 자신의 어깨에 놓인 것을 잊지 않았습니다. 시쇼가 가엾다면 우리가 그것을 잊어도 되겠습니까. 시쇼가 아깝고 에이슈쿠가 아깝다면 우리는 두 사람의 죄를 짊어지고 보상해야 합니다.”

신시는 세이키를 돌아보았다.

“그대도 마찬가지예요, 세이키. 지금은 슈카의 종자로 있고 싶다는, 관위도 책임도 없는 낮은 계급에 머물고 싶다는 이기적인 행동은 허락하지 않겠습니다.”

“네.”

세이키는 얌전히 고개를 끄덕였다.

“말씀대로 따르겠습니다, 고코黃姑.”

세이키는 수양어머니에게 제대로 예를 갖추었다. 왕의 숙모, 표풍의 왕이 된 시쇼를 덕으로 가르치고 크나큰 영향을 준 인품을 기린의 색인 황금색에 빗대어 일부 신료들은 신시를 고코라 불렀다.

신시는 의연하게 고개를 끄덕이고 슈카의 얼굴을 응시하다 결국 꺾이듯이 슈카에게 매달려 쓰러져 울었다. 슈카는 소매를 물고 오열을 참는 신시의 등을 꽉 껴안았다. 이윽고 황급히 다가오는 발소리가 들렸다. 슈카를 부르고, 신시를 부르는 소리는 소재小宰의 목소리로 몹시 날카로웠다.

어떤 소식을 가져왔는지는 알고 있었다. 아마도 부보일 것이다. 슈카는 남편을 믿었다.

세이키가 잠자코 일어나 재빨리 방을 나가 문을 닫았다.

귀산

歸山

푸르스름한 호숫가에 펼쳐진 도시다. 잔물결 하나 없는 수면은 하얀 돌로 만든 도시와 그 뒤에 치솟은 회백색 능운산을 비추었다.

끈기 있게 언덕길을 올라온 나그네는 고개를 넘은 순간, 그 광경을 보게 된다. 산들로 둘러싸인 광대한 푸른 들판과 빛나는 호수, 구름을 찌르는 산과 산기슭에 조성된 하얀 도시를.

"이거 장관이로군."

남자는 감탄하면서 이마에 맺힌 땀을 닦고 옆에서 걸음을 멈춘 나그네를 돌아보았다.

"지초芝草는 아주 잘 정비된 곳이군."

고개 꼭대기, 절벽 위 너른 곳에서 경치를 넋 놓고 보던 나그네는 놀랍다는 듯이 말을 건 남자를 돌아보았다. 나그네의 시선에 남자가 환히 웃는다.

"줄곧 내 앞을 걷고 있었지. 훌륭한 기수를 거느렸으면서 고지식하게 산길을 오르다니 괴짜다 싶어 지켜봤는데, 이봐, 일부러 올라오기를 잘했어."

"그러게요."

밝게 웃는 나그네는 범을 닮은 짐승을 쓰다듬었다. 이십 대 초반으로 보이는 그는 더없이 비싸 보이는 기수를 데리고 있는 만큼 차림도 훌륭했다.

"혹시 지초 사람인가?"

"아뇨."

"그래."

남자는 고개를 끄덕이고 다시 이마의 땀을 닦았다. 오르막만 이어지는 여정에 남자의 얼굴은 상기되고, 구슬 같은 땀이 흘렀다. 내리쬐는 볕도 초여름에 걸맞게 쾌청하게 강렬했지만, 고개에는 상쾌한 바람이 불었다. 겉옷 안으로 시원한 바람이 통하도록 옷깃을 느슨하게 해 붙잡고 있던 남자는 한숨 돌리고 나서 또다시 좋은 곳이라고 중얼거리고는 고개를 내려가기 시작했다. 기수를 거느린 나그네는 걸음을 멈춘 채 남자를 눈으로 좇다, 한

동안 고개의 경치를 바라보더니 이윽고 자신도 기수의 고삐를 잡고 고개를 내려갔다. 눈 아래에 보이는 하얀 도시가 유국의 왕도, 그리고 하얀 산 정상에 구름으로 둘러싸여 희미하고 어슴푸레한 숲처럼 보이는 것이 유왕劉王의 거처인 분화궁芬華宮이다.

가도는 완만하게 꺾이면서 산을 내려가 푸른 들판을 가로지른다. 오른쪽과 왼쪽, 가까이 그리고 멀리 띄엄띄엄 있는 농가를 보며 나아가자 마침내 하얀 곽벽에 이르렀다. 곽벽 안에는 하얀 길이 나 있다. 도시는 희미하게 회색을 띤 하얀 돌을 채석해 쌓아올려 형성되었다. 지초 주위에는 목재에 좋은 삼림이 적다. 멀리서 재목을 운반하기보다 하늘을 지탱하는 기둥 같은 능운산을 깎아내는 편이 간단하다. 산허리를 파내 만들었기에 하얀 도시는 산의 일부 같아 보이기도 한다. 지붕만 목재로 떠받쳤는데, 유국 중앙부에서 나는 목재 특유의 먹색을 띠고 있다. 흰색과 검은색을 기조로 한 말끔한 도시다. 역시나 백색 돌을 깐 길 위에 알록달록 다채로운 사람들이 오간다.

오문午門을 지나 도시로 들어가서 한동안 번잡한 문가를 바라보았다. 길을 오가는 사람들의 걸음걸이는 경쾌하고 표정도 밝다. 아무런 불안도 문제도 없는 듯이 보인다.

그는 눈살을 살짝 찌푸렸다.

"좋지 않군."

"뭐가 말이지?"

느닷없이 누가 말을 거는 바람에 깜짝 놀라 돌아보았다. 바로 옆에 있는 사람을 확인하고 눈을 깜빡이다가 이내 활짝 웃었다.

"이런 곳에서 만나나."

"이런 곳이니까 만났겠지. 오랜만이군, 리코利廣."

리코는 자연스럽게 웃음이 났다. 일전에 만난 이후 확실히 '오랜만'이긴 하다. 삼십 년쯤 지났으니 말이다.

"그러네. 후칸風漢도 여전히 방랑중이군."

"자네랑 똑같지."

"언제부터 여기에 있었어?"

후칸은 이틀밖에 안 되었다면서 길 동쪽을 가리켰다.

"여관은 저쪽이다. 식사는 형편없지만 마구간이 괜찮아."

"그럼 나도 그곳에서 신세를 질까."

희귀한 기수를 데리고 있으면 마구간을 골라야 한다. 마구간과 마구간지기가 제대로 갖춰진 여관을 찾는 일은 무척 번거롭다. 리코는 북적이는 사람들 속에서 고마워하며 후칸을 따라갔다.

이 남자와 언제 처음 만났더라. 아주 오래전임은 분명하다. 장소가 어디였는지도 헷갈린다. 어떤 경위로 만나고 헤어졌는지도 모른다. 처음에는 기묘한 남자라고만 생각했던 것 같다. 헤어지면 두 번 다시 만날 리 없어야 하는데, 한참 뒤 다른 나라에서 다시 만났다. 그래서 상대방이 본인 말처럼 떠돌이가 아니라는 사실을 알았다. 그사이에 육십 년쯤 세월이 흐른 까닭이다. 평범한 '사람'이라면 죽었을 것이다. 아니면 만나도 알아보지 못할 정도로 나이가 들었어야 한다.

그 이후로 온갖 곳에서 만났다. 마침내 그가 누구인지는 알았다. 대놓고 따져물은 적은 없지만 말이다. 확인해보지 않아도 안다. 리코와 필적할 만큼 오랜 세월 돌아다니는 사람은 한정되어 있다.

만나는 곳은 언제나 '이런 곳'이다. 삐걱거리기 시작한 나라의 도읍이나 그와 비슷한 장소. 리코는 유국이 위태롭다는 소문을 들었다. 치세 백이십 년을 넘긴, 유왕이 다스리는 나라가 기울기 시작했다. 그것을 확인하러 와서 또 만나고 말았다.

"그런데 뭐가 좋지 않지?"

앞서가는 후칸이 돌아보면서 묻는다.

"도시의 상태."

나라가 기울고 있는데 사람들이 활기차다. 리코는 오랜 경험으로 이 상태야말로 나라가 위태롭다는 증거임을 알고 있었다. 백성은 늘 나라가 기울기 시작하면 웃는다. 불안해하면서도 웃고 떠들며 왕이나 시정에 대해 숙덕인다. 나라가 심각하게 기울면 백성은 불안해하며 우울해 보인다. 그리고 사태가 더욱 심각해져 파탄이 가까워지면 들뜨면서 기묘하게 밝아진다. 앞날을 볼 줄 모르고 향락에 빠진다. 분위기에 휩쓸리고 안정감을 잃는다. 이런 건전하지 못한 밝은 분위기에 균열이 생기면 나라는 단숨에 붕괴한다.

그 나라의 내실을 이방인이 알기란 어렵다. 실제로 나라가 어지러워지기 시작하면 이방인이 보기에도 일목요연하지만, 왕조가 기울기 시작하고 뒤틀림이 축적되는 동안에는 대부분의 뒤틀림이 이방인 눈에 띄지 않는다. 그러나 백성은 뒤틀림을 알고 있다. 눈에 보이지 않아도 피부로 느낀다. 그렇기에 백성의 모습을 보면 나라가 어떤 상태인지 알 수 있다. 알 수 있다는 사실을 여태껏 리코는 학습해왔다. 위태롭다는 소문이 타국까지 퍼졌건만 해당 왕도의 백성들은 명랑하다. 이미 위험 단계에 진입했다는 징후다.

"우울해 보일 때는 아직 회복할 길이 있는데."

리코가 한숨지으며 말하자 후칸도 나직하게 대답했다.

"그 단계는 지난 모양이군. 아무래도 이제 막지 못할 것 같아."

후칸은 동조하며 여관을 가리켰다. 겉모습만은 화려한 여관이다. 하얀 돌담에 무늬를 새기고, 알록달록한 장식을 수없이 달고, 건물을 둘러싼 담장 안쪽에서는 한낮임에도 취객들이 지르는 들뜬 환호성이 들렸다.

"유국은 그렇게 심각한가?"

리코는 빌린 방에 짐을 던져놓고 뒤쪽을 향해 물었다. 특별히 할 일도 없는지 따라온 후칸이 창문을 연다. 흥청망청 북적거리는 소란이 흘러들어왔다.

"모르겠군. 나라가 백성을 쥐어짜내는 이야기는 따로 못 들었어. 극단적으로 조정이 사치나 방종에 빠졌다는 소문도 듣지 못했군. 단, 지방관은 상당히 고삐가 풀린 것 같아. 중앙에서 먼 곳일수록 누구누구가 변변치 않다는 소문이 곧잘 들려."

"그게 다야?"

"지금으로서는."

"그런가."

리코는 의자에 몸을 던지며 중얼거렸다. 그런 경우도 있다. 표면적으로는 아무 문제도 없어 보이나, 밑바닥에는 수없이 많은 균열이 가 있다. 백성은 자신의 눈앞에 수없이 많은 자잘한 균열을 감지한다. 그러니 불안하고, 그 불안은 곧 '위험하다'는 소문이 되어 나타나는데, 이방인은 어디에 문제가 있는지 알 수 없다. 그런 경우 눈에 보이는 붕괴가 시작되면 단숨에 종말까지 이른다.

"생각보다 이르군."

리코의 혼잣말에 후칸은 탑상(긴 의자)에 거만하게 앉아 웃었다.

"역시 주국 분은 말하는 게 다르군. 백 년 하고도 이십 년을 이르다고 하나."

"그렇기는 하지만."

리코도 따라 웃는다. 리코는 세계의 남쪽, 주국 사람이다. 그 나라의 주인, 종왕의 치세는 실로 육백 년, 앞으로 팔십 년만 버티면 역사상 가장 오랜 왕조가 된다는 모양이다. 현존하는 열두 나라 중에서는 가장 길다. 이보다 백 년쯤 늦은 치세로 동북의 대국, 안국雁國이 뒤를 잇는다.

"어쩐지 유국은 좀더 버틸 것 같았거든."

"호오?"

현재 유국을 통치하는 유왕은 조 로호助露峰라 했을 것이다. 어떤 경위로 등극했는지는 리코도 알지 못한다. 남쪽 주국와 북쪽 유국은 정확히 세상의 끝과 끝이다. 유국의 사정이 그만큼 상세하게 들릴 리가 없으니 말이다. 이렇게 나라를 찾아온다 해서 왕궁의 내부 사정 따위 들릴 리도 없다. 본디 같으면 왕의 이름조차 전해지지 않는 경우가 많다. 리코는 알아낼 수 있을 위치에 있기 때문에 이름을 아는 것이다.

로호는 본래 유국 고관이 아니었고, 스스로 왕이 되고자 세상의 중심인 봉산으로 기린을 찾아간 승산자도 아니었던 모양이다. 그렇다고 평범한 농민이나 상인들 사이에서 발탁된 것도 아닌 듯하다. 사람들 입에 오를 정도로 극적인 등극은 아니었다는 소리다. 선왕이 죽고 로호가 등극하기까지 스무 해 남짓한 시간이 걸렸으니, 류키劉麒(유국의 기린)는 신왕을 고르는 데 애를 먹었을 것이다. 보통 기린은 앞선 기린이 죽고 즉시 열려, 일 년이 채 안 되어 태어난다. 그 뒤로 천명을 듣고 왕을 선정할 수 있을 때까지 몇 년이 걸린다. 이르면 그 정도 만에 다음 왕이 오른다.

등극까지 걸린 연수와 왕으로서 역량은 직접적인 관계가 없지만, 이전 경력이 분명치 않다는 점도 그렇고, 로호에게는 신통치 않다는 인상이 따라다녔다. 그래서인지 등극 당초는 풍문이 거의 들리지 않았는데, 세월이 흐르면서 명성이 높아졌다. 이제 유국은 유례없는 법치국가로 유명하다. 그런데 그런 유국이 무너진다니 리코로서는 뜻밖일 수밖에 없었다.

리코가 그렇게 말하자 후칸은 고개를 살짝 갸웃했다.

"나는 너와는 반대로 생각보다 오래 버틴 것 같은데 말이지. 로호는 등극했을 때 신통치 않은 왕이었어. 원래는 지방의 현정縣正인지 향장鄕長인지를 지냈고, 그 지역 평판은 좋았던 것 같지만 중앙까지 명성을 떨칠 정도도 아니었던 것 같고. 음, 그다지 걸물이라는 인상은 아니었지."

후칸 또한 로호의 이름을 알고 있다. 리코와 비슷한 위치에 있다는 증거다.

"역시 안국 사람은 자세히 아는군. 옆 나라라서 그런가?"

"그렇지. 등극하고 얼마 지나서 온 적이 있는데, 무난하기만 한 인상이었어. 첫 고비를 넘기지 못하고 무너질 것 같았는데."

"첫 고비라."

리코는 되뇌었다. 나라를 다스리는 왕에게는 수명이 없다. 하늘의 뜻에 부합하는 한 왕조는 계속된다. 그러나 왕조를 계속 유지하기란 뜻밖에 어렵다. '뜻밖'이라고 여기는 까닭은 하늘은 나라를 다스릴 그릇을 지닌 자, 명군의 자질을 가진 자에게 천명을 내린다고 하기 때문이다. 기린은 천명을 듣고 제 주인이 될 왕을 고른다. 그럼에도 왕조의 수명은 짧다. 주국의 육백 년, 안국의 오백 년은 파격적이다. 뒤를 잇는 서쪽 대국 범국, 범왕犯王의 치세는 삼백 년 가까이 달했지만, 그 뒤를 잇는 왕조는 구십 년 된 공국이었다.

신기하게도 왕조의 존속에는 일종의 고비가 있다. 육백 년에 걸쳐 왕조의 흥망을 지켜본 리코는 그렇게 생각했다. 첫 번째 고비는 십 년, 이 고비를 넘기면 삼십 년에서 오십 년은 버틴다. 이 때가 두 번째 고비로, 여기에 커다란 산이 하나 있는 듯하다. 공교롭게도 두 번째 고비는 왕이 '죽을 때'에 찾아온다.

왕은 등극하면 신적에 올라 늙지도 죽지도 않지만, 서른 살에 등극한 사람은 삼십 년이 지난 뒤, 만약 그 사람이 신적에 들지 않았다면 슬슬 앞으로 살날이 짐작될 무렵이 위험하다. 이때까지 왕이든 왕을 따르는 고관이든 수명이 없는 사람은 필요도 없으면서 나이를 센다. 자신의 실제 연령을 성실하게 외우고 있다. 그리고 자신이 본래 같으면 언제 죽어도 이상하지 않은 무렵이 되었음을 깨닫는다. 신적, 선적에 들지 않았더라면 슬슬 '일생'을 다했을 즈음이란 사실을 강하게 의식하게 된다. 동시에 아래 세상에서 알고 지내던 사람이 우르르 가버린다.

그들의 죽음을 눈으로 보지는 못한다. 애초에 신적이나 선적에 오른 시점에서 하계에서 알던 지인과는 인연이 끊기고 만다. 운해 위로 올라가고 나면 출신지는 나라 안에 있는 한 마을에 지나지 않는다. 풍문도 들려오지 않고, 쉽게 찾아갈 수도 없다. 하지만 그 사람은 이제 없겠지, 이 사람도 이제 위험하다는 식으로 사라져가는 모습을 상상하고 만다. 자신만이 언제 끝날지도 모르는 생에 남겨졌음을 절실하게 의식한다. '일생'만큼의 세월을 써서 한 일과 하지 못한 일. 그중에는 과거를 돌아보고 거센 허무감에 사로잡히는 사람도 있고, 장래를 꿰뚫어 보고 공포를 느끼는 사람도 있다. 선적에 들어간 관리에게도 역시 고비가 찾아와 느닷없이 사직하는 사람이 많은 시기가 이때다. 하지만 왕은 스스로 그만두기가 어렵다. 그만두는 것은 자신의 죽음과 직결한다. 막연한 허무함과 두려움으로는 도저히 스스로 보위를 내려놓고 자신의 생을 마무리지을 수 없다. 그래서일까, 마치 하늘에 결말을 떠넘기듯이 망가지기 시작한다. 리코는 그것을 소극적인 사임으로 이해했다.

그리고 절대로 자신이 살아남을 리 없을 만큼 시간이 흐르면 태도를 바꾼다. 이 고비를 넘기면 왕조의 수명은 현격히 길어진다. 다음 고비는 삼백 년쯤 되었을 때다. 어찌하여 위험한 고비가 오는지 리코는 알지 못한다. 그러나 이때 왕조가 와해되면 비참하게 무너지는 경우가 많다. 여태껏 현군으로 칭송받던 왕이 하루아침에 확 달라져 폭군이 된다. 민중은 학살당하고 국토는 황폐해진다.

"첫 고비를 넘기고 백이십 년……. 어쩐지 어중간하군."

"어중간한가."

후칸이 웃었다.

"그래, 첫 고비를 넘은 왕은 삼백 년 정도는 버틸 때가 많지. 그러나 그렇지 않은 예도 많을 텐데."

"응, 뭐, 그렇기는 해."

리코는 그 '첫 고비' 무렵에 유국을 찾은 적이 있다. 유국 이곳저곳을 돌아다니며 어떤 상태인지, 요컨대 이 고비를 넘길 수 있는지 살폈는데 그때 느낀 예감은 아주 좋았다.

후칸의 말대로 첫 고비를 넘기고도 삼백 년에 미치지 못한 채 무너지는 왕조는 많다. 그렇지 않은 왕조가 더 적지만, 그 경우에는 첫 고비를 넘은 시점에서 이미 예감이 온다. 간신히 고비를 넘겼지만 문제가 많다. 언젠가는 이것이 쌓이고 쌓여 파탄이 나리라 예측할 수 있다. 그러나 유국에는 그런 느낌이 없었다. 유국은 문제없이 전진하는 듯이 보였다.

리코의 말에 후칸은 미간을 살짝 찌푸렸다.

“맞아, 나도 그렇게 생각했어. 그래서 유국은 정체를 모르겠다 싶었던 기억이 나는군.”

“정체를 모르겠어?”

“본 적 없는 형태라고 생각했어. 첫 고비라고 했지만, 실제로 가장 큰 고비는 왕조의 시작에 있지. 새로운 왕이 등극하고 십 년 전후, 그때까지 조정의 형태가 정비되는지가 최대 관문이다. 내가 보기에 로호는 그 일을 실패한 것 같았어.”

“처음에 대강이라도 모양새를 잘 갖추지 못하면 왕조를 길게 지속시킬 수 없는데.”

리코는 말하고 나서 후칸의 얼굴을 보고 무심코 웃음을 터뜨렸다.

“하긴 드물게, 괜찮은 모양새는커녕 지리멸렬한 주제에 오백 년쯤 살아남은 괴물 같은 예도 있지만."

큰 소리로 웃는 후칸을 따라 리코도 경쾌하게 웃었다.

"하지만 보통은 처음에 형태를 이루지 못하면 백이십 년도 버티지 못하잖아?"

"그렇지. 그러나 로호는 버텼어. 아니, 첫 고비 즈음에 와보니 유국은 완전히 달라져 있었어. 특히 두드러진 것은 법 정비다. 왕이 옥좌에서 잠만 자도 나라가 알아서 똑바로 나아갈 것처럼 정비되어 있다는 생각밖에 들지 않았어."

"그래……. 맞아. 나도 대단한 인물이라고 생각했어. 그 단계에서 나라의 기초를 그만큼 다졌으면 삼백 년은 버티고도 남지."

"나는 그 갑작스러운 변모가 꺼림칙했지. 궤도에 잘 올랐으면서 왕이 급변하여 무너지는 예는 많아. 그러나 그 반대는 처음이야."

"안국 정도인가. 안국은 십 년도 버티지 못할 것처럼 보였지만 첫 고비 즈음에 확 달라졌어."

리코는 말하고서 팔짱을 꼈다.

"로호가 그 형태를 답습한다면 이 정도로 쓰러질 리가 없겠지만. 확실히 본 적 없는 형태야……."

삼백 년을 넘긴 왕조는 주국과 안국 두 나라뿐이다. 다시 말해 그만큼 다른 나라는 약하다. 칠 할의 왕조는 첫 번째 고비를 넘기지 못한다. 왕조는 몇십 년 사이에 태어나고 죽는다. 리코는 너무나 많은 왕조가 탄생하고 사멸해가는 모습을 지켜보았다.

"무너지는 형태도 낯설어."

중얼거리는 후칸의 말에 리코는 어리둥절한 표정을 지었다.

"낯설다고?"

"나도 어째서 유국이 이제야 기울기 시작했는지 모르겠어. 아니지, 무슨 일이 있는지 아예 모르는 것은 아니군. 단적으로 말하면 로호는 또다시 크게 변하려 하고 있어."

"이 시기에?"

"이 시기에. 로호는 직접 포고한 법이 여기저기서 무시당하고 짓밟히는 것에 관심이 없어진 것 같아. 무관심하기만 할까, 요새는 스스로 쌓은 견고한 성에 알면서 구멍을 뚫는 짓을 하고 있어."

"구멍을 뚫는다?"

후칸은 고개를 끄덕였다.

"법이란 것은 세 가지가 어우러져 비로소 작용하지. 법으로 무언가를 금지한들 그게 끝이 아니야."

"금령이 구석구석 미치고, 성실하게 운용되는지 감시할 조직이 필요하지. 감시하는 조직이 없으면 법은 장식품이 되니까. 또 한 가지는 뭐지?"

"반대의 긍정이야. 간사한 관리의 전횡을 금지하는 법은 그렇지 않은 유능한 관리를 칭찬하고, 중히 채용하는 제도와 어우러져야 해. 어느 것 하나라도 모자라면 제대로 기능하지 않지."

"그렇군……."

"유국은 이 부분이 엄청나게 잘되어 있었어. 그런데 로호는 그것을 망가뜨리기 시작했어. 무심히 하나만 바꾸고 나머지를 방치하지. 하려는 일이 일관성이 없어. 그래서 여기저기 어긋나기 시작한 거야."

"그건 이상하군."

리코는 생각에 잠겼다가 문득 입을 열었다.

"어쩌면 로호는 이미 옥좌에 없는지도 모르겠어."

"없다고?"

리코가 고개를 끄덕였다.

"로호는 옥좌에 염증을 느꼈는지도 몰라. 실권을 포기해버린 거지."

"대단히 그럴싸하군."

후칸은 대답하고 일어나서 창가로 다가갔다. 초여름의 햇살이 기울고, 거리에 감돌던 북적거림은 한층 시끌벅적해졌다. 고삐가 풀린 것처럼 들뜬 취객의 목소리, 조율이 이상해진 악기 같은 교성, 온 고을이 한창 잔치를 벌이는 중인 것만 같다.

"로호가 만든 체제는 공고했어. 그러니 놈이 실권을 내던져도 여태껏 버텼지. 나라가 본격적으로 망가지는 것은 이제부터지만, 로호는 훨씬 전에 망가졌는지도 몰라. 천의가 그를 저버릴 정도로."

리코는 눈살을 찌푸렸다.

"그게 무슨 뜻이지?"

"유국 허해 연안에는 요마가 나온다더군."

리코는 깜짝 놀랐다. 요마가 나온다는 것은 왕조의 붕괴가 말기에 접어들었음을 의미한다. 아직 본격적으로, 리코 같은 이방인에게도 명백히 눈에 보일 정도로 무너지지도 않았거늘.

"눈이 적은 지방에 폭설이 내렸다던가. 하늘의 기운이 틀어졌어. 정사가 엉망이 되기 전에 나라가 엉망이 되어 망하려는 거지. 보통은 반대다만."

"겉으로는 드러나지 않은 채 그렇게까지 진행된 건가?"

"그런 것처럼 보여. 안국은 국경에 경비를 두기 시작한 모양이야."

남의 일처럼 말하는 후칸을 보고 리코는 고개를 끄덕였다.

"아무래도 유국의 여명은 얼마 남지 않은 것 같구나."

리코가 나직하게 말했다. 이토록 왕조는 약하다.

창문으로 들어오는 시끌벅적한 소리에 귀가 따가웠다. 그들의 발치에는 심각한 균열이 나 있다. 언젠가 연회석 바닥이 무너지고 나락의 뚜껑이 열린다. 누구도 이를 막을 수는 없다. 왕이 도를 잃으면 그를 고른 기린이 병든다. 기린이 병들면 자신이 도를 잃은 것은 어느 왕이고 명백한 일이다. 행실을 고치기만 하면 기린은 쾌유하고, 나라는 소생한다. 그럼에도 리코는 그런 예를 거의 본 적 없었다. 자신의 과오를 깨달은 왕은 있다. 그러나 왕이 그 상황에서 참회하고 나라를 다시 일으키려다 성공한 예는 극단적으로 적다. 나라는 한번 기울기 시작하면 멈추지 않는다. 왕의 비장한 노력 따위 아무런 가치도 없다.

생각에 잠겨 있는데, 창가에서 후칸이 왜 그러느냐며 뒤돌아보았다.

"예상이 빗나간 것이 그토록 낙담할 일인가?"

"내 예상이 맞든 틀리든 아무래도 상관없지만……."

리코는 한숨을 쉬었다.

"그래, 낙담하기는 했어. 대왕조가 될 것 같았으니까."

유국에는 그런 생각이 들 만한 광채가 있었다. 그런데도 겨우, 리코가 보기에는 겨우 백이십 년 만에 몰락한다.

"그런 왕조도 덜컥 몰락하는 일이 있구나 싶었지."

"새삼스레 그런 소리를 하나, 주국 분께서? 몰락한 예는 썩을 만큼 봤을 거면서."

리코가 실소했다.

“주국 사람이니 그리 생각하는 거야. 아마도 후칸은 이해 못 하겠지. 아직 병아리니까.”

후칸은 어처구니없다는 듯이 눈을 살짝 치떴다.

“주국은 열두 나라 안에서 가장 오래 살아남았어.”

“그런 소리였나.”

후칸이 쓴웃음을 짓고 창밖을 보았다.

“그런 소리야. 안국 사람은 이 압박감을 몰라. 적어도 백 년은 더 오래 살아남은 사례가 있으니까.”

하지만 주국 앞에는 실재하는 사례가 없다. 팔십 년만 더 지나면 전해내려오는 이야기 속에서조차 예가 사라진다. 이토록 오래 살아남은 왕조는 없다.

“왕조가 죽을 때마다 생각해. 지켜보고 있으면 좋든 싫든 생각하지. 죽지 않는 왕조는 없다고.”

주국이고 안국이고 예외는 아닐 것이다.

“그런 생각을 하면 숨이 막혀. 나는 죽지 않는 왕조가 없다는 사실을 알고 있지. 영원한 왕조가 있을 리가 있나. 죽지 않는 왕조가 없다면 언젠가 반드시 주국도 몰락할 거야.”

후칸은 창밖을 본 채 말했다.

“영원한 것 따위 없을 테지.”

"맞아."

리코가 쓴웃음을 지었다.

"그런 거야, 모든 것은. 그런 줄 알면서 무슨 까닭인지 나는 주국의 종언을 상상할 수 없어."

"당연하지. 자신이 죽는 순간을 상상할 수 있는 놈은 없어."

"그런가? 나는 내 죽음이라면 상상이 가는데. 시시한 다툼에 휘말려서 목숨을 잃거나, 여기저기 돌아다니다 요마에게 먹혀버리는 모습 같은 거."

후칸이 웃으며 돌아본다.

"가능성을 상상하는 것과 그 자체를 상상하는 것은 다르지 않나."

"아아, 그럴 수도 있겠군."

리코는 대답하고 한참 이리저리 상상했다.

"하지만 역시 안 돼. 가능성도 도저히 떠오르지 않아."

리코에게 종왕이란 사람이 정도에서 벗어나는 사태는 도저히 상상하기 어려운 일이었다. 신하가 모반을 저지른다면 종왕이 어떻든 관계없이 일어날 수 있는 일이지만, 그런 상상을 하면 곧바로 신료의 얼굴이 떠오른다. 종왕이 통치하는 백관제후, 누구를 떠올려도 모반과는 도통 인연이 없었다.

"안국이라면 상상이 가는데 말이지."

리코가 중얼거리자 후칸은 재미있다는 표정을 지었다.

"호오?"

리코가 웃는다.

"내 상상에 자신이 있어. 음, 연왕의 성격으로 정도에서 벗어나 끝날 일은 없겠지. 본인이 도를 아는지는 의문이지만 명확하게 깔려 있는 길을 실수로 벗어날 만한 귀여운 구석은 없을 테니까. 평범한 잔챙이가 덤빈다고 얌전히 당할 만한 위인도 못 되지. 안국이 몰락하는 것은 연왕이 그럴 마음을 먹었을 때야."

"일리 있네."

"분명 태연히 저지르겠지. 이렇다 할 이유도 없이 어느 날 갑자기 그것도 나쁘지 않겠다고 마음먹는 거야. 하지만 그 사람은 끈덕지니까 결심하자마자 즉단즉결할 리는 없어. 그렇지, 아마도 도박을 할 거야."

후칸은 어리둥절한 얼굴을 했다.

"도박이라니 뭐야."

"말 그대로야. 하늘을 상대로 내기를 하는 거지. 이를테면 좀처럼 만나지 못하는 사람을 백 번 만나면 저지르는 거야. 인연이 없어서 만나지 못하는 동안에는 하늘의 승리. 만나게 되면 하늘이 진 거지."

"그런 소리였군."

후칸은 큰 소리로 웃었다.

"저지를 때는 철저하게 하겠지. 아마도 안국에는 아무것도 남지 않을 거야. 백성도 관리도 태보도 말이지. 왕궁도 도시도. 안국은 흔적도 없이 깨끗하게 공터가 될 거야."

"태보를 죽이면 왕도 수명을 다하잖아."

"그 자리에서 죽지는 않지. 태보를 죽이고, 그때부터는 하늘과 경쟁하는 거야. 하늘의 판결이 빠른지, 연왕이 안국을 아무것도 없는 땅으로 되돌리는 것이 빠른지. 그 사람은 틀림없이 그런 걸 좋아할 거야."

"어느 쪽이 빠를까?"

"한다면 해낼 것 같은데. 하지만 그럼 분하니까 정말 마지막에 아주 작은 마을을 남겨놓고 자조하면서 죽는 건 어때?"

"나쁘지 않군."

후칸이 웃었다.

"나도 주국이라면 상상이 가기는 해."

"그래?"

"방랑벽이 있는 태자가 이 세상에 묶여 있는 것에 진력이 나서 종왕을 친다."

리코는 눈을 깜빡이더니 실소했다.

"큰일났군. 그럴싸하게 들렸어."

후칸은 호탕하게 웃고 창밖으로 시선을 던졌다.

"상상할 수 있는 범주의 일은 일어나지 않아."

"그러면 좋겠는데."

리코도 땅거미가 지기 시작한 지초의 하늘을 바라보았다.

"상상 속의 일은 대개 이미 무사히 지나친 일이야."

"그럴 수도 있겠군."

리코는 그렇게만 대답하고 입을 다물었다. 야음이 감돌기 시작한 거실에 시끌벅적한 소리가 스며든다.

상상할 수 있는 범주의 일은 이미 많은 왕조에서 일어났다. 그런 것으로 몰락할 정도라면 파격이라 불릴 만큼 버티지 못했다. 흔한 위기는 뛰어넘어왔다. 그래서 더욱 앞이 보이지 않는다.

어찌하여 왕조는 죽는 것인가. 천의를 얻어 오른 왕이 도를 잃는 까닭은 무엇인가. 왕은 정말로 자신이 도를 벗어난 사실을 알아차리지 못할까. 알아차리지도 못한다면 애초에 도가 무엇인지 모른다는 소리가 아닌가. 그런 자가 천의를 얻을 수 있을까. 없다 한다면 왕은 반드시 도를 알고 있을 것이다. 그럼에도 잘못된 길로 들어선다. 틀린 길인 줄 알면서 발을 들이고 마는 순간이 있다.

과거의 사례로 어떤 때에 과오를 저지르는지는 안다. 하지만 자신이 죽는 순간을 상상하지 못하듯이 잘못되었음을 아는 길에 발을 내디디는 순간의 심정은 상상이 가지 않는다. 무엇이 그렇게 행동하게 하는 것인가. 어떻게 하면 그것을 막을 수 있는가.

생각에 잠긴 리코에게 후칸이 불쑥 명랑한 목소리로 물었다.

"한동안 지초에 머물 건가?"

"그럴 작정이었지만 그러지도 못하겠군."

단순히 소문이 아니라 정말로 유국이 위태롭다면, 리코는 이를 보고해야 한다.

"그래도 이삼일은 있을 거야. 내 눈으로 확인은 해두고 싶으니까. 자네는 어쩔 셈이지?"

"나는 내일 출발한다. 안국 국경에서 지초까지 가볍게 한 바퀴 돌았으니까."

"여전히 제멋대로 사는구나."

"너한테 들을 소리는 아닌데."

나와 후칸은 입장이 다르다. 리코는 그렇게 비꼬려고 하다 그만두었다. 두 사람 다 괴짜 떠돌이다. 언젠가 공적으로 만날 때까지는 그것으로 충분하다. 하기야 이만한 세월 동안 세계 구석구석에서 우연히 만난 적은 있어도, 당연히 마주칠 만한 자리에서 대면한 적이 없다. 그러니 앞으로도 그럴지도 모르겠다만.

"그럼 한 바퀴 돈 이야기를 들어보도록 할까. 저녁 정도는 살 수도 있어."

웃으며 말하고 후칸의 말대로 맛없는 요리를 안주 삼아 술을 마셨다. 한밤중에야 자리를 파하고, 후칸과는 계단 앞에서 좌우로 갈라졌다. 이른 아침에 출발한다는 후칸을 전송할 마음은 전혀 없다. 내일은 낮까지 잘 생각이다. 주국와 안국, 두 나라에 운이 있다면 잊을 무렵에 또 만나겠지.

"어쨌든 조심하라는 말은 해두지."

리코는 그렇게 말하고 방으로 걸음을 향했다. 후칸이 그 등에 대고 "그렇지" 하고 말을 걸었다.

"한 가지 재미있는 사실을 알려줄까."

리코가 돌아보자 후칸이 계단 난간에 기대어 웃는다.

"나는 바둑을 못 둬. 그런데 가끔 이길 때도 있지. 이기면 반드시 바둑알 하나를 훔쳐. 그렇게 모은 바둑알이 여든 개 남짓이야."

리코는 그 자리에 멈춰 섰다.

"그래서?"

"그게 다야. 여든셋까지 셌던가. 그러다 우스워졌지."

리코가 웃음을 터뜨렸다.

"지금은 어떻게 됐지?"

"글쎄. 버린 기억은 없으니 누가 치우지 않았으면 침소 어딘가에 있겠지."

"그게 언제 적 이야기야?"

"이백 년쯤 전."

후칸은 웃으며 말하고 손을 젓고 발길을 돌렸다. 그 어깨 너머로 "또 보자" 하고 태평한 목소리가 들리기에 리코는 웃으며 "얼른 죽어"라고 응수했다.

남쪽 대국, 주국의 도읍은 융흡隆洽이라 한다. 융흡산 산꼭대기에 펼쳐진 청한궁清漢宮이 육백 년 남짓한 대왕조를 이룩한 종왕이 지내는 궁이다.

왕궁은 통상 왕의 거처인 정침을 정점에 편성하지만, 주국의 경우 정점이 다소 엇나가 있다. 주국의 중심은 후궁인 전장전典章殿, 즉위 직후부터 육백 년간 끝내 한 번도 중심이 바뀐 적이 없다.

청한궁은 산 정상이라기보다 운해에 떠 있는 크고 작은 섬으로 이루어진 것처럼 보인다. 건물 대부분은 섬보다 돌출되게 지어져 맑은 수면 위로 튀어나왔다. 각각의 건물은 수많은 교량으로 연결되어 있다. 정침 자체가 하나의 섬이라면 후궁도 하나의 섬, 후궁의 정전인 전장전은 정침에서 다리를 건너 누문樓門을 지나, 그 앞을 가로막은 작은 봉우리 산자락을 파낸 굴을 빠져나가, 봉우리 뒤쪽을 따라 돌계단을 조금 올라간 높은 평지 위에 있다. 전장전에서는 해안가의 작은 후미가 한눈에 보인다. 후미를 둘러싼 절벽 양쪽으로 길이 공중에 걸려 뻗어 있어 후궁보다 더 안쪽, 북궁北宮과 동궁東宮으로 이어져 있다.

투명하고 잔잔한 운해 위에 기수 모습이 나타난 것은 밤의 장막이 내린 뒤였다. 반쯤 이지러진 달빛을 받으며 그림자처럼 날아온 기수는 후미를 가로질러 곧장 전장전으로 향했다. 절벽에 달라붙어 방향을 이리저리 꺾으면서 바다 쪽으로 내려가는 노대를 뛰어넘어, 건물 뒤쪽 창문 바깥으로 튀어나온 비좁은 암벽 위에 내려섰다.

창문으로 불빛이 새어 나왔다. 유리 너머로 넓은 방안을 둘러볼 수 있다. 방 가운데를 차지한 커다란 원탁, 이제 막 식사를 마쳤는지 탁자 위에는 크고 작은 식기가 포개져 있고, 주위에 찻잔을 든 다섯 사람이 흩어져 있었다.

"매번 다들 모여 있군요."

웃음 섞인 말과 함께 리코가 창문으로 들어서자 원탁을 둘러싼 사람들이 일제히 돌아보고 저마다 놀라 황당한 듯이 탄식했다. 통통한 중년 여성이 손을 멈추고 한숨을 푹 쉬었다.

"너란 애는 어디가 출입구인지 아예 기억할 마음이 없는 것 같구나."

입을 연 그녀가 종후비宗后妃 메이키明嬉다. 본디 같으면 왕후는 북궁에 산다. 후비가 후궁에 있는 것도 그렇지만, 고급스러운 옷소매를 어깨띠로 걷어올리고, 잔뜩 쌓여 있는 복숭아를 깎고 있는 모습은 아마도 주국에서밖에 볼 수 없는 광경이리라.

"궁궐에서는 기수를 타지 말라고 늘 말했잖아. 몇 번 말하면 알아들으려나, 우리 방탕한 아들은."

"나이가 나이라서 듣자마자 까먹는다니까요."

리코는 태연히 웃는다. 메이키는 다시 한숨을 쉬고 고개를 살짝 내저었다.

"노망한 머리로 간신히 집을 떠올린 거로구나. 이번에는 어디까지 갔었니."

리코는 웃으면서 원탁 주위에 유일하게 비어 있는 자리에 자리잡았다.

"아아, 여기저기요."

"그 말은 또 한 바퀴 돌았다는 말이로구나. 정말이지 너한테는 기가 막혀서 할말이 없어."

"그러면 지금 어머님께서 입에 담고 계신 것은 무어지요?"

"잔소리란다, 잘 새겨둬."

"안 까먹을 수 있을까."

어머니, 하며 리코의 형인 영청군英清君 리타쓰利達가 메이키보다 더 깊은 한숨을 내쉬었다.

"바보는 내버려두세요. 그렇게 상대해주면 기어올라요."

"너무하네."

리코의 여동생인 분키가 키득거리며 웃는다. 그녀의 호는 문공주文公主라 한다.

"오라버니는 어머님의 잔소리가 듣고 싶어서 돌아오는 거예요. 어리광쟁이니까."

"이봐."

"오라버니, 지금 엄청 기뻐 보여. 늘 그런걸. 거울 한번 보지 그래?"

"그런가."

리코가 얼굴을 만지작거리자 금발 머리 여자가 상냥하게 미소지었다.

"어찌되었든 무사해서 다행입니다. 어서 오세요."

그녀가 바로 소린宗麟(주국의 기린), 쇼쇼昭彰다. 리코는 요란하게 고개를 끄덕였다.

"나를 걱정해주는 사람은 쇼쇼밖에 없어."

"그야 쇼쇼는 기린이잖아."

분키의 말에 리타쓰도 수긍했다.

"기린은 자비의 덩어리지."

"쇼쇼는 세계 제일의 악당도 걱정할 게야."

메이키까지 공격하자 리코도 쓴웃음을 짓고 의자에 등을 기댔다.

"그래서 여기저기는 어떻더냐."

유유히 리코를 재촉한 이는 일가의 핵심, 종왕 센신先新이다. 작은 탁자 위 식기를 치우던 손을 멈추고 직접 차를 따라 아들 앞에 내밀었다. 이 또한 주국 밖에서는 좀처럼 보지 못할 광경일지도 모른다.

"유국이 위험해 보입니다."

탁, 하고 센신이 내려놓은 찻잔에서 소리가 났다.

"유국."

리타쓰는 눈살을 찌푸리며 붓을 내려놓고 서면을 옆으로 치웠다.

"또? 요새 계속 이어지는군."

"확실한가."

센신의 물음에 리코는 고개를 끄덕였다.

"아마도요. 내가 본 바로는 확정적입니다. 유국의 허해 쪽 연안에는 요마가 나온다네요. 허해 연안 중에서도 대국과 접한 쪽에서만 나와 백성들은 대국에서 유입되었다고 생각하는 것 같지만, 천의가 약해지지 않았다면 접근할 수 없을 테고. 안국은 경비를 편성해 유국과의 국경에 파견한 모양입니다."

"흠."

리타쓰가 작게 신음했다.

"그 영리한 분이 하관夏官(군사를 관리하는 관부)을 움직였다면 틀림없겠구나."

분키는 한숨을 쉬었다.

"연왕도 큰일이시겠어. 요마가 배회할 정도로 대국이 심상치 않고, 옆 나라 경국은 늘 불안정하고. 게다가 유국까지."

"교국도요. 청해를 건너 상당수의 난민이 안국으로 흘러들었어요."

"교국은 어땠지?"

"여전히 심각합니다. 적해赤海에서 청해로 가는 항로는 완벽하게 막혀버렸어요. 요마가 많아서 그 사이에 있는 손해문巽海門을 지날 수가 없답니다. 대체 각왕은 무슨 짓을 한 건지. 백치가 떨어진 지 아직 얼마 지나지도 않았는데 그토록 요마가 우글거리다니."

리타쓰는 분통해하며 옆으로 치운 서면을 보았다.

"덕분에 우리도 밀려든 난민으로 현기증이 날 것 같은 상황이야. 본의 아니게 우리는 난민을 받아들이는 데 익숙하지만, 이번

만큼은 사정이 조금 달라. 너, 한동안 근신하며 난민 구제를 지휘해보겠니."

"분키가 더 적임 아닐까."

"나는 보취원保翠院 일이 있어."

주국에는 전국에 난민, 부민을 위한 구제 시설이 있다. 바로 보취원이다. 분키가 보취원의 수장인 대취大翠로 자리에 오른 지 오래되었다.

거국적으로 태강太綱에 없는 특별한 사업을 일으킬 때는 반드시 일가의 누군가를 수장으로 앉힌다. 관리를 수장으로 세우기보다 명목상이라도 태자, 공주를 수장으로 세워두는 편이 편성된 관리들이 열심히 일하고, 백성도 안도하고 신뢰하기 때문이다.

분키는 그저 대취로서 그 자리에 있을 뿐이다. 명목뿐인 수장인 걸 알더라도, 공주를 수장에 세웠으니 왕이 직접 신경써서 사업을 완수하려는 결의를 보인 것이라고 백성들은 생각한다. 그렇기에 신뢰를 보내는 것이지만, 실제로는 신경쓰고 자시고 분키가 대취로 오른 것은 사실상 종왕이 직접 지휘하는 것이나 다름없다. 분키가 관리의 의견을 모아 센신에게 아뢰고 센신이 처단을 내린다는 체제를 취하고 있으나, 분키는 일일이 센신에게 지시를 청하지 않는다. 옥새를 찍은 백지를 산더미처럼 가지고 있기 때문이다. 덧붙이자면 이 일가족은 전원이 같은 필체로 글씨를 쓰는 특기가 있다. 육백 년 동안 갈고닦은 기술이다.

"보취원만으로는 전부 돌볼 수 없어."

리타쓰는 한숨을 내쉬었다.

"전례가 없을 만큼 흘러들어온 백성 숫자도 많거니와 속도도 빨라. 여태 해오던 대로는 대응할 수 없어. 너도 알겠지. 난민은 챙길 것도 챙기지 못한 채 도망쳐 오니까 국경을 넘으면 거기서 진이 빠지고 말아. 나라 상황도 걱정되고, 나라가 조금이라도 안정되면 돌아가고 싶은 마음 때문에 국경에서 멀어지고 싶지 않을 테니까. 그렇게 모인 난민이 고수산 근처에 마을이 이루는 것은 늘 있는 일이다만, 이번만큼은 사실상 방치되고 있어."

"보취원에서 맞이하면 어때."

"하고 있어. 하지만 도저히 따라잡을 수가 없어."

분키의 말에 메이키도 고개를 끄덕였다.

"우선 난민들을 어떻게든 모으고 나눠서 우리 쪽 손님으로 들여야 해. 최소한 난민촌을 고을의 체제가 갖추어지도록 손을 써야지."

"현재 큰 간판을 짊어지지 않은 사람은 너뿐이야. 포기하고 도와."

리타쓰의 말에 리코는 한숨지었다.

"거절할 수는 없을 것 같군."

"건방진 소리를 했다가는 내칠 거야. 너에게 일임한다."

"내가 손을 대면 국고를 물처럼 쓸 거야."

"그런 소리는 하지 않아도 알아."

"물자 조달과 수송은?"

"현성의 의창義倉(흉년을 대비해 나라에서 곡물을 저장하는 창고)까지는 비워도 괜찮을 거란 결론이 난 참이다."

"그럼 해볼까."

"시안이라도 괜찮으니까 즉시 방침을 내."

"명을 받잡았습니다."

"이것참."

한숨을 쉰 이는 센신이다.

"연왕은 이 일을 혼자 하는 겐가. 솔직히 존경스럽군."

"안국의 관리는 유능한 자가 많고 기동력이 뛰어나지 않습니까."

리타쓰는 그렇게 말하더니 얼굴을 찌푸렸다.

"그런 점에서 우리 관리는 너무 태평해요."

"좋지 않은 생각을 하는데도 태평하니 계산이 맞는 게야."

메이키가 쓴웃음을 짓고 일가는 다 함께 한숨 섞인 웃음을 터뜨렸다.

센신이 웃으며 입을 열었다.

"그래, 우리는 우리의 법도가 있지. 다른 곳은 어떤 상태였지?"

리코는 어깨를 으쓱했다.

"대국도 심각했어요. 어떻게든 가까이 갈 수 없을지 근처까지는 가보았는데, 글렀어요. 허해 쪽에 요마가 많아요."

분키가 고개를 갸웃했다.

"하지만 백치는 떨어지지 않았잖아? 그렇다면 태왕께 무슨 일이 있는 것은 아니지?"

"사정을 전혀 알 수 없어. 여기저기서 들은 이야기를 종합하면 아무래도 위왕이 올랐다는 것 같은데."

"태왕이 건재한데?"

"이상한 이야기지만 그래. 다이키가 실도했다는 이야기도 듣지 못했고. 태왕이 붕어한 것도 아니고 다이키가 실도한 것도 아니면 내란밖에 생각할 수 없지만, 고작 내란으로 요마가 그렇게나 날뛰는 것도 이상한 이야기고."

"비슷하군요."

쇼쇼가 대화에 끼어들었다.

"비슷해?"

"예. 교국이랑 비슷해요. 고린의 실도에 이은 각왕의 붕어, 드물지 않은 일이라지만 이토록 단기간에 저토록 엉망이 된 예는 별로 떠오르지 않아요."

"맞아."

메이키는 껍질을 까서 자른 복숭아 알맹이를 사람 수대로 접시에 담는다.

"요마에게 무슨 일이 일어난 것이 아니라면 좋으련만."

"요마 쪽에요?"

"이상 사태잖아. 대국과 교국이 이상한 것인지, 아니면 그곳에 출몰하는 요마가 이상한 건지, 확실히 보고 판단하지 않으면 알 수 없지 않니."

"안 됩니다, 어머님."

리타쓰는 단호하게 말하고 리코를 노려보았다.

"그런 말씀을 하시면 누가 조사하러 가고 싶어 합니다. 리코, 너도 들썽거리지 마."

"대임을 하나 맡았잖아. 들썽거리기만 하고 그만둘 거야."

"그 말, 잊지 마."

"신용이 없네."

쓴웃음을 짓는 리코에게 센신이 물었다.

"또 한 곳, 위태로운 나라가 있지. 방국은 어떠했느냐."

"그곳은 특별한 이상도 없이 천천히 무너지고 있는 것 같아요.

따져보면 잘 버티고 있죠. 가조假朝가 제법이에요."

"달리 또 어떠하더냐?"

"다른 곳은 무탈한 것 같습니다. 순국舜國이 조금 안정을 잃은 듯하지만, 새로운 왕이 등극한 지 이제 사십 년이니 어쩔 수 없지요. 어찌 돌아갈지는 모르지만, 지금으로서는 버티고 있는 느낌입니다. 범국範國이 딱 큰 고비에 접어들 무렵인데, 가서 본 바로는 문제없이 앞으로 나아갈 것 같아요."

"경국은 어떠하지? 안정이 되었나?"

"아아."

리코가 웃었다.

"그렇지, 경국. 그곳은 말이죠, 살짝 재미있는 상태예요."

"호오?"

분키가 고개를 갸웃거렸다.

"여왕이시지?"

"그렇기는 한데. 음, 경국과 여왕은 잘 안 맞는데. 이번에는 조금 다른 결과가 나올지도 모르겠어. 얼마 전에 초칙을 발표했지. 복례를 폐지한다고."

"뭐?"

그 자리의 모두가 눈을 동그랗게 떴다. 메이키는 어안이 벙벙했다.

"복례를 폐지해서, 그래서 어쩌라는 거니."

"설마 모두 궤례跪禮만 해? 기린처럼?"

묻는 분키를 향해 리코가 고개를 끄덕였다.

"그런가 봐."

"하지만 복례를 폐지한 것이 어쨌다는 거야?"

"실익이야 없겠지. 하지만 기개가 느껴져. 백성을 향해 평복하지 말라고 명령한 왕은 처음일 거야."

"그러고 보니 그러네……."

"초칙이 나오기 전에 경국의 중앙부에서 난이 하나 일었는데, 경왕이 직접 나서서 평정해버렸다더군."

"어쩜."

분키는 입가를 가렸다.

"오랫동안 조정을 좌지우지하던 관리들도 추궁해 정리하고 있는 모양이고. 경왕치고는 드물게 대단한 행동력이야."

"흐음……."

"초칙 이후, 개혁도 진행되고 있는 듯하고. 반수와 해객 규제가 철폐되었지. 그것도 칙령으로 단행했대. 듣기로는 금군 좌군 장군이 반수라던가."

"어머나, 굉장하다."

"가까스로 했다고 해야 하지 않을까."

“경왕이 칙령으로 그 일을 했다는 것이 굉장하잖아. 그 나라는 그런 위세가 부족했는걸.”

“맞아, 이번 경국은 위세가 있지. 느낌이 좋아.”

리코는 미소 지었다. 경국 구석구석에는 여전히 왕을 향한 강한 불신감이 남아 있다. 그러나 왕도에 가까워질수록 백성의 얼굴은 생기를 띠었다. 왕의 곁에서부터 희망이 퍼지기 시작하는 증거다. 여태껏 파란을 되풀이해온 나라이니, 신료들은 바위처럼 견고하고 꽉 막혀 있지만, 그것을 날려버릴 만한 위세가 있다. 아마도 경국은 처음 십 년을 상당히 괜찮은 형태로 극복하리라.

리코가 안도의 숨을 내쉬었다.

“경국이 안정되면야 고맙지. 이리도 여기저기 시끄러우면 잠자리가 뒤숭숭하니까. 우리도 경국을 보고 배워서 다시 잘 일어나야 할 텐데.”

“나 들으라고 하는 소리인가?”

“본인의 신고에 따르면 노망이 나기 시작한 듯하니 말이다.”

“아, 예.”

리코가 쓴웃음을 지으며 대답하자 원탁 주위는 저마다 생각에 잠긴 듯한 침묵이 흘렀다. 센신이 침묵을 깨고 입을 열었다.

“유국은 어느 정도 버틸 것 같으냐?”

리코는 잠시 고민하듯이 생각에 잠겼다.

"모르겠어요. 일단 사태가 벌어지면 결말은 빨리 날 것 같아요. 요마가 나올 정도이니 천의는 상당히 기울었겠죠. 어쩌면 조만간 태보가 실도할 수도 있지 않겠습니까."

"유국이 무너져도 우리는 난민과 관계가 없나. 유국 백성은 안국이나 공국에 몸을 의탁하려 하겠지."

"안국은 이미 상황을 파악하고 있는 것 같으니 문제없겠죠."

"안국은 대국과 경국, 교국의 난민까지 짊어지고 있잖아. 경국은 다시 일어설 듯하다지만 아직 원조가 필요할 게야. 대국은 완전히 기댄 형태고, 여기에 교국 북방 백성이 더해지지. 그들에게는 당연한 선택일 거야. 요마가 날뛰는 땅을 가로질러 주국까지 도망쳐 올 마음은 먹지 못할 테고. 그러나 교국까지 끌어안은 상태로 유국이 엉망이 되면, 안국이 아무리 대단하더라도 짐이 무거울 게야. 원조 이야기를 꺼내면 실례일까."

"글쎄요."

리코가 웃었다.

"교국의 난민을 되도록 받아주는 방향으로 생각하는 편이 나을지도 몰라요. 이 상태로는 경국까지 흘러들 듯한 기세지만, 지금 경국에 교국 백성까지 떠안을 체력은 없겠죠."

"흠."

센신이 신음했다.

"문제는 교국 백성을 어떻게 주국으로 끌어들이느냐군."

"배를 보내면 되지요."

대답하고 서면에 생각나는 바를 적던 리타쓰가 붓을 놀리며 빈손을 들었다.

"적해에서 청해로 들어가기는 어려운 듯하오나, 적해 연안의 항구에 배편을 되도록 늘리지요. 그리고 허해 쪽도요. 교국 연안을 북상하는 난민 전용 배편을 보내면 됩니다."

"허해 쪽에는 마땅한 항구가 없다지 않았느냐?"

센신이 묻듯이 보기에 리코가 수긍했다.

"큰 배가 들어갈 만한 항구는 두 곳이에요. 어항漁港이라면 크고 작은 곳이 몇 군데 있습니다만."

"작은 배를 보내면 되죠. 그러면 어항이라도 들어갈 수 있으니까. 대형 선박으로는 늦습니다. 숫자를 갖추기 위해서는 새로 건조해야 하니까요. 어선쯤 되는 배라면 탈 수 있는 사람 숫자도 뻔하지만, 선단을 짜든, 편수를 늘리든 하면 되고요."

"흠……. 그런 방법이 있나."

메이키가 동의했다.

"그러자꾸나. 대형 선박을 서둘러 건조한다고 해도 볼일이 끝나면 이용할 길도 없어. 작은 배라면 어민에게 팔면 되잖아. 그렇게 교국 허해 쪽, 북쪽 백성을 주국으로 불러들이면 경국의 부담은 상당히 줄지 않겠니."

"그렇겠네요. 그러면 문제는 공국인가요."

말을 마친 리타쓰가 고개를 들어 리코를 보았다.

"돌아오는 길에 공국에 들러서 각오가 필요하다고 말해두었어."

"공국에 물자는?"

"방국을 원조하기 위해 의창을 나누어 준비한 듯하니, 당분간은 그 물자를 유국의 난민에게 유용할 수 있겠지. 지금은 방국이 잘 버티고 있으니까. 다만, 언젠가 방국도 물자 지원이 필요해질 테니 현재 상황이 장기화되면 힘들어지려나."

분키가 한숨을 내쉬었다.

"방국과 유국, 두 곳을 끌어안으려면 힘들겠지. 특히 방국은 지리적으로도 공국에게 기댈 테고. 공국은 옆 나라 범국과 국교가 있었던가?"

"없을 거야."

"그럼 우리도 공국을 원조할 준비를 해두는 편이 좋겠어. 최소한의 식량만이라도 확보해야지."

"안 된다, 분키."

메이키가 가볍게 웃었다.

"운반하는 수고와 비용을 생각해보렴. 우리가 준비하기보다 공국의 국고를 원조하는 것이 간단해. 게다가 교국의 난민이 들어와서 우리도 의창을 열어야 하지 않니. 여기서 공국을 위해 쌀을 사 모으면 값이 날뛸 게야."

"옳은 말씀이기는 하지만……."

"공왕께 곡물의 가격을 감시하도록 충고해두는 편이 좋을지도 몰라. 그리고 목재. 북쪽에서는 목재는 공국과 방국, 유국 세 나라가 주된 공급지지? 그중 두 나라가 기울면 틀림없이 급등할 게야. 곡물이든 목재든 우리 쪽 가격을 낮춰 북쪽으로 들어갈 수 있도록 하는 것이 좋겠어."

"하오나……."

입을 연 분키를 센신이 제지한다.

"어머님 말씀이 정답일 게다. 물자를 보내는 것은 좋지 않아. 스스로 일어설 마음을 꺾고 말 테니까. 난민에게 가장 필요한 것은 견디는 것과 희망을 잃지 않는 것이다. 우리는 그 뜻에 원조해주어야 해."

"아아, 응."

"부축해줄 필요는 있지만, 상대방이 일어서면 손은 놓아주어야지. 공국을 원조하는 것은 좋지. 국고를 도와 공국이 난민을 구제하기 쉽도록 하는 데에는 찬성한다. 하지만 난민을 직접 돕는 것은 공국이어야 해. 옆 나라가 도와준다면 유국의 백성도 마음이 든든할 테고, 앞으로도 감사함을 느끼겠지. 주국이 도와도 마찬가지겠지만, 공국이라면 언젠가 그 은혜를 갚을 수 있지. 바로 옆이니까. 하지만 주국에 입은 은혜는 갚을 방도가 없어. 갚을 길이 없는 것은 하늘에서 내려온 것이나 진배없다. 그런 것에 익숙해지면 난민에게 가장 중요한 것을 꺾게 된다."

"네."

센신은 수긍한 분키를 미소 띤 얼굴로 바라보고 나서 리코를 돌아보았다.

"너도. 교국의 백성을 위해 국고를 마구 쓰는 것은 상관없다만, 지나치게 베풀지는 말아야 한다."

"명심하죠."

센신은 고개를 끄덕이고 가볍게 한숨을 토해냈다.

"음, 네가 방방곡곡의 사정을 알아 오니 도움이 되는구나."

"아버님, 칭찬하면 안 됩니다."

리타쓰가 말참견을 했다.

"리코는 조금 더 자신의 입장을 자각할 필요가 있습니다."

"그렇게 몇 번이고 못박지 않더라도 난민 건은 받아들일 거야."

"말 잘했다. 약속한 거야. 꾸물거리다가는 심각해질 거라고."

"알아."

“하는 김에.”

리타쓰가 리코를 쏘아보았다.

“얼른 기수를 마구간에 돌려놓고 와. 언제까지 바깥에서 기다리게 할 거야.”

목을 움츠린 리코를 보고 웃으며 쇼쇼가 일어났다.

“제가 하지요.”

“안 돼, 쇼쇼.”

메이키는 엄하게 말했다.

“꺼낸 물건은 스스로 정리해야지. 그쯤은 할 줄 알아야지 않겠니. 이제 어린애가 아니잖아.”

이 말에 모두 웃음을 터뜨렸다.

“그러게 말이야.”

“맞아. 오빠도 이제 그만 어른이 되어야지.”

“육백 년을 산 어린애라니 부끄러운 일이로군.”

리코 역시 웃으며 “예, 알겠습니다” 하고 일어났다.

이곳은 조금도 변하지 않는다. 리코는 창문을 통해 바위 위로 빠져나오면서 생각했다. 장소도 달라지지 않거니와 그 면면 또한 변함없다. 언제든 창문으로 불빛이 새어 나오고, 그곳에는 밝은 얼굴을 한 사람들이 화기애애하게 모여 있다.

여행에서 돌아와, 이 광경을 보면 마음속 깊이 안도한다. 다행인지 불행인지 아직 이 무사안일함에 질리지는 않았다. 아니, 어쩌면 리코가 이리도 자주 왕궁을 빠져나가 위험을 무릅쓰고 여러 나라를 방랑하는 까닭은 이미 질렸기 때문인지도 모른다. 그러고 보면 나설 때는 늘 돌아올 때를 생각하지 않는다. 행선지에 대한 일로 머릿속이 가득해, 주국도 청한궁도 그곳에 있는 가족도 생각하지 않는다. 리코 본인조차 닿지 않는 마음 깊숙한 곳에서 사실은 두 번 다시 돌아오지 않겠다고 생각하는지도 모른다.

하나, 그래도 결국에는 언제나 이곳으로 돌아온다.

다른 나라를 보면 울적해진다. 나라는 무너지기 쉽고, 백성은 언제나 살얼음 위에 서 있다. 끝나지 않는 왕조는 없다. 너무나도 자명한 일이다. 하지만 이곳은 괜찮다. 적어도 서로 지탱해주는 한은 괜찮다.

리코는 창문을 돌아보았다.

어쩌면 자신은 이것을 확인하기 위해 돌아오는지도 모른다.

화서의 꿈 — 십이국기 7

1판 1쇄 2016년 9월 28일
1판 7쇄 2023년 3월 10일

–

지은이 오노 후유미 ◎ **일러스트** 야마다 아키히로 ◎ **옮긴이** 추지나
책임편집 지혜림 ◎ **편집** 임지호 ◎ **아트디렉팅** 이혜경 ◎ **조판** 이현정
저작권 박지영 형소진 이영은 ◎ **마케팅** 정민호 이숙재 김도윤 한민아 이민경 안남영 김수현 왕지경 황승현 김혜원 ◎ **브랜딩** 함유지 함근아 박민재 김희숙 고보미 정승민
제작 강신은 김동욱 임현식 ◎ **제작처** 영신사
펴낸곳 (주)문학동네 ◎ **펴낸이** 김소영 ◎ **출판등록** 1993년 10월 22일 제2003-000045호

–

주소 10881 경기도 파주시 회동길 210
문의 031-955-1901(편집) ◎ 031-955-2696(마케팅) ◎ 031-955-8855(팩스)
전자우편 editor@elmys.co.kr ◎ **홈페이지** www.elmys.co.kr

ISBN 978-89-546-4214-9(04830) ◎ **SET** 978-89-546-2614-9(04830)

–

엘릭시르는 출판그룹 문학동네의 장르문학 브랜드입니다.

–

잘못된 책은 구입하신 서점에서 교환해드립니다.
기타 교환 문의: 031-955-2661, 3580